KB179637

# Summer Dreams

# 여름 꿈

허린 장편소설

와우라이프

# 여름 꿈 (Summer Dreams)

허린 지음

# 목차

1. 출장 ································································· 11p

2. 완차이 ···························································· 45p

3. 약속 ······························································ 91p

4. 세상에서 가장 긴 에스컬레이터를 타고 ····················· 141p

5. 안녕, 안녕. ···················································· 173p

6. 어떤 운명 ······················································ 191p

7. 악몽 ······························································ 227p

8. 여름 꿈 ·························································· 237p

9. 그 후 ····························································· 259p

작가의 말 ·························································· 277p

짊어질 수 있는 슬픔조차 이제는 환상과 젊음과 풍성한 생명의 나라,
그의 겨울 꿈이 무르익던 나라에 두고 와 버렸다.

-F. 스콧 피츠제럴드-

# 1. 출장

## 1. 출장

꿈이었다.

아니, 어쩌면 현실일지도 몰랐다. 유진은 가라앉고 있었다. 아무것도 보이지 않는, 어둡고 추운 밤바다 속이었다. 아니면, 혹시 밤하늘인가? 오늘은 여름인지, 겨울인지, 몇 년도 인지, 그리고 자신은 몇 살인지, 그런 것들은 조금도 알 수 없었다. 어쩌다 이곳에 왔고, 무슨 이유로 이렇게 된 건지도 알 수 없었다. 그저 확실한 건, 이곳은 그녀가 꿈꾸던 곳이라는 것이었다. 그걸 알려주는 지표는 없었지만, 그녀는 온몸으로 느끼고 있었다. 팔에 닿은 깃발처럼 펄럭이는 차가운 물, 아니면 바람? 그리고 얼굴을 가르고 머리까지 질주하는 찌릿한 냄새... 그녀는 이곳은 '그곳' 이라는 걸 단번에 알 수 있었다.

유진은 계속 몸을 띄우려 팔을 휘적이고, 다리를 흔들었다. 하지만 아무렇게나 치는 발버둥은 그녀는 밑으로 낮게, 더 낮게 가라앉게 할 뿐이었다. 잠시 숨이 쉬어지는 편안한 순간이 찾아오기도 했지만, 그건 몇 초에 지나지 않았다. 이

대로 죽는 걸까? 유진은 눈을 가늘게 뜨고 생각했다. 아니면 깨어나는 걸까? 눈동자가 움직였고, 생각이 옮겨갔다.

하지만 그녀의 몸은 여전히 어둠의 끝으로 계속, 끊임없이 가라앉고만 있었다.

〈3년 전, 6월〉

해외에 간다는 건, 24년 동안 유진은 상상만 해본 것이었다. 공부와 취업 준비에 치이던 그녀의 삶은 여태 물 없는 사막처럼 퍽퍽하기만 했고, 세상은 그녀에게 '살아내야 하는 곳' 그 이상이 아니었다.

해가 그 어느 때보다 뜨겁게 타는 여름이었다. 취업에 성공한 지 이제 1년 하고 6개월. 신입 딱지를 뗀 그녀의 아래로도 인턴들이 들어오기 시작한 때, 그 계절의 그 한 가운데에 있는 어느 날이었다. 출근을 마친 유진은 책상 위의 모니터를 멍하니 바라보며 앉아 있었다. 컴퓨터가 작동되며 꿀벌이 웡웡거리는 듯한 소리를 냈고, 화면엔 아침이 온 것처럼 환한 불이 들어왔다. 동시에 회사 메신저도 알림을 반짝였다. 순간 유진의 정신도 번뜩였고, 그녀는 생각 없이, 습관처럼 메신저를 클릭했다.

[유진 씨. 잠깐 회의실에서 봅시다.]

부장님의 메시지를 읽자마자 그녀의 눈이 옆으로 가늘게 길어졌고, 정리되지 않은 많은 생각들이 폭풍처럼 휘몰아쳤다. 그만큼 출근 후 바로 부장님께 호출을 받는 일은 매우 이례적이었다. 유진은 한참 가만히 앉아 짐작해 봤지만, 그렇다고 그에게서 어떤 지시가 떨어질지는 조금도 가늠할 수 없었다.

시간을 지체할 수 없던 그녀는 자리에서 일어났고, 회의실에 들어서면서 긴장에 몸이 뻣뻣하게 굳는 걸 느꼈다.

"좋은 아침입니다, 부장님."

먼저 앉아있던 유진은 걸어 들어오는 부장님을 보자마자 벌떡 일어나 고개를 꾸벅 숙였다.

"어, 좋은 아침이야."

피곤이 가득 찼지만, 위엄있게 커다란 그의 목소리에 세상의 다른 소리들이 배경으로 녹아들듯 작아졌다. 유진은 그의 얼굴을 살피며 눈치를 봤고, 깊게 찌푸린 그의 이맛살이 풀어질 때까지 입을 꾹 다물었다.

"혹시, 이번에 홍콩에서 열리는 국제 의료기기 박람회 말이야."

부장님이 맞은편에 앉으며 두 팔을 꼬았다. 그걸 포착한 순간, 그녀는 한쪽 팔을 테이블 아래로 내리고선 손을 한 번 접었다 폈다.

"네."

"유진 씨가 김 과장하고 다녀올 수 있겠나?"

"네?"

유진의 귀가 쫑긋 섰다.

"유진 씨한테는 조금 이를 수도 있다고 생각하긴 했지만 말이야. 주요 업무를 맡은 다른 사람들이 이 시기에 자리를 비우는 건 불가능 할 거 같아서 말이야."

회의실에는 몇초간 긴장이 짙게 밴 침묵이 감돌았다. 유진은 고개를 살짝 치켜들고서 조용히 그를 바라보고 있었다. 벽에 붙은 동그란 시계의 초침이 틱하고 앞으로 움직이는 소리를 냈고, 그 소리는 몇 번 반복됐다. 소리에 맞춰, 유진은 마치 클라이맥스로 향하는 음악을 듣는 것처럼 숨이 흥분으로 가쁘게 차오르는 걸 느꼈다. 해외 출장이라니, 그것도 홍콩으로? 그녀의 얼굴은 기쁨으로 만개한 표정을 만들어내기 일보 직전이었다. 눈앞에는 언젠가 봤던 홍콩 영화의 한 장면이 빠르게 그려졌다 사라졌다.

"맞습니다. 다른 분들이 자리를 비우시면 안 되죠!"

"그렇지?"

"네, 그럼요! 부족하지만 제가 다녀오겠습니다!"

유진의 검은 두 눈동자의 한구석이 은빛으로 반짝였고, 흥분에 사로잡힌 우렁찬 목소리는 회의실 벽을 울렸다.

대화를 마치고 다시 자리로 돌아온 유진의 손에는 아무 일도 잡히지 않았다. 그녀는 부장님이 큰 잘못을 하나 저질렀다 여겼다. 그건 아침 댓바람부터 자신에게 출장 이야기를 꺼낸 잘못이었다. 유진은 매일 일하는, 사방이 온통 하얀 페인트로 칠해진 똑같은 사무실에 앉아있었지만, 심장은 마치 꿈속 어딘가를 돌아다니는 것처럼 두근거렸다. 업무에 집중하려 주변을 정리하고, 허리를 펴고 앉고... 그녀는 갖은 애를 써봤다. 그러나 심장은 계속 떨리다 못해 마치 싹을 틔우려 는 것처럼 격렬하게 욱신거리기까지 했다.

갑자기 왜 과거를 생각하게 됐는지는 모를 일이었다. 유진은 화면에 떠 있는 보고서를 끈질기게 노려보다 자신이 느끼는 지금 이 설렘을, 과거 첫 남자친구를 사귀었을 때와 견주어봤다. 그리고 이토록 격렬한 설렘은 자신의 인생에서 단 한 번도 없었고, 오로지 팀의 선배이자 자신의 상사인 최영준 대리를 처음 마주친 순간은 되어야 그나마 비교가 될 터라 확신했다.

"뭐..."

그녀는 입술을 동그랗게 오므리고선 혼자 중얼거렸다.

여전히 그를 좋아한다는 건 인정할 수밖에 없었다. 그러나 일방적인 혼자만의 마음이었고, 그건 처음부터 지금까지 줄곧 그랬으며, 그래서 사물이 마모되듯 지쳐 닳아가고 있었다. 그러니 홍콩에 갈 수 있다는 사실이, 오늘 사무실에서 영준의 얼굴을 마주했을 때보다 유진을 더 두근거리게 한 것은 당연한 일이었다.

회사가 홍콩에 가는 이유는 제품들을 완차이에 있는 컨벤션 센터에서 열리는 박람회에 소개하기 위해서였다. 새로 출시된 제품들의 홍보는 물론, 기존 제품들의 해외 시장 진출을 위해 계약까지 따낼 수 있는 기회였다. 하지만 이제 겨우 입사한 지 1년이 지난 유진은 이런 성과를 낼 수 있는 능력이 없었고, 그저 과장님을 도와 자잘한 업무만을 맡을 터였다. 업무상 자신이 준비할 것이 별로 없는, 한가하고 여유로운 출장이 될 거라는 예상이 들었다. 그녀의 들뜸이 한 겹 더 더해지는 순간이었다. 부장님을 대면하느라 긴장했던 몸이 마치 깃털처럼 공기 중에 부유하는듯한 비현실적인 느낌에 사로잡혔다. 그리고 그건 결코 성실한 태도는 아니라는 생각에, 그녀는 양심에 찔렸지만, 눈치껏 틈이 날 때마다 완차이의 맛집을 검색해 보곤 했다.

점심시간을 앞두고는, 유진은 홍콩식 토스트 사진을 한참을 들여다봤다. 노란 식빵 위에 흥건하게 뿌려진 시럽, 그리고 그 중간에 놓인 작은 버터 조각... 자신도 모르게 그녀의 입에서는 아아 하고 입맛을 다시는 소리가 새어 나왔다. 그녀는 잠시 당황했지만, 이내 혼자 미소를 지어 보이고선,

컴퓨터 화면의 사진을 캡처했다. 그리고 자신이 곧 첫 해외 출장을 간다는 사실과 함께, 친구 해리에게 메시지를 보냈다.

[여름엔 홍콩에 가는 거 아니야.]

"참 나."

해리의 답에 유진은 입으로 바람을 모았다 터뜨려 뱉었다. 서운한 마음에 눈썹이 꿈틀거리면서 답장하려던 의지마저 빠르게 누그러졌다. 그녀는 충동적으로 채팅창을 꺼버렸지만, 사무실을 빠져나가기 전엔 이유라도 들어보자는 마음에 '왜'냐고 물었다.

[거기 여름 날씨는 최악이야.]

해리는 마치 자신의 말이 모든 문제의 정답인 것처럼 답했다. 하지만 이제 세상은 여름에 어딜 가도 더웠다. 한국의 여름도 외국 어딘가의 휴양지처럼 점점 뜨겁고, 가끔은 숨을 쉬지 못할 정도로 답답하게 변해갔다. 예전부터 홍콩의 더위는 한국의 더위와는 사뭇 다르다는 말은 많이 들어봤지만, 이젠 그렇지 않을지도 모르는 일이었다. 유진은 그렇다고 그곳에 못 갈 것이라는 부정적인 생각은 좀처럼 들지 않았다.

결국 그녀는 무심하게 채팅창을 꺼버리고서 오전 업무를 마무리하기 시작했다. 아직 열어둔 메신저의 하단에는 눈살 찌푸려지는 광고가 무분별하게 떠올랐고, 한동안은 시선을 뺏기도 했다. 그래도 유진은 계속 타자를 치면서, 머리로는 출발하는 날의 맑고 높을 하늘을 상상했다. 그녀의 입꼬리가 반가운 봄바람을 맞기라도 한 것처럼 싱그럽게 위로 올라갔다.

***

"대리님?"

"어, 유진아."

"왜 여기에..."

정류장에 서 있는 최영준 대리를 보고 놀란 유진의 입이 길게 벌어졌다. 타고 왔던 버스가 출발하며 날카로운 바람을 만들어냈고, 그녀가 입고 있던 하늘색 블라우스의 소매 끝이 살랑였다. 두 사람은 서로를 마주본 채로 아무 말 없이 서 있었지만, 유진은 속으론 더럽게 잘생겼다고, 탄식 섞어 외치고 있었다.

유진의 얼굴보다 손뼘 두 마디 정도 위에 놓인 영준의 얼굴은 불공평하게도 이른 아침부터 광채로 빛나고 있었다. 그의 피부는 마치 정성을 들여 화장을 하기라도 한 것처럼 맑았다. 그녀는 버스 안에서 선크림과 비비크림을 대충 찍어 바르면서, 작은 거울을 들여다보던 자신의 모습을 떠올렸다. 순간 정차했던 다른 버스가 사라졌고, 눈 부신 햇살이 드러나며 그녀의 얼굴을 비췄다. 유진은 자신의 벌어진 앞머리, 이마에 듬성듬성 묻은 비비크림, 그리고 칠한 듯 만 듯한 텅 빈 눈썹... 이런 것들이 그에게 보일까, 저도 모르게 고개를 푹 숙이고 말았다.

"그렇게 깍듯하게 인사 안 해도 돼."

그녀는 눈만 치켜뜨고 그를 쳐다봤다. 그녀의 행동은 일종의 회피였지만, 영준은 그걸 알 리가 없었다. 그는 그저 젊지만, 유진보다는 나이가 많은 남자들이 짓는 특유의 미

19

소를 짓고 있었다. 유진은 한동안 그의 눈을 바로 보지 못하고, 두 팔을 몸에 바짝 붙이고 같은 자리에 서 있었다. 대충한 화장에 초라하게 가려진 얼굴을 더 보잘것없게 만드는 자세였지만, 그녀는 영준을 정직하게 대면할 자신이 없었다.

"과장님이 오셔야 하는 거 아닌가요? 분명 저는 과장님과 출장을 가기로 되어 있었는데…."

어안이 벙벙한 상태로, 유진은 말끝을 흐렸다.

혼자만의 여유를 즐기는 황홀한 상상은, 공항에 도착하기 전부터 마치 유진을 취한 사람처럼 만들었다. 그녀의 마음은 하늘을 날겠다는 의지로 무장한 듯 붕 떠 있었고, 버스는 이미 비행기를 탄 것처럼 빠르게 달리고 있다는 착각을 했다. 오늘 과장님에겐 잘 보일 필요는 없을 터였고, 어딘가 하나에 집중할 수 없을 정도로 마음은 산만했으니, 사실 유진은 모든 일에 힘을 빼고 건성이었다. 때문에 그녀의 핸드폰엔 읽지 않은 메시지들이 쌓여있었고, 핸드백 안엔 잠그지 않은 지갑과 그 밖으로 튀어나온 영수증이 함께 굴러다니고 있었다. 그런데 이제 그런 마음은 겁을 먹은 듯 안으로 기어들어 간 뒤였다. 유진은 영준을 피할 수만 있다면, 근처 어딘가로 숨고 싶었다.

박람회가 끝나면 과장님과 따로 움직이기로 되어 있어서, 그녀는 이미 개인 일정도 완벽하게 짜 놓았었다. 가방에 놓인 작지만 길이가 긴, 빨간 수첩에는 6시부터밤 11시가 넘는 시간까지 한 시간 단위로, 그녀가 가고 싶은 장소와 먹고 싶은 음식들이 작은 글씨로 적혀 있었다. 누군가 본다면 너무 치밀하다고 판단할 정도로, 수첩은 달콤한 계획들과 선명한 기대로 채워져 있었다.

"오늘 새벽에 나도 긴급 호출 받았잖아. 과장님 지금 장염에 걸리셔서 5분에 한 번씩 화장실에 가신대."

"네에?"

유진은 다시 한번 턱을 아래로 길게 늘어뜨렸다.

"여름이라 음식 드신 게 잘못됐나 봐. 절대로 비행하고 홍콩까지 가셔서 박람회까지 소화하실 수 있는 상태가 아니시라네. 일단 다른 분들께는 알아서 보고드릴 거니 대신 서둘러 가달라고 하셨어."

영준은 끝을 모르고 계속 유진에게 뭐라 말하고 있었다.

그런데 그가 여기 있는 이유를 안 이상, 유진은 과장님의 상태에는 조금도 관심도 없었다. 그녀는 계속 영준을 힐끔 훔쳐보거나, 그의 작은 움직임에도 자신의 어깨가 움찔거리는 일을 그만두려 애쓰고 있을 뿐이었다. 그녀가 과장님에 대한 이야기를 제대로 듣지 않고 있다는 건, 옆을 지나가는 어린아이도 알 수 있을 터였다. 하지만 영준은 계속 그녀에게 과장님, 그리고 회사 업무에 대한 말들을 건넸고, 그의 입에서 나온 소리들은 유진의 귀로 들어가려다 그 앞에서 멈칫했다.

유진은 그의 말이 끝나고 나서야 윤기가 흐르는, 위로 올려 고정한 그의 검은 머리와 그의 반듯하고 깨끗한 이마, 그리고 그의 깊은 눈을 눈 끝으로 보았다. 마지막으로 시선은 빛나는 그의 붉은 입술로 떨어졌다. 유진은 자동으로 그를 처음 만난 날을 떠올렸고, 그러자 그녀의 심장에 파도가 출

렁였다.

"이제 들어가자."

영준이 공항 입구를 향해 뒤돌며 단호하게 말했다. 순간, 보라색으로 칠해진 또 다른 공항버스가 두 사람의 뒤로 다가와 정차하며 바람을 일으켰다. 유진은 영준을 따라 몸을 돌렸고, 어깨 아래로 내려온 그녀의 얇고 곧은 머리가 잔잔하게 흩날리다 풀썩하고 다시 제자리로 돌아왔다.

분명 식어가고 있지 않았나? 그녀는 자신에게 물었다. 자신을 포함한 그 어떤 여자에게도 똑같이 다정해서, 혼자 착각하고, 설레고... 그러다 혼자 지친 것 아니었냐고. 그녀가 그렇게 느낀 건 벌써 일 년 반째였다.

"도대체 이런 신발을 왜 신어야 하는 거야?"

유진은 미간을 찌푸린 채로, 조용히 중얼거렸다. 그녀는 발에 꽉 끼는, 앞코가 좁은 검정 구두를 신고 있었다. 발가락이 한데 모인 채로 눌려서 엄지발톱이 빠져 버릴 것 같은 통증이 일어났다.

버스 정류장으로 향하는 내내, 그녀는 구두에 대한 불평들을 속으로 열거하고 있었다. 요즘은 취업 준비생들이 하루에 한 군데만 면접을 보는 것도 아니었고, 혹시나 그렇다 한데도 다시 학원이나 어딘가로 공부하러 가는 사람들이 많았다. 물론 유진은 오늘 이곳만 들르면 됐지만, 이번 주에만 몇 군데를 더 돌아다녀야 했다. 회사들이 취업 준비생들의 마음을 헤아려 준다면 조금 편한 단화를 신는 것쯤이야 이해해 줘야 하는 거 아니냐고, 그녀는 생각했다. 이런 신발을 신지 않으면 '절대' 안 된다는 것은 아니었고, 그저 암암리에 준비생들 사이에서 다른 신발을 신으면 감점이라는 소문이 돌아다니고 있었다. 하지만 남의 시선이 정답인 것 같은 이 사회에서 혼자 튀는 행동을 하면 마치 중대한 범죄를 저지르기라도 한 것처럼 낙인이 찍혀버리니, 유진도 결국 똑같은 신발을 신을 수밖에 없었다. 결국 그녀는 앓는 소리를 내면서, 투박하게 포장된 골목을 지나고, 벽돌 끝이 미세하게 튀어나온 인도 위를 건너, 강남 한복판의 삼십 층 짜리 빌딩까지 걸어갔다.

도착한 빌딩은 온통 반짝이는 유리로 도배되어 있었다. 그리고 그 앞의 대로변은 온통 유행하는 옷으로 비슷하게 차려입은 사람들로 가득했다. 죄다 평일의 한낮에 어딘가로 바삐 가는 사람들이었다. 이곳은 밤이나 낮이나 늘 번쩍거리고, 모든 것이 정신없이 빠르게 움직이는 곳이었다. 회사 내부도 이미 면접장에 와서 기다리고 있는 취업 준비생들, 그리고 그들을 안내하고 돕는 회사 직원들로 복잡했다. 그들 모두 죄를 지은 사람처럼 서둘러 움직이고 있었다.

[면접장은 10층에 있습니다.]

입구 근처에는 면접장의 위치를 알리는 종이가 붙어있었다. 종이 하단에 그려진 파란색 화살표가 가리키는 곳으로 걸어가자 엘리베이터가 나타났고, 그녀는 올라가기 버튼을 눌렀다. 머지않아 그녀는 도착한 엘리베이터에 몸을 실을 수 있었다. 속에선 은근하지만, 빈틈없는 초조함이 도사리고 있었고, 그녀의 고개는 힘없이 위로 들려 있었다. 그 상태로, 유진은 엘리베이터 꼭대기의 작은 화면 속의 숫자 1이 2로 바뀌고, 다시 3으로 바뀌는 걸 바라봤다. 그러면서 마치 새해를 기다리는 사람처럼 속으로 변하는 숫자를 읊었다.

숫자가 10으로 변한 순간, 종소리와 비슷한 크고 경쾌한 소리가 짧게 울렸고, 커튼이 열리듯 문이 양쪽으로 스르륵 벌어졌다. 그 가운데에는 남색 슈트를 빼입은 젊은 남성이 서 있었다.

"안녕하세요?"

그가 고개를 숙여 꾸벅 인사했다.

"네...?"

유진의 눈이 커지면서 동공은 마치 밝은 곳에 갑자기 들어서기라도 한 것처럼 작아졌다. 그녀는 넋이 나간 채로 남자를 힐끔 보다가, 그가 고개를 돌렸을 때, 다시 그를 보았다. 시선이 자동으로 거둬지고, 그러다가 의지와 무관하게 다시 돌아가는 외모였다. 잠시 자신이 헛것을 보고 있는 것 같다는 착각을 했지만, 이내 유진은 그건 그가 그만큼 완벽한 모습의 사람이라서 라는 걸 깨달았다.

아주 잠시나마 면접에 대한 긴장은 밖에서 불어온 바람이 치워버린 것처럼 사라지고 없었다. 유진은 지금, 아주 우연히 백마 탄 왕자를 발견한 신데렐라가 된 느낌에 붙들려 있었다. 그녀는 여유롭게 미소를 짓고선, 엘리베이터 밖으로 발을 내밀었다. 구두 끝이 바닥에 닿자, 발톱은 마치 당장이라도 살에서 빠져나갈 것 같았고, 그 얼얼한 통증은 이내 얼굴까지 올라왔다. 계속 더해지고 더해지는 통증에 봉긋하게 변했던 그녀의 광대가 몇 번 떨리더니, 원래 자리로 내팽개치듯 입꼬리를 돌려놓았다.

"면접 오셨나요?"

남자는 목소리에 유진의 얼굴이 뜨거워졌다.

많은 회사에서 면접을 봤지만, 여태 그녀를 면접장까지 안내해 준 사람이 있는 회사는 없었다. 대기실을 감독하는 직원은 있었어도, 엘리베이터 앞까지 자신을 마중 나온 직원이 있는 곳은 처음이었다. 자신이 겪은 회사들만이 그런 것인지 몰랐다. 하지만 그들은 오히려 면접을 볼 기회를 줬으니 감사하라는 식이었다는 걸, 유진은 잘 기억하고 있었다. 그런데 이곳은 몇 명의 직원들이 교대하면서 면접자들을 맞이했다. 지원했던 회사 중에서도 규모 있는, 꽤나 큰 의료 기기 회사여서 그런가 하고, 그녀는 짐작했다.

면접을 위한 모든 준비 또한 철저하게 이루어지고 있어
서, 유진은 그 상황을 쉴 새 없이 눈으로 쫓았다. 자신의 앞
에 있는 이 남자도 인사팀 직원이 아닐까 예상했다. 그리고
그렇다면 역시 인사팀 직원다운 깔끔한 외모라고, 속으로
자신만의 감상평을 늘어놓던 참이었다.

"어느 부서 면접인가요?"

남자의 질문이 빠르게 날아왔다. 비록 주어진 업무일 터
였지만, 그의 말투와 태도는 공손했다. 그는 말을 걸어오는 내
내 유진의 눈을 바로 마주쳤고, 면접장 방향으로 일일이 손
바닥을 펼쳐 안내했다.

"해외, 해외 영업팀이요."

유진은 말을 더듬거리면서 계속 남자의 시선을 피했다.

"저희 부서에 면접 보러 오셨군요."

그의 시선이 타오르는 태양만큼이나 뜨겁게 느껴졌다. 남
자는 그걸 알기라도 한다는 듯, 눈을 반달 모양으로 만들어
미소를 지어 보였다.

유진은 그의 눈이 어딘가 이상하다 느꼈다. 아니, 이상하
기보다는 흔하게 보기 힘든, 아주 희귀하다고 느껴지는 눈
이라 느꼈다. 검은 눈동자 속의 반짝이는 빛은 이전에는 한
번도 마주친 적 없는, 또렷하게 퍼지는 광채를 품고 있었다.
그런데 웃는 얼굴은 또, 마치 자비로운 어머니들의 인상과
비슷하기도 했다. 특히 부드럽게 굽은 눈은 여태 본 어느 여
성의 눈보다도 아름다웠다.

"반칙 아니야? 저 얼굴에, 저 키에, 이 좋은 회사에..."

유진은 입술을 작게 오므린 채로 움직이며, 투덜거리

듯 속삭였다. 그러다 면접장 근처에 도착했을 때, 남자는 살짝 고개를 돌려 유진의 모습을 확인했다. 화들짝 놀란 그녀의 눈썹이 위로 끌려 올라갔고, 눈동자가 끝에 그의 눈과 그 눈을 살짝 가린 속눈썹이 희끗희끗하게 매달렸다. 그녀는 순간적으로 숨이 뒤로 막혀 들어가는 걸 느꼈다.

"좋은 결과가 있기를 바라겠습니다."

남자는 면접 대기실 앞에서 밝은 미소로 인사했다. 유진은 남자와 출입문을 지나기 전에, 눈으로 그의 사원증을 찾았다. 잠근 재킷 사이로 '최영준'이라는 이름이 쓰여 있는 카드가 아슬하게 고개를 내밀고 있었다. 최영준... 해외 영업팀 최영준... 유진은 속으로 그의 이름을 몇 번이고 불렀다. 한 글자 부르면 그 글자가 머릿속에 새겨질 거라 믿으면서, 그녀는 대기실로 들어섰다.

얼마 기다리지 않아 그녀의 차례가 왔고, 면접은 그리 오래 진행되지 않았다. 나이가 지긋한 세 명의 면접관이 유진에게 대학 생활, 그리고 이 회사와 업무에 관한 질문 몇 개를 연달아 빠르게 던졌다.

"혹시 근무 시간이 끝나고, 상사가 회식을 하자고 한다면 어떻게 할 생각입니까?"

검고 네모난 테의 안경을 쓴, 가장 오른쪽에 앉은 면접관이 마지막으로 유진에게 물어왔다.

"무조건 참석하겠습니다!"

그녀도 신속하게 대답했다.

"네. 알겠습니다. 오늘 면접 수고하셨습니다."

그의 말이 끝남과 동시에 유진은 다른 준비생들과 함께

그곳을 빠져나왔다. 준비했던 열정이 무색하게 허무맹랑한 면접이었다. 질문들은 유치하기 짝이 없는 것들로 이루어져 있었고, 면접관들은 고개를 푹 숙이고 뭔가를 계속 적으면서, 대답은 듣는 듯 마는 듯한 시큰둥한 태도를 취했다. 유진은 회사 건물을 빠져나가면서 새벽부터 일어나 정장을 차려입고, 머리를 말아 올리던 자신의 모습을 떠올렸고, 그러자 입꼬리가 씁쓸하게 아래로 축 내려갔다.

그녀는 기운 없이 정류장으로 돌아가고 있었다. 알맹이가 텅 빈 면접에 실망스러웠지만, 그래도 시간이 지날수록 가슴 한구석에는 최선을 다했다는 뿌듯함이 천천히, 계단처럼 쌓여갔다. 적어도 자신이 건성으로 치러 후회가 남는 면접은 아니라고 생각했다.

양쪽 다리가 저리기 시작하자 입에선 후-하고 자연스레 한숨이 튀어나왔다. 그녀의 허벅지 위 끝부터 종아리까지 얼얼함이 희미하게 퍼졌다. 유진은 대로 한가운데에서 허리를 푹 숙였고, 치마 안으로 집어넣은 셔츠가 밖으로 재킷 밖으로 불쑥 삐져나왔다. 그녀는 최대한 몸을 낮춰 주먹으로 부은 종아리를 두들겼다. 쿵쿵 울리는 진동이 발가락 끝까지 전달되면서 아픈 곳들을 더 아프게 만들었다. 엄지발가락의 통증은 아침보다 곱절이 되어 있었다.

유진은 고개를 돌려가며 주변을 훑었다. 슬리퍼를 사고 싶어서였다. 하지만 근처엔 마트도, 편의점도 없었고, 그녀는 체념한 채로 걷다가 마지막에는 힘겹게 걸음을 재촉했다. 마침내 정류장에 도착했을 때, 벤치를 보고 희열의 웃음이 한 번 지어졌다. 그녀는 그곳에 털썩 앉았다. 통증이 조금

약해지면서 동시에 오늘 하루가 완전히 끝나버렸다는 느낌이 단번에 찾아왔고, 유진은 한쪽 손으로 다리를 주무르다가 잠시 하늘을 바라봤다. 그녀는 숨을 한 번 더 고르고선, 꺼뒀던 핸드폰을 켰다.

화면에 불이 들어오자 부재중 전화가 왔었다는 알림이 떠 있었다. 해리에게서 온 전화였다. 유진은 그녀에게 다시 전화를 걸었다.

"어, 여보세요?"

몇 번의 신호음 끝에 그녀가 들뜬 목소리로 전화를 받았다.

"왜 전화했어?"

"면접 잘 봤나 궁금해서 전화했지."

몇 달 전, 해리는 유진보다 먼저 취업에 성공했고, 그런 이유에서 생겨난 여유 때문인지 유진이 면접을 마치면 습관처럼 바로 전화를 걸어 이것저것 물어왔다.

"지금 기운이 하나도 없어."

"왜? 질문이 많이 어려웠어?"

"아니. 중학생인 네 동생이 대신 갔어도 전부 대답할 수 있었을 정도였어."

해리가 바람이 섞인 웃음을 터뜨리는 소리가 들렸다.

"그럼, 신발 때문이야? 그냥 검은 거 아무거나 신고 가라니까."

"그래도 그럴 순 없지."

"복장 때문에 떨어질 거면 벌써 떨어질 운명이었던 거라니까. 그나저나 얼마나 허접한 질문들을 한 거야? 설마 취미가 뭐냐고 물어본 거야?"

"음. 비슷한데, 정확히 기억은 잘 안 나."

"질문들이 기억이 안 난다고? 지금 면접 끝난 거 아니야?"

"맞아. 나도 왜 그런지 잘 모르겠어. 그런데 도무지 기억이 잘 안 나. 뭐라고 대답도 잘한 것 같긴 한데..."

유진은 한 손으로 말아 올린 머리 옆을 살살 긁었다.

그 뒤로 해리는 면접에 대해 몇 가지 질문을 더 묻고선, 유진의 답이 맘에 들지 않았는지 전화를 뚝 끊어버렸다. 유진은 그게 기분이 나쁘지도, 좋지도 않았다. 그건 한두 번 있는 일도 아니었고, 지금 그녀는 여전히 안개가 자욱한 숲을 걷는 것처럼 정신이 혼란스럽고, 멍하기만 했다.

핸드폰을 다시 가방 안에 넣고선, 몇 초가 흐르자 진한 파란색의 버스 한 대가 그곳으로 스르르 바퀴를 굴리며 다가왔다. 그녀는 크게 의식하지 않은 채로, 자연스레 버스를 따라 눈동자를 옮겼고, 마치 익숙한 누군가를 떠올리는 것처럼 남색 양복을 입은 최영준이라는 사람의 잔상을 그렸다. 엘리베이터의 문이 열리자마자 마치 기적처럼 나타난, 환한 빛을 품은 얼굴과 슬며시 돌렸던 고개가 차례로 나타났다 사라졌다. 버스가 이를 가는 것처럼 드르륵 소리 내며 출발하자, 그제야 지극히 현실적인 강남대로의 모습이 유진의 눈에 들어왔다. 그녀는 건물들이 만들어내는, 자를 대고 깎은 듯한 선들의 연속을 바라보다 가방 속의 이어폰을 꺼내 두 귀에 꽂았다.

I'd go back to December,
turn around and make it alright

밤새 홀로 면접 준비를 하며 듣던 테일러 스위프트의 사랑 노래의 한 부분이 그녀의 귀를 적셨다. 그 노래가 끝날 무렵, 집까지 향하는 버스가 도착했고, 유진은 조금 가벼워진 다리와 함께 몸을 실었다. 다행히도 유진은 버스 맨 끝자리에 앉아 계속 음악을 듣고, 잠시 나른하게 잠을 청할 수도 있었다.

버스가 강남을 빠져나오는 중, 어느 구간에서 차가 지긋하게 밀렸고, 집까지는 평소보다 시간이 더 걸렸다. 유진은 서둘러 움직이지 않는 버스 안에서 차오르는 답답함을 느끼다, 정류장에 내려서는 정장 재킷을 벗어 버렸다. 하얀 셔츠 사이로 미지근한 바람이 들어왔다. 군데군데 난 땀이 쉽게 식진 않았지만, 답답함은 한풀 벗겨진 듯했다.

유진의 머리 위에 놓인 늦은 봄의 하늘은 차분한 파란색과 흰색으로 뒤엉켜 있었고, 세상의 모든 생명체와 사물은 평소보다 느긋하고 아른하게 움직였다. 빛과 소리도 그랬다. 그녀가 골목으로 들어서자 밝은 갈색 벽돌로 지어진 이층 주택의 담에 핀, 노란 꽃의 잎들이 왈츠를 추는 것처럼 살랑이며 떨어졌다. 순간, 그녀는 봄은 곧 어딘가로 가 버리고, 찬란한 꿈을 불러일으키는 여름이 시작되리라는 걸 알아차렸다. 집 앞까지 유진은 재킷을 쥔 손에 힘을 주고 걸었다. 그리고 아무리 몸이 힘들었어도, 그 손안에 꿈틀거리는 그것을 꼭 쥐겠다는 듯, 손아귀에 힘을 더 세게 주었다.

집에 도착하자마자 샤워를 마친 유진은 잠옷을 입은 채로 침대에 걸터앉았다. 그녀의 손에는 일기장과 볼펜이 들려 있었다. 유진은 볼펜의 뚜껑을 열어 입에 물고서 날짜를 적고,

골몰히 그 아래에 글자를 적어 내려갔다.

[첫사랑을 만났다.]

그녀 잠시 노트에서 손을 떼고선, 생각에 잠긴 채로 방 안에 난 창을 바라봤다. 한참을 그러고 있다 다시 손을 바쁘게 움직였다.

[다른 누군가는 사랑할 수도 없게 만들 그런 사람을... 오늘 있었던 다른 일들은 크게 기억나지 않는다.]

그녀는 어떤 글자를 쓰는데도 이미 써야 할 말들을 알던 사람처럼 거침없었다.

\*\*\*

그로부터 이 주가 흘렀다. 곧 합격 발표 날이었다. 그동안 유진은 자격증 같은 것을 따기 위해 공부하던 문제집들을 정리하기도 하고, 가끔은 해리를 만나기도 하며 결과를 기다렸다.

[이유진 님, 메디플렉스 최종 면접에 합격하셨습니다. 귀사의 가족이 되신 것을 진심으로 축하드립니다.]

그리고 정확히 삼 주가 되기 며칠 전, 유진은 회사로부터 합격 문자를 받았고, 그 후로 한 달간의 교육을 받은 후에 근무를 시작했다. 첫눈에 반한 영준을 한 달 하고 삼 주 정도를 그리고 나서야 만날 수 있게 된 것이었다. 그녀는 첫 출근을 하고 나서야 그가 자신의 직속 선배라는 사실을 알게 되었다. 게다가 그가 남녀노소 할 것 없이 모두에게 멋지고 다정한, 좋아하기에는 괴로운 사람이라는 것도 말이다.

오늘 영준의 얼굴은 처음 그를 마주했을 때를 떠올리게 하더니 캐리어를 끌고 가다 뒤를 살짝 돌아보는 모습은 자신을 안내해 주던 다정함을 다시 불러왔다. 부드럽게 불러오는 것이 아닌, 유진의 모든 기억과 감정을 여러 갈래로 흩트리며 공격적으로 다가오는 것이었다. 유진은 심장이 쉴 새 없이 요동치는 걸 느끼고선, 자신은 답도 없는 사람이라고 자책하고 있었다.

　"무섭지 않아?"

　저도 모르게 일그러진 유진의 표정을 보고는, 영준이 물었다.

　"괜찮아요."

　순간적으로 유진의 표정은 풀렸지만, 말투는 퉁명스러웠다. 괜히 혼자 설레는 이 상황이 견디기보단 기침이나 재채기처럼 제멋대로 튀어나온 것이었다. 유진은 영준에게 거리를 두고 싶어 한걸음 뒤로 물러섰다. 그러자 공항을 돌아다니는 사람들의 발소리만이 섞인 고요한 잡음이 주위에 퍼졌다. 5킬로나 되는 유진의 캐리어는 마치 바퀴에 마이크를 댄 것처럼 혼자 요란한 소리를 냈고, 그 소리를 들은 영준이 뒤로 돌아 유진을 향해 터벅터벅 걸어왔다.

　"괜찮으니까, 이리 줘."

유진이 답을 하기도 전에, 영준은 그녀가 끌고 있던 캐리어의 손잡이를 손으로 낚아챘더니 다시 물었다.

"짐을 엄청나게 들고 왔네?"

"네. 뭐..."

유진의 입술이 포개졌다가 떼어지고, 숨이 거꾸로 들어가는 큰 소리가 났다.

"출장 기간을 착각한 건 아니지?"

영준은 유진을 보고선 부드러운 미소를 한 번 짓고는 크큭 하고 작게 소리 내 웃었다. 분명 불순한 의도 없는 농담이었지만, 어쩐지 여유롭기만 한 그의 태도에 그녀의 기분은 하늘이 흐린 날처럼 침울해졌다.

두 사람은 홍콩에서 3박 4일의 함께 보낸다. 정확히 세 번의 밤과 네 번의 낮이었다. 유진은 오늘 아침 그의 얼굴을 본 순간, 이미 그에게 해야 할 하루치 말을 고민하고 있었다. 그를 따라 공항에 들어오면서, 그리고 그의 뒷모습을 바라보면서, 그를 평소처럼 대할 수 없을 것이라는 생각만이 점점 부푸는 풍선처럼 몸집을 키웠다. 이런 상태로 매시간을 보내면, 생각에 지배당한 출장 기간은 340일처럼 더디게 흘러갈 터라 여겼다.

유진은 캐리어 두 개를 끌고 어떤 망설임도 없이 앞으로 성큼성큼 걸어가는 영준의 발끝을 바라봤다. 그 발끝이 가리키고, 나아가는 정확한 방향을 보며, 유진은 그가 지금 자신으로 인한 어떤 고민도 하지 않고 있다는 걸 알아차렸다. 오히려 그는 요동치는 그녀의 마음을 일찍 눈치챘고, 그래서 그 마음을 달래기 위해 가벼운 농담을 건넸을지도 모를 일이었다. 그는 원래 그런 배려에도 능숙한 사람이었다. 하지만 고스란히 느껴지는 두 사람의 마음의 차이는, 마치 그에게 마음을 주지 말라는 단호하고도 슬픈 경고를 유진에게 하는 듯했다. 하지만 그의 배려는 짐을 들어주는 것으로 끝나지 않았고, 영준은 비행기 표를 발권하고, 짐을 부치면서도 계속 유진을 도왔다.

두 사람은 마치 쌍둥이처럼 티켓을 끼운 여권을 각자의 오른손에 든 채로, 탑승 게이트 앞으로 향했다. 그리고 그곳에 도착해선, 투명한 창 너머로 보이는 거대한 비행기를 마치 세상의 유일한 사물인 것처럼, 넋을 놓고 바라보고 있었다.

"잠시 여기 앉아서 기다려 봐."

비행기가 주는 압도감에서 먼저 빠져나온 건 영준이었다. 그가 여권을 주머니에 넣으며 유진을 향해 말했고, 유진은 동그랗게 변한 눈으로 그에게 어딜 가냐고 물으려 했다.

"먹을 것 좀 사 올게."

영준은 갑자기 두 사람이 쭉 걸어온 방향으로 더 뛰어가며 외쳤다. 그의 당당한 목소리가 유진의 귀에 정확하게 날아와 꽂혔다. 그의 모습은 금방 시야에서 사라졌고, 그러자 아이러니하게도 유진은 잠시 잠들기 전처럼 몸이 퍼지려는 걸 느꼈다. 심장이 뛰는 소리, 그리고 머릿속을 불안하게 돌아다니던 생각들은 이미 고여버린 시냇물처럼 잔잔해졌다. 북적하던 공항은 마치 자기만의 방처럼 고요하고, 안전한 곳으로 변한 것만 같았다.

유진은 영준을 기다리는 십 분 동안, 하늘을 바라봤다. 파란 하늘에 해가 선명하게 빛났다. 분명 그 십분간은 그랬다. 그런데 저 멀리서 그가 다시 다가오는 것이 연기처럼 흐릿하게 보이자, 유진은 다시 머리가 지끈해지는 걸 느꼈고, '똑같은 그 하늘'의 위쪽에 갑자기 옅은 초록색, 그리고 보라색이 얽히며 내려앉는 걸 보았다. 환상 속의 오로라가 펼쳐진 것 같은 그 모습에, 그녀는 큰 한숨을 쉬며 눈을 질끈 감았다. 드디어 머리가 빙빙 돈다고 확신한 그녀는, 다시 눈을 뜰 땐, 봐선 안 되는 걸 훔쳐보는 사람처럼 아주 슬며시, 천천히 떴다.

그녀의 코 앞엔 두 손에 커피와 빵을 든 영준이 서 있었다.

"아침도 안 먹고 왔을 거 같아서."

그는 눈을 가늘게 뜬 유진을 내려다보면서 먹을 거리를 내밀었다. 그러곤 다시 말을 이었다.

"혹시 몰라서 디카페인으로 사 왔어."

영준이 말을 멈춘 후 다시 이었다.

"아이스야."

"아이스네요?"

마치 미리 입을 맞춘 것처럼 같은 이야기를 하는 영준에, 유진의 입꼬리가 둥글게 위로 올라갔다. 그녀는 기뻤지만, 자신의 손에 들린 커피 향을 맡으면서, 그가 다른 직장 동료나 상사들에게 건넸던 커피에서 나던 똑같은 향을 맡았다. 유진은 잠시 과장님이 지금 이곳에 함께 있는 상상을 해봤고, 그랬다면 영준은 더 친절하고, 정성스러운 태도로 그들을 대접했을 거라는 걸 인정했다.

두 사람은 빈 의자 한 칸을 사이에 두고 나란히 앉아서,

탑승 시간 전까지 각자의 시간을 보냈다. 유진은 빵을 먹으며 커피를 마시고, 그러다 영준을 한 번 힐끗 봤다. 영준은 마치 회사에서처럼 목과 허리를 일자로 세우고 바르게 앉아서, 심각한 얼굴을 하고 핸드폰을 확인했다. 유진은 그를 보는 것 외에는 딱히 할 일이 없다 판단했다. 조금 지루해지면, 그녀는 핸드폰으로 주위를 찍어 부모님이나 해리에게 보냈다. 그러다 다시 앉아서 음악을 듣거나 영준을 관찰했다. 탑승 시간 십 분 전에는 화장로 향해 거울을 한 번 확인하고 다시 돌아왔다. 영준은 여전히 똑같이 심각한 얼굴이었지만, 유진은 그에게 아무 말도 건네지 않았다.

곧 게이트 앞으로 모여달라는 방송이 울렸고, 두 사람은 서둘러 짐을 챙겨 줄을 섰다. 둘의 차례가 왔을 땐, 영준이 먼저 승무원에게 여권과 티켓을 내밀었다. 연결 통로로 들어가자 마치 공장에 들어선 것처럼 기계 돌아가는 소리가 진동했고, 차가운 바람이 물을 끼얹는 것처럼 머리부터 발끝까지를 적셨다.

"좋은 비행 되시기를 바랍니다."

두 손을 배 앞에 가지런히 모은 단발머리의 승무원이 통로의 끝에서 두 사람을 반갑게 맞이했다. 그녀의 얼굴은 언젠가 잡지에서 본 모델의 얼굴처럼 사랑스러웠고, 자세는 발레리나처럼 섬세하고 꼿꼿했다. 어쩐지 유진은 자신이 조금 작아지는 걸 느꼈지만, 그건 조금의 부러움 때문일 뿐, 동경이 담긴 것은 아니라 여겼다. 그리고 그건 영준을 봤을 때 느끼는 것과는 아주 다른 감정이라는 걸, 그녀도 알았다.

영준은 그녀에게 답으로 고개 숙여 인사했다. 다시 고개를 들자, 그는 유진이 보고 반했던 반달 모양의 눈웃음을 짓고 있었다. 게다가 목소리는 평소보다 더 묵직하고 멋있게 들렸다. 유진은 곁눈질로 인사를 주고받는 두 사람의 모습을 잠자코 지켜보다가, 고개를 반대로 휙 돌려버렸다. 그리고 그대로 앞만 보고 걸어가 자리를 찾아 앉고선, 눈을 감았다.

차라리 자는 척을 하는 거야, 자는 척을. 유진은 어떤 매뉴얼을 외우듯 속으로 중얼거렸다. 그녀는 홍콩으로 가는 내내 영준의 옆에서 안절부절못하다 영양가 없는 말들을 늘어놓거나, 또 퉁명스러운 태도를 보일까 걱정됐다. 그런 견디기 힘든 현실보단 꿈을 꾸는 게 낫지 않겠어? 유진은 아무렇지 않게 자신에게 묻고선, 비행기가 서둘러 뜨기만을 기다렸다.

승무원들이 바쁘게 돌아다니면서 좌석과 선반을 확인했고, 곧 이륙한다는 기내 방송도 흘러나왔다. 유진은 안전벨트가 잘 매어졌나 재차 확인하고 나서, 비행기 벽면에 머리를 무심하게 기댔다. 비행기가 몸을 뒤로 한 번 젖히고선, 굉음을 내기 시작했다. 바퀴가 활주로 위를 씩씩하게 구르자 몸이 바람을 맞은 갈대처럼 흔들렸고, 바퀴는 어느 순간 기체 안으로 말려 들어가더니 곧 비행기가 몸을 띄웠다. 귀가 먹먹해지는 순간이었다.

영준은 작고 가느다란 껌을 입에 넣고 있었다.

"껌도 챙겨오셨어요?"

영준이 유진이 있는 오른쪽으로 몸을 살짝 기울였다.

"혹시 모르니까 말이야. 이어플로그도 있어. 필요하면 언제든 말해."

유진은 벽으로 몸을 더 바짝 기대면서, 그의 말을 못 들은 척, 두 눈을 꼭 감았다. 순간 비행기가 좌우로 크게 흔들렸고, 누군가는 멀리서 놀라는 소리를 냈다. 흔들림 속에서 유진의 어깨가 몸 싸움을 하는 것처럼 영준의 어깨에 두 번 부딪혔다. 감았던 유진의 눈이 번뜩 뜨였고, 잔뜩 겁을 먹은 그녀의 눈동자가 테이블 위를 오가는 탁구공처럼 사방을 오갔다. 마치 지진이 일어난 것처럼 비행기가 서너 번 더 크게 흔들리고 나서야 기체가 점차 안정을 찾아갔다. 그동안에 영준의 팔이 마치 장난을 걸듯이 유진의 팔에 가볍게 스쳤다 떨어지곤 했다.

"롤러코스터를 타는 것 같네."

영준이 의미심장한 표정을 지으며 말했다. 걱정이 깃든 표정도, 그렇다고 평화로워 보이는 표정도 아니었다.

"네?"

유진은 마땅한 대답을 고르고 있었다.

"안 그래?"

그의 물음과 동시에 기체가 흔들림을 완전히 멈추더니, 이내 안전벨트 표시등이 꺼지는 소리가 났다.

숨어있던 승무원들이 하나, 둘씩 밖으로 나와 간식과 음료수가 담긴 카트를 끌고 돌아다니기 시작했다.

"음료 드시겠습니까?"

영준의 옆으로 다가온 건 아까 그에게 다정하게 인사했던 승무원이었다. 가까이서 본 그녀의 얼굴은 더 사랑스러웠다. 동그랗게 쌍꺼풀이 진 눈은 화질이 좋은 사진처럼 또렷했고, 살짝 도톰한 광대는 핑크빛으로 물들어 있었다. 그녀는 겹쳐 높게 쌓아놓은 종이컵 하나를 빼어 들며 영준의 얼굴 앞으로 내밀었다.

유진은 또다시 두 사람의 모습을 물끄러미 지켜보고 있었다. 마치 눈앞에 어떤 영화가 재생됐고, 중요한 장면에 영준과 승무원, 그 두 사람만이 주인공으로 자리 잡은 것 같았다.

"저는 커피 부탁드립니다."

영준이 두 손을 뻗어 공손하게 컵 받아들었다. 유진은 그가 당연히 그럴 거라는 걸 알고 있었다.

"네. 뜨겁습니다."

주전자에서 커피가 종이컵으로 떨어지는 가느다란 소리가 났다. 영준은 코로 커피 향을 음미하고서 희미한 미소를 지었고, 승무원은 그 모습을 빛나는 눈으로 지켜보았다. 유진은 그 반짝임을 포착하고선 입술 끝을 깨물었다. 자신이 몰래 영준을 관찰하곤 할 때면 자동으로 깃들던 그 찬란한 빛과 같다는 걸, 그녀는 바로 알았다. 유진은 몸 구석 어딘가가 은근하게 쓰라린는 걸 느꼈다.

영준이 테이블 위에 컵을 내려놓자 승무원의 눈동자가 천천히 유진에게 옮겨왔고, 그녀는 서둘러 눈을 감았다.

"자고 있어서요. 유진인 아까 커피 마셨으니까…."

영준이 고개를 유진에게 돌렸다. 잠든 것처럼 보이는 그녀에게 시선을 고정한 채로, 그는 홀로 중얼거렸다. 꾹 다문 유진의 입이 씰룩거렸다.

"물 한 병이랑, 오렌지 주스 한 잔만 주시겠어요?"

"네. 알겠습니다."

물병을 받아 들려던 그의 손이 실수로 승무원의 손을 잡아버렸다.

"어머!"

"아, 죄송합니다."

　승무원은 연기하듯 과장된 표정으로 깜짝 놀라며 큰 목소리를 냈다. 유진의 속이 거품으로 넘치는 냄비처럼 끓기 시작했다. 하지만 아무도 그걸 알 리 없었고, 곧 승무원은 가벼운 목례를 건네고 카트를 앞으로 끌려 했다. 그런데 이번엔 영준이 한쪽 손바닥을 들어 보이면서, '저기요!'라고 부르며 그녀를 멈춰 세웠다.

　유진의 질투가 폭발적으로 커지는 순간이었다. 그녀는 멀리서 다가오는 승무원을, 눈빛으로 가로 막을 것처럼 노려보았다. 그러면서 인터넷에 무작위로 떠돌아다니던, 그들에게 반한 유명 남성들에 대한 소문들을, 원하지 않으면서도 이 상황에 대입하는 자신을 발견했다. 가는 여자를 다시 부르는 행동은 그런 말도 안 되는 상상을 충분히 부추길만한 것이었다. 뭔가 필요한 게 있을 거야. 유진은 그렇게 생각하며 자신을 안심시키다가도, 승무원에게 저돌적으로 대시해 결혼에 성공한 어떤 운동선수의 연애사를 떠올리는 걸 멈출 수 없었다.

　그녀가 영준의 옆에 서자 유진은 눈을 더 꼭 감았지만, 귀는 그 어느 때보다 활짝 열어두고 있었다. 그녀는 그가 모르게 그의 어깨 쪽으로 자신의 몸을 기울였고, 그러자 영준이 승무원에게 뭐라 속닥거리는 말의 몇 마디가 그림자처럼 뭉친 채로 들려왔다. 내용을 알 수 없는 대화였다. 오직 알 수 있는 건 두 사람이 귓속말로 정말로 말을 '나누고' 있었다는 것뿐이었다.

유진의 숨이 점차 거칠어졌다. 처음엔 두 사람의 이야기를 마치 도청하는 것처럼 구는 것이 수치스러웠지만, 나중엔 그런 수치를 감수하면서도 영준에게만 신경 쓰는 자신이 싫었다. 회사에서는 다른 여자 동료와 있는 모습을 봐도 그러려니 하며 넘어가곤 했던 자신을 떠올려봤지만, 그건 정말 회사 얘기일 뿐이었다. 사회생활을 하며 그런 상황이 만들어지는 건, 요즘 세상에선 피할 수도 없는 일이었고, 그녀가 바꿀 수 있는 일도 아니었다.

식어가고 있지 않았었나? 유진은 자신의 마음을 고민해봤다. 하지만 그에게 감정이 남아있었다는 사실, 그것도 아주 많이 남은 것 같다는 사실은 점점 더 선명해질 뿐이었다.

승무원은 영준과 번갈아 몇 번 더 주고받더니, 싱그럽게 미소를 지어 보이고 자리를 떠났다. 영준은 아주 잠시 상념에 빠져 앞에 펼쳐진 긴 복도의 끝을 바라보다가, 김이 나는 뜨거운 커피를 입으로 불어 식혔다. 그는 두 손으로 컵의 온도를 가늠해 보고선, 조심스럽게 커피를 한 모금 마셨다.

## 2. 완차이

## 2. 완차이


비록 자는 척으로 시작했지만, 유진은 정말로 잠을 자고 있었다. 얼마나 푹 잠에 빠진 것인지, 그녀는 작은 기척도 느끼지 않았다. 잠에서 빠져나오기 전, 그녀는 비행기가 이렇게 편안한 곳인지 흐릿하게 생각하며 감탄했고, 눈이 뜨였을 때는 이미 두 시간이 넘는 시간이 훌쩍 지나 있다는 걸 알고는 놀라기까지 했다. 유진은 반쯤 찡그린 눈을 비비다가 으음. 하고 입으로 한 번 소리를 냈다. 그러고 나서 여전히 졸린 눈으로 밖을 바라봤다. 저 멀리에 있는 구불구불하고 흐릿한 테두리 안에 갇힌 회색 땅의 형태가 그녀의 시야에 들어왔다.

유진은 넌지시 그 풍경을 보면서, 고개를 창문 옆, 비행기 벽에 대고 있었다. 기체가 앞으로 나아가는 시원한 소리가 귀를 간질였다. 마치 소나기가 콘크리트 바닥을 때리는 것 같은 그 소리에 그녀는 마음이 들떴고, 이내 두 뺨은 홍분의 색으로 잔뜩 물들기 시작했다. 유리창 하나만 넘으면 닿을 수 있을 것 같은 하얀 구름, 그리고 그 아래 놓인 광활

한 바다에 그녀의 피부마저 설렘을 감출 수 없었다.

그녀가 넋이 나간 사이, 누군가가 손끝으로 어깨를 살살 건드려왔다. 그럴 사람은 영준밖에 없다는 걸 알면서도, 유진은 낯선 사람의 손길이 닿은 것처럼 몸을 들썩였다. 고개를 비스듬히 살짝 돌리자 영준이 방금 봤던 하늘처럼 맑은 눈으로 그녀를 보고 있었다. 그녀의 심장 어딘가를 가로지르는 힘줄이 한 번 움찔했다.

"왜... 그러세요?"

영준은 유진의 어깨를 흔들던 손가락으로 그녀의 다리 쪽을 두 번, 연속으로 가리켰다. 유진은 얼굴을 완전히 영준 쪽으로 돌리고, 그가 가리킨 곳을 바라봤다. 그녀의 몸이 그의 몸에 바짝 기대 있었다.

유진의 입에서 짧고 굵은 비명이 튀어나왔고, 덩달아 놀란 영준은 몸을 뒤로 바짝 젖혔다. 순간 유진의 몸은 얼음처럼 굳었지만, 멋쩍음에 미어캣처럼 머리는 좌우로 빠르게 움직였다.

"조금 있음 착륙이라."

"맙소사. 죄송합니다. 제가 계속 기대고 있었나요?"

"몰라?"

온화하게 입꼬리가 올라간 영준의 입이 살짝 벌어지더니 그의 고르고 하얀 이가 드러났다.

"모르신다고요?"

"나도 잠들었어서 말이야. 언제부터 그러고 있었는지 모르겠네."

"한 십 분 정도 이러고 있었나 봐요. 그죠?"

유진은 하하 하고 웃음을 보탰다.

"그것보다는 길었던 거 같아."

"그럼, 삼십 분 정도…?"

"그것보다도 더."

그가 간지러움을 참는 것처럼 입을 오므리면서, 읽고 있던 잡지를 한 장 넘겼다. 그의 손끝에서 종이가 넘어가는 날카로운 소리가 났다.

유진은 그의 미소의 의미를 알고 싶었다. 그의 웃음은 자신의 실수를 포용하려는 듯 따뜻하기도 했지만, 어쩐지 놀리는 것처럼 얄궂기도 했다. 생각을 곱씹을수록 유진은 그가 이 긴 시간 동안, 자신을 반대로 밀어버리지 않은 건지 의아하기까지 했다.

"자, 주스 마시고 진정 좀 해. 여기 물도 있고."

영준이 그녀에게 물을 건네면서, 다시 잡지 한 장을 넘겼다. 페이지의 상단에 〈홍콩의 산토리니, 리펄스 베이〉라고 쓰여있는 큰 글자가 유진의 눈에 넌지시 들어왔다. 물통을 받아 뚜껑을 열려던 유진의 손이 허공에 정지했다.

"정말 그리스 같네요."

잡지의 양쪽 페이지에 펼쳐진 바다를 본 유진은 시선을 뗄 수 없었다. 바다의 뒤로는 산처럼 높은 언덕이 있었고, 하얗고 낮은 건물들이 층층이 그곳을 메우고 있었다. 해는 세차게 아래를 비췄고, 하얀 모래사장과 물결은 별이 촘촘하게 박힌 것처럼 아롱거리며 빛나고 있었다. 바람에 날리는 여성들의 긴 치맛자락을 뒤로하고 모래사장의 끝에는 노란색 서프보드가 몇 개 널브러져 있었다. 언젠가 유명 이온 음료 광고에서 봤던, 시원한 해변의 풍경이 그녀의 머릿속을 스쳐 지나갔다.

"그렇지? 산토리니만큼 건물이 많진 않지만, 그래서 축소판 같달까. 홍콩에 이런 해변이 있는 줄 몰랐는데 말이야."

"저도요."

"낮에 일을 안 해도 되면 여기부터 가보는 건데. 사실 도시는 별로 좋아하지 않거든."

영준의 잔잔한 목소리에 유진의 긴장이 순간적으로 가라앉았다.

"그거, 참 의외인데요."

"그래?"

"네. 누구보다 도시에 잘 어울리시거든요."

"서울 토박이라는 사실이 어딜 가진 않지."

영준이 작게 소리 내 웃고는 다시 말을 이었다.

"그런데 쉴 새 없이 달려야 하는 곳과는 다르잖아. 게으르게 늘어져도 용서받을 수 있고."

유진은 잠자코 그의 말을 듣다 고개를 끄덕거리고선, 그가 보는 것과 같은 잡지를 테이블 아래에서 꺼냈다. 그러고 나서 같은 페이지를 펼쳤다.

"대리님. 여기 누워있는 이 사람들 보이세요?"

유진의 손가락이 페이지 모퉁이의 굽이진 해변 끝을 가리켰고, 그곳엔 검은 수영복을 입은 남녀가 모래 위에 나란히 누워 있었다. 영준은 고개를 빼꼼 내밀어 숙이고선, 종이 속을 유심히 들여다보았다.

"응. 아주 평화로워 보이는걸."

"며칠만 가만히 저러고 있을 수 있다면 얼마나 좋을까요?"

"그렇지? 파도 소리에 걱정이 다 씻길 것 같아. 전부 다."

영준의 말끝엔 힘이 실려 있었다. 그의 말에 유진은 묻고 싶은 말 하나가 생겼고, 그 말은 눈치없이 입 밖으로 튀어나오려 했지만, 그녀는 마시려던 물을 삼키며 그 말도 함께 삼켜 버렸다.

두 사람은 각자 잡지를 더 살펴보다가 착륙 시간이 가까워지자 짐을 정리하기 시작했다. 복도를 어슬렁거리던 사람들이 제 자리로 하나둘씩 돌아갔고, 곧 홍콩 국제공항에 도착한다는 방송이 들려왔다. 유진이 다시 안전벨트를 매자 비행기가 크게 방향을 꺾는 게 느껴졌다.

기체는 점차 몸을 낮추기를 반복했다. 마치 높이, 하지만 천천히 올라가는 놀이기구를 탈 때처럼 세상의 시간이 느리게 변했다. 승무원은 입국 신고서 등 몇 가지 제출해야 할 서류들을 가져다주었고, 두 사람은 서류 작성을 마치고 자리를 마저 정리했다. 그러자 곧 귀를 때리는 시끄러운 소리가 들리더니 비행기가 쿵 하고 땅에 닿으면서 충격을 만들어 냈다. 활주로 위를 달리면서 몸이 평화를 모르는 것처럼 사방으로 떨렸고, 비행기가 분노하듯 쉬익하고 큰 숨소리를 뱉고 나서야 모든 게 멈췄다. 유진은 그때서야 뻣뻣한 허리의 힘을 놓아주었고, 뒤쪽에선 몇 명의 사람들이 환호 섞인 탄식을 토하는 게 들려왔다.

하지만 비행기를 빠져나오면서, 유진의 설렘은 더해지는 실망과 함께 손 틈 사이를 비집고 빠져나가는 중이었다. 영준과 함께라는 사실에 여전히 뒤숭숭하기도 했지만, 어딘가 한국과도 비슷한 이곳 공항의 모습과 분위기, 그리고 걸을수록 보이는 익숙한 한자와 영어가 그렇게 만들기도 했다.

그래서 그런지도 몰랐다. 공항을 빠져나왔을 땐 영준의 행동, 그리고 그의 존재가 더 크게 와닿기 시작했다. 아직 종일 그를 겪은 것은 아니지만, 유진은 영준에 대해 이전과 다르다 느꼈다. 그는 생각보다 더 섬세한 사람이라는 것, 그리고 회사에서 마주할 때보다 그의 배려심은 더 깊다는 것이었다. 입국 심사를 하면서도, 짐을 찾으면서도 영준은 한국에서처럼 내내 길을 안내했고, 영어를 사용해야 할 때면 먼저 나서서 대화했다. 유진은 그런 행동들이 오해를 살 수도 있다는 걸, 그가 모를 리가 없다고 여겼지만, 그렇다고 자신이 어떤 행동이나 말을 나서서 할 수 있는 처지는 더욱 아니라 여겼다. 그가 계속 한결같다는 건, 유진에게 그런 처지를 그저 공기처럼 당연하게 떠올리게 할 뿐이었다.

유진은 그늘진 얼굴로 그의 뒤에 서 있었다.

"9번 게이트가 어느 방향에 있더라..."

영준이 턱을 들고 두리번거리며 혼잣말을 했다. 둘은 호텔 셔틀버스를 타는 곳으로 가야 했다. 버스는 한 시간에 한 번, 9번 출구에 도착한다고 미리 안내받았었고, 지금은 정시가 되기 오 분 전이었기에, 한 시간을 추가로 기다리지 않으려면 서둘러야 했다. 유진도 영준을 따라 열심히 두리번거렸고, 그러다 커다랗게 쓰인 숫자 9를 발견하고는, 그곳을 가리켰다.

'저기 있다'고 그에게 전하려던 순간이었다.

"저쪽 방향이에요."

그녀가 입을 열기도 전에 익숙하고 경쾌한 목소리가 들려왔고, 두 사람은 놀라 소리 나는 방향으로 고개를 틀었다.

"아...!"

영준이 단발머리 승무원의 얼굴을 확인하고선, 미소를 지었다.

"또 뵙네요."

그녀가 영준을 보면서 사랑스럽게 웃었다.

"완차이 쪽으로 가시나 봐요?"

"네. 그런데 저희가 서둘러야해서..."

영준은 말을 흐리며 핸드폰으로 시간을 확인했고, 벌써 이 분이 지난 걸 알고는 갑자기 뛰기 시작했다. 유진은 승무원에게 감사하다는 말을 가볍게 던지고선 그를 따라 뛰었다. 게이트에 가까워질수록 텁텁한 공기가 코와 입안으로 들어왔지만, 두 사람은 숨을 헐떡이면서도 마치 도주를 해야하는 것처럼 빠르게 달렸다. 유진의 이마에 가느다란 땀이 흘러내렸다. 숨이 턱 끝까지 찼지만, 어쩐지 그 승무원을 따돌린 것처럼 되어버린 이 상황에, 그녀의 얼굴에는 순수로 가득 찬 미소가 지어졌다. 그 뛰는 찰나에만 공항을 메우는 수많은 사람들이 그녀를 지나쳤다. 하지만 지금 영준과 뛰고 있는 이 순간, 그리고 이 길은 마치 잊은 사이 도착한 택배 상자가 주는 것 같은 희열을 불러일으켰다. 수많은 인파는 길의 주변부에서 이 둘과는 정반대로 천천히 걸어가는 것처럼 느껴질 뿐이었다. 게이트에 도착한 유진은 고개를 돌려 자신이 뛰어온 길을 잠시 바라보면서, 뚜렷하게 그려지지 않는 어떤 감정이 숨과 함께 벅차오르는 걸 느꼈다.

"여기 호텔 버스는 거의 늦은 적이 없다니까 곧 도착할 거야."

게이트에 앞에서 영준이 거친 숨을 고르다 손목의 셔츠를 걷어 올렸다. 그의 말대로 〈SAINT HOTEL WANCHAI (세인트 호텔 완차이)〉라고 쓰인 검은 버스 한 대가 곧 도착했다.

"안녕하세요?"

머리색이 짙고, 곧은 중년의 기사가 차에서 내렸다. 그가 특유의 억양이 섞인 영어로 인사하자 트렁크가 천천히 열렸다. 그가 유진의 캐리어를 끌고 트렁크로 향했고, 영준은 자신의 짐을 들고 그 뒤를 따랐다.

유진이 먼저 차에 올랐다. 버스 내부에는 가운데 텅 빈 통로를 두고 오른쪽, 그리고 왼쪽에 의자가 두 개씩 놓여있었다. 운전석의 뒤로는 자리가 비어있어서, 그녀는 시선을 맨 뒷자리로 옮겼다. 유일하게 일렬로 붙어있는 다섯 개의 좌석에, 금발의 여성 외국인 세 명이 앉아 있었다. 죄다 뭔가에 열중한, 비슷한 표정으로 핸드폰을 내려다보고 있는 사람들이었다. 그들의 눈동자, 그리고 손가락만이 핸드폰 화면을 중심으로 열성적이게 움직이고 있었다.

그런데 영준이 버스에 들어섰을 때, 버스 안의 공기가 계절이 바뀌는 것처럼 자연스럽게 변하더니 여자들은 그를 뚫어지게 쳐다봤다. 그러다 서로 귓속말로 속닥거리기 시작했다. 질투와 같은 유진의 온갖 부정적인 감정들이 또다시 치솟는 순간이었지만, 그녀는 소모적으로 그 감정을 마냥 붙들고 있을 수 없었다. 그러기엔 그녀는 너무 지쳐 있었다. 무

더위 속에서의 질주가 그렇게 만든 터였다. 유진은 눈을 살며시 감으면서 어쩌면 이 순간만큼은, 지나치게 더운 여름 날씨는 사람을 '미치게' 한다는 해리의 말이 맞을지도 모른다는 걸, 인정했다.

버스는 호텔을 향해 한참을 달렸다. 공항 근처에선 아무리 달려도 창밖엔 황량한 공사장과 흙으로 둘러싸인 벌판뿐이었다. 높은 건물들을 짓기 위해 인위적으로 그렇게 만든 곳들처럼, 한국에서도 서울 외곽 어딘가로 나가면 흔히 볼 수 있는 그런 풍경투성이었다. 그 구간을 지나자 외벽을 아예 칠하지 않거나, 아니면 칠했던 페인트가 떨어져 나간 낡은 건물들이 점점이 줄지어 있었다.

여전히 전혀 흥미롭지 않은 그 풍경을, 유진은 흐린 눈으로 바라보고 있었다. 그런데 어느 순간, 생소한 잡음들이 들려오면서, 풍경에 색이 더해져 다채롭게 변하기 시작했다. 버스 옆으로 빨간 택시, 그리고 노랗고 파란 이층 버스들이 지나가자 유진의 눈이 피곤의 기운은 사라진 것 처럼 또렷하게 뜨였다. 도시를 촘촘하게 메운 높은 건물들 옆으로는 녹색이 짙은 나무들이 늘어서 있었고, 빨갛거나 하얗게 칠해진 간판의 한자는 그녀에게 선명한 의미를 건네고 있었다. 그 이국적인 풍경에, 유진은 마치 처음 동물원에 간 어린아이처럼 몸을 들썩이고는 창을 조금 열었다. 차들이 경적을 울리는 혼잡한 소리가 들려왔고, 그녀의 머릿속에는 언젠가 봤던 홍콩 영화에서 흘러나오던 활기찬 노래가 재생됐다. 호텔에 도착할 때까지 그녀는 자신의 내면이 반짝이는 호기심으로 차오르는 걸 느꼈다. 드디어 꿈꾸던 순간이 왔다고, 그녀가 속으로 나지막하게 중얼거렸다.

그곳에서부터 버스는 몇 번을 멈췄다 다시 달리기를 반복했고, 그러다 나타난 어느 복잡한 대로의 안쪽으로 꺾이는 골목에서 정차했다. 얇고 기다란 호텔 건물이 바로 앞에 있었다. 기사는 먼저 내려 트렁크로 달려가 사람들의 짐을 땅으로 옮겼고, 그러면서 탑승객에게 일일이 고개 숙여 인사를 건넸다. 영준은 유진보다 먼저 내려 두 사람의 캐리어를 챙기고 있었다. 피곤에 절은 표정으로, 무거운 몸을 끌고 나오던 유진은 버스 창밖으로 그 모습을 내려다보고 있었다. 그녀가 문 앞에 섰을 때, 먼저 내린 백인 여성들이 영준에게 다가가는 걸 포착했다.

"저기요, 실례합니다."

그 중 제일 키가 큰 여성이 영준에게 말을 걸었다. 짧게 스치듯 본 인상에선 몰랐지만, 그들은 모두 패션 센스가 좋은 사람들이었다. 특히 영준에게 말을 건넨 유진의 또래로 보이는 여자가 그랬다. 앞머리가 없는 금발 머리를 높게 포니테일로 묶은 그녀는, 연한 분홍색과 하늘색이 섞인 뜨개실로 뜬 민소매의 상의를 입고 있었다. 두 색이 이질감 없이 섞여 신비롭고 고급스럽게 새로운 색으로 빛났고, 그녀의 허리춤에 놓인 작은 직사각형 모양의, 흰색 가죽 가방은 뜨거운 날씨에 시원함을 더했다. 그녀를 관찰하던 찰나에 유진은 자신이 버스 뒷문에서 내려가기를 일부러 망설이고 있다는 걸 깨달았다.

"무슨 일이죠?"

영준의 이마 가운데에 패인 듯한 옅은 주름이 졌다. 그는 당황했지만, 능숙한 영어로 답했다.

"지금 챙기신 그 검정 캐리어요, 제 짐인 거 같아서요."

"이건 제 가방인데..."

영준이 가방 앞뒤를 살피려 허리를 숙였다.

"저도 같은 브랜드 가방을 챙겨왔거든요. 그 옆에 붙은 네임택이요, 제가 붙인 거 같아요. 한 번 확인해 보시겠어요?"

여자는 가방 옆의 손잡이에 걸린 하얀 종이를 손가락으로 가리켰고, 영준은 바로 확인했다.

"제 이름이랑 전화번호가 적혀 있죠?"

"그러네요. 죄송합니다. 제가 제대로 확인도 안 하고 덥석 챙겨버렸네요."

"뭐, 그럴 수도 있죠. 여행하다 보면 흔히 생기는 일이잖아요."

여자는 부드러운 목소리로 웃으며 대답하고는 다시 말을 이었다.

"기사가 지금 꺼낸 저 가방이 그쪽 가방인 거 같아요."

"맞네요. 여기 한국발 비행기 표시가 있네요."

"한국? 한국에서 오셨어요? 반갑네요. 저는 미국에서 왔어요. 뉴욕주에서요. 완전 다른 대륙에서 왔는데 가방도 같고, 같은 호텔에 묵네요. 너무 신기한데요?"

영준은 멋쩍게 웃으면서 그녀를 지나쳤다. 그리고 다시 버스 가까이로 가 자신의 가방을 챙기려 했다. 그러자 이번엔 여자가 몸을 돌리더니 영준에게로 지나치게 가까이 다가왔다.

"이것도 우연인데, 혹시 여행 오신 거면 저희랑 같이 다니지 않으시겠어요? 여긴 제 고향 친구들이고, 다들 착한 아이들이에요."

그녀의 눈동자가 반짝 빛났다.

"음. 보다시피 저는 출장을 와서요."

영준이 두 손으로 자신의 양복을 가리켰다.

"오, 그렇군요. 아쉽네요."

그녀의 표정, 호흡 모든 게 과장스럽게 아쉽다는 표현을 하고 있었다. 눈썹 끝은 눈꼬리 가까이 내려갔고, 입술은 서로를 깨물듯 다물렸다. 그 상태로 그녀는 뭔가를 참는 것처럼 코로만 큰 소리를 내뱉었다.

여자는 계속 영준에게 어떤 업무를 하러 왔는지, 그리고 홍콩에선 며칠을 머무는지, 취조하듯 질문을 연속으로 던졌다. 그러다 그녀의 친구들이 관심을 보이며 대화에 합류했고, 시간이 흐르면서 질문과 말투는 더 노골적이고 능글맞게 변했다. 영준은 조금의 움직임도 없는 표정으로 여유롭게 그녀의 질문에 대답했다. 세상 모든 여자들은 그가 모질게 굴리가 없는 사람이라는 것을, 어쩌면 그는 늘 직감적으로 알아차리고는 행동하는지도 몰랐다.

유진은 그들의 모습을 지켜보고 있었다. 처음 여자가 영준에게 다가갔을 땐, '설마' 나 '또?' 같은 얕은 의심이 생겼다면, 대화가 끝으로 흘러갈수록 얼굴과 눈시울이 붉어지고, 뜨거워졌다. 적나라하게 관심을 내비치는 그 무리를 보자니, 자신은 그저 용기 없이 영준의 주변을 맴돌고 있을 뿐이라는 사실이 다시 독한 본드처럼 질척하게 와닿았다. 그건 당연히 알던 사실이었지만, 이젠 그 사실은 형태와 성질을 바꿔 마치 진리여서 믿지 않으면 안 되는 것처럼 무겁게 변해있었다.

"역시, 해외 출장은 뭐 하나 쉬운 게 없네."

대화를 마친 영준이 유진을 향해 걸어왔고, 여자들은 그를 등지고 호텔로 들어갔다. 영준은 휴. 하고 가느다란 숨을 뱉더니 왼손으로 이마에 삐질 난 땀을 닦았다.

"어딜 가도 꼭 이런 자잘한 문제가 생기더라고."

"……"

그가 계속 혼자 중얼거렸지만, 유진은 아무것도 모르는 사람처럼 눈만 멀뚱히 뜨고 있었다.

"가방이 아예 똑같으니 안 헷갈릴 수가 있나."

그러자 영준이 의무처럼 대신 설명했다.

"그랬군요."

"응. 같은 브랜드의 같은 디자인 가방이었어. 크기도 색도 다른 게 하나 없더라고."

유진은 그의 말을 들으며 계단 아래로 한쪽 다리를 뻗고 있었다.

"자."

갑자기 그가 버스 계단 위에 서 있는 유진에게 불쑥 손을 내밀며 말했다. 순간, 오늘따라 유난히 거대하게만 느껴지던 영준의 배려가, 유진의 심기를 최고조로 건드렸다. 그리고 그건 그녀의 몸 어딘가를 바늘이나 손가락으로 간드러지게 건드리는 게 아닌, 납작한 벽으로 넓게 짓누르는 것이었다. 이내 유진 속에 쌓인 감정들이 하나로 뭉치더니 거대한 소용돌이를 만들어냈다.

그의 행동은 매우 신사적이었고, 이성에게 기본 매너조차 지키지 않는 사람들이 넘치는 이 시대에 높게 사질 만한 태도일지도 몰랐다. 그러나 유진은 어린아이가 아니었다. 버스도 컸지만, 계단은 전혀 높지 않았고, 그녀는 혼자 내려오면서 중심을 잡을 수도 있었다. 무엇보다 그는 그녀가 좋아하는 사람이었다. 좋아하는 사람...! 자신을 향해 부드럽게 펼쳐진 그의 손바닥을 보면서, 유진은 잠시 깊은 상념에 빠졌다. 좋아하는 사람이 마음 없이, 무심히 건넨 손을 쉽게 잡을 수 있는 사람이 있을 거냐고, 그녀는 속으로 물었다.

"왜 안 내려와?"

영준이 고개를 한쪽으로 기울였고, 유진의 입이 씰룩거렸다.

"손이요."

유진이 인상을 쓰며 말했다.

"그냥 내리다가 넘어져."

영준은 마치 흥정하는 사람처럼 손바닥을 앞으로 더 내밀어왔고, 유진은 그의 눈을 쳐다보지 않으려 애썼다.

"저 그 정도로 덤벙대지는 않는데요. 그리고 넘어지면 어차피 제 탓이고, 제가 알아서 털고 일어나야겠죠."

"그러다 진짜 다칠 수도 있으니..."

"혼자 내려갈 수 있다니까요?"

유진은 저도 모르게 목소리를 높였다.

"알았어."

영준이 손을 거뒀다. 유진은 호텔 문을 향해 걷고, 그 문을 넘는 순간까지도 영준에게 어떤 관심도 주지 않았다. 뒤를 돌아본다거나, 아니면 그가 내는 어떤 소리에도 귀를 세우지 않았다.

호텔은 그렇게 크지는 않았다. 하지만 오래되지는 않은, 깔끔한 곳이었다. 그런데도 마치 역사가 담겨있으리라 생각되는 가구들이 여기저기서 사람들의 시선을 끌었다. 로비의 바닥엔 황토색과 흰색이 마블링처럼 엉킨 대리석이 깔려 있었고, 로비의 크기는 아담했지만, 천장은 바라보면 속이 시원해질 정도로 높이 뚫려 있었다. 그 중앙에 달린 금빛 샹들리에는 반짝이는 빛을 비처럼 바닥까지 뿌려댔다. 가구와 벽은 모두 진한 원목으로 되어 있었는데, 창에서 들어오는 빛에 비친 부분은 진한 와인색으로 변해서 고급스럽게 따뜻함을 더했다.

데스크에는 두 명의 직원이 서 있었다. 그 뒤로 짐을 가득 든 여행객들이 일렬로 서서 체크인하기를 기다리고 있었다. 아까 영준에게 말을 걸었던 여자와 그 친구 무리도 줄의 앞쪽에서 대기하는 게 보였다. 그들은 몇 번이고 고개를 돌리며 호텔로 들어서는 두 사람을 쳐다봤다. 유진은 일부러 영준을 앞질러서 먼저 줄을 섰고, 그러자 그녀의 뒤로 다른 남자 투숙객 두 명이 다가왔다. 그 뒤를 따라오는 영준의 얼굴에는 평소 볼 수 없던 흐린 그늘이 끼어 있었다. 적어도 잠시 흘깃 본, 유진의 시선에는 그랬다. 그녀는 그 그늘 안에서 자신에게 다가오지 않고, 말을 걸지 않으려는 머뭇거림이 번진 것을 읽었다.

먼저 체크인을 마친 유진이 털이 수북한 카펫 위의 소파에 앉았다. 분홍 장미가 수놓아진 황갈색의 화려한 소파는 되려 수수한 차림새의 유진을 눈에 띄게 했다. 그녀는 무선 인터넷을 사용해 해리와 메시지를 나누고 있었다. 영준을 기다리며 오늘 있었던 일을 차례로 설명하는 그녀의 손가락은 핸드폰 화면을 부술 듯이, 불필요하게 세게 눌렀다.

[정말 너무한다고. 차라리 충동적이거나 변덕스러우면 몰라...! 한결같이 친절해서 나도 모르게 화가 난단 말이야.]

전송 버튼을 누르자 유진의 입 가운데가 위로 올라가 울적한 모양으로 변했다.

[그게 그 사람 성격인데 어떡하겠어?]

해리에게선 바로 답이 왔다. 그녀는 영준에 대한 유진의 마음을 처음부터 끝까지, 속속들이 알고 있는 사람이었다.

[맞아. 어쩔 수 없지. 그래서 이러지도 못하고 저러지도 못하고 속만 상한다는 거야.]

[너무 열 내지 말고 잘 생각해 봐.]

[뭘를?]

[일부러 수작을 부리고, 사심을 채우려는 사람들은 오히려 계산적이고 노골적일 거라고. 네가 아까 말한 그 외국 여자처럼 말이야.]

[그게 무슨 말이야? 아니, 이 상황과 무슨 상관인 건데?]

[적어도 너를 진심으로 대한다는 거잖아. 그게 이성으로서의 감정이 있든지 없든지 말이야. 심심풀이로 여기저기 쑤시고 다니면서, 가볍게 이 남자 저 여자 찔러보고 다니는 사람천지인 세상에, 적어도 그렇게 진심으로 사람을 대할 줄 아는 사람이 주변에 있다는 건, 꽤 괜찮은 일이라고.]

메시지를 읽는 유진의 눈동자가 다시 그 메시지의 처음으로 돌아갔다. 여러 번을 그랬다. 그녀는 한참 뜸을 들인 다음에 답을 써 내려갔다.

[맞아. 해리 네 말이 맞는 말이야.]

[지금 내가 하는 얘기, 잘 들어 봐. 이건 진짜 사실인 이야기니까.]

[응.]

[잘났으면 잘난 대로 이성을 유혹해서 하룻밤에 이용하고선 버리는, 악마같은 인간들이 하나둘이야? 그렇게 사는 걸 당당하게 여기는 시대잖아. 그 의사를 잊지 않았지? 어린 딸도 있으면서 젊은 여자 환자들을 아주 교묘하게, 그것도 절대 들통나지 않게 꼬셔대던 우리 동네 정형외과 의사 말이야.]

[아주 잘 기억하고 있지.]

[그럼 나도 당할 뻔한 것도 잊지 않은 거지?]

[그럼.]

[난 그 자식이 내 팔을 만졌다는 게 종종 떠오르곤 할 때면, 내 살을 칼로 도려내고 싶다고. 어디 남자들뿐이야? 난 아직도 대학 여자 동기들이 만나서 하는 얘기를 들으면 기가 차. 선물이나 돈을 받으려고 남자를 여럿 바꿔 사귄다던 그 천박한 애들 말이야. 무라카미 하루키의 책에나 나오는 '그 압도적인 재능을 마구 뿌리고 다니는 자'들이 우리 주변에만 해도 너무 많아. 많다 못해 지독하게 넘쳐 흐른다고...! 도대체 이딴 식으로 살 거면 12년 동안 학교라는 걸 다니는 시간 낭비는 왜 하는 거야?]

[맞아.]

[이런 부류에게 당하지 않게 몸을 사려야 하는 시대에, 비교도 안 되게 훨씬 괜찮은 사람이 주변에 있고, 그 사람이 네 가슴을 뛰게 한다는 사실을 기쁘게 여기는 게 너를 위해서도

낫지 않겠어?]

[맞아. 너무 맞는 말이야.]

[내가 솔직히 한마디만 할게.]

해리의 말에 유진은 허리를 바짝 일으켜 세웠다.

[응.]

[힘들면, 좋아하지 않으면 그만인 거야.]

메시지를 치려던 유진의 손이 화면 위에 가만히 멈춰 섰다. 그녀는 그 말을, 몇 번이고 읽고, 또 읽었다. 그 문장의 글자 수를 빠짐없이 세려는 것처럼 읽었다. 그리고 아무리 읽어도 맞는 말이어서 '맞아'라고 또 쓰려고 했다. 그런데 그건 쉽지 않았다. 유진은 멀리서 자신에게 다가오는 영준을 바라보면서, 어쩌면 그건 아예 가능하지 않은 일이 아니겠냐고, 속으로 질문했다.

[거기 날도 더운데, 어디 시원한 데 가서 숨 좀 쉬고, 음료수나 좀 마셔 봐.]

유진이 말이 없자 해리가 마지막으로 답을 보내왔다. 그녀의 말에 유진은 꽁꽁 여며둔 속이 가볍게 터지는 것을 느끼면서, 숨을 코로 한 번 들이마시고, 입으로 뱉었다.

"차라리 눈에 안 보이면 그렇게 될까 모르겠어."

그리고 혼잣말을 하고선, 그것 또한 가능한 일일지 자신에게 되물었다.

"505호 배정받았지?"

다가오던 영준이 유진 앞에 서며 물었다. 그가 손에 들고 있던 지갑과 여권을 포함한 소지품들을 주머니에 넣고선, 내려온 앞머리 몇 가닥을 쓸어 올렸다. 유진은 '네'라고 대답했다. 그러고 나서 그의 얼굴을 한 번 살피고, 핸드폰을 숨기듯 빠르게 주머니에 넣었다.

"나는 506호야. 혹시 필요한 일이 생기면 연락하거나, 그냥 찾아오거나 편하게 그렇게 해. 그럼, 다섯 시까지 각자 방에서 쉬다가 여기서 만나서 박람회장에 가 보자."

"알겠습니다."

유진은 여전히 의도치 않게 퉁명스러운 목소리를 꺼냈다. 자신이 유치한 짓을 하고 있다는 걸 잘 알고 있었다. 하지만 영준의 눈빛은 계속, 무대 위의 조명처럼 그녀의 얼굴의 미세한 움직임을 따라 움직였고, 유진의 영혼 또한 그의 눈빛을 따라 요동쳤다.

버스에서 내린 뒤로는 어쩐지 영준도 유진의 눈치를 봤다. 그리고 그건 그녀를 배려하기 위해 살피는 것이 아닌, 둘 사이를 가르고 있는 이상한하고, 어색한 기류의 원인을 찾는 움직임이었다. 그런 공기의 시작이 호텔 벽 어딘가에 붙어있기라도 한 것처럼 그의 눈동자가 벽에서 바닥을 한 번 향했다가, 유진의 눈에 꽂혔다. 그러다 그는 곧장 먼저 방으로 올라갔다. 영준의 모습이 엘리베이터의 문 뒤로 고요하게 사라졌을 때, 유진은 악을 쓰며 소리 지르고 싶어졌다. 하지만 다시 숨을 고르면서 감정을 진정시켰다. 자신은 제멋대로에 엉망진창이라는 자책이 더운 공기 속에 그녀를 조롱하듯 흐를 뿐이었다.

그녀가 몸을 싣자 엘리베이터는 오 층으로 향했다. 방 앞에 서서는 문에 505호라고 쓰인 것을 재차 확인하고 키를 꽂았다. 그녀는 방에 들어서면서, 손으로 잡은 문을 힘없이 놓았다. 등 뒤로 두꺼운 문이 철컥하고 닫히는 소리가 났고, 순간, 세상은 유진을 현실에서 떼어냈다. 그녀에게 마치 집에 온 것 같은 편안함이 찾아왔다.

기대보다 방은 컸고, 쾌적했다. 바닥에 깔린 진한 와인색 카펫에서 불쾌하진 않지만, 탈취제의 인공적인, 진한 장미 향기가 올라왔다. 침대는 구름처럼 새하얗고 푹신한 침구로 덮여있었다. 커다란 그 침대는 방의 한가운데를 지배하고 있었고, 맞은편엔 작은 텔레비전과 작은 화장대가 놓여 있었다. 유진은 침대 앞에 캐리어를 내동댕이치고선, 잠시 거울 속에 비친 자신을 바라봤다. 삼초 동안이었다. 새벽녘, 집을 나서며 기대로 반짝이던 얼굴은 날 때부터 냉소적인 사람의 얼굴처럼 심술궂게 변해있었다.

유진은 애써 아무렇지 않은 척, 두 팔을 올려 이불 속으로 다이빙했다. 신발을 신은 그녀의 두 발이 침대 끝에 걸렸다. 그녀는 손을 쓰지 않은 채로, 두 발을 서로 비벼 신발을 벗었다. 그러자 반대로 뒤집힌 운동화 한 쌍이 카펫 위에 흩어졌다. 그녀가 이번엔 배를 밀어 침대밑 가까이로 머리를 옮겼다. 그녀는 조금의 힘도 낭비하고 싶지 않을 정도로 지쳐있었다. 머리가 베개에 닿자, 새가 날개짓하듯 그녀는 팔과 다리를 잠시 휘적거렸지만, 그것도 정말로 '잠시' 뿐이었다. 그녀의 몸은 순식간에 잔잔한 물 위에 뜬 것처럼 나른하게 푹 늘어졌다.

유진은 '그러고 싶지 않았다'고 마음속으로 속삭이며 영준에게 했던 행동과 말들을 떠올렸다. 어느새 자신을 미워하는 마음이 한 움큼 자라 있었다. 그녀의 가슴 한구석이 어디에 맞은 것처럼 잠시 시큰거렸다. 눈은 완전히 감기기 전이었고, 아직 잠에 들지 않은 걸 자각할 수 있는 희미한 정신이 깃든 때였다.

"푹 자고 일어나서 남은 날은 다시 살아 보는 거야. 마치 하루가 끝나 버린 것처럼."

그녀는 잠꼬대처럼 소리 내 웅얼거렸다. 두 눈은 잠기운에 감겼다 떠지기를 반복했다.

"그리고 오늘 일들은 없던 것처럼 행동하는 거야. 못난 모습은 보여주지 않는 거야..."

완전히 잠에 들기 전 까지, 그녀는 마치 미친 사람처럼 끊임없이 혼잣말을 중얼거렸다.

\*\*\*

어떤 뒤척임도 없이, 유진은 같은 자리에 그대로 누워 곤히 자고 있었다. 복도를 돌아다니는 사람들이 만들어낸 소음이 주파수가 맞지 않는 라디오를 튼 것처럼 부산스럽게 들렸다. 창밖에서 울린 희미한 경적은 그녀를 일어나라고 거듭 다그쳤다. 다섯 시가 되기 삼십 분 전에 핸드폰 알람이 쩌렁쩌렁하게 울렸다. 유진은 놀라 몸을 일으키고선 눈을 희번덕하게 떴다. 그리고 시간을 확인했다. 그녀는 손으로 얼굴에 붙은 엉켜 있는 머리카락을 치우고 나서, 어딘가로 이끌리듯 자연스럽게 화장실로 향했다.

얼굴을 닦고, 머리를 빗고, 그녀는 새로 화장을 했다. 그리고 캐리어를 열어 옷을 꺼내 갈아입기 시작했다. 새로운 마음처럼 하얀 셔츠와, 무릎까지 내려오는 진한 베이지색의 면으로 된 스커트였다. 그녀의 손이 마지막으로 셔츠를 치마 속으로 욱여넣고, 검은 가죽 벨트를 치마 허리춤의 고리에 끼웠다. 벨트를 잠갔을 땐, 거울에 비친 모습이 새로운 사람처럼 꽤 마음에 들었고, 유진의 얼굴에는 신선한 공기를 들이켠 순간 같은 미소가 지어졌다.

다행히 약속 시간엔 늦지 않게 일 층에 도착했다. 그런데 엘리베이터에서 내리자마자 멀리 소파에 영준이 먼저 와 앉아 있는 게 보였다. 그의 얼굴은 김이 서린 창 뒤에 놓인 것처럼 흐릿했지만, 허리를 숙인 채로 두 손을 모아 턱 아래에 받힌 자세의 선은 마치 그린 것처럼 또렷했다. 그는 소파 옆에 난 큰 창의 밖을 바라보고 있었다. 그가 뭔가를 감상하고 있는 것처럼, 유진도 그를 감상하듯 바라보며 다가갔다. 그에게 가까이 갈수록 영준의 왼쪽 얼굴이 더 선명해졌고, 그의 평평한 이마와 그 아래로 날렵하게 이어진 콧날이 눈에 도드라졌을 땐, 그녀의 표정은 막연한 두려움을 마주한 것처럼 굳어버리기까지 했다. 잠에 들기 전에 스스로를 세뇌하던 주문과, 그 말들이 주던 결심은 벌써 무위로 돌아가려 했다. 심장은 떨렸지만, 지난 행동들에 대한 죄책감 또한 숨어있다 다시 나타났다.

어째서 이 사람은 내 안에서 전혀 반대인 감정들을 끌어내는 걸까? 항상 말이야. 유진은 자신에게 물었다. 무언가에 맞서 싸워야 하는 것처럼 전투적으로 물었다. 그녀에겐 또 다른 자신이란 존재할 리가 없었다. 그녀는 그녀 자신이었고, 그 질문에 답을 내놓아야 하는 유일한 사람도 그녀뿐이었다. 그런데 유진은 만약 또 다른 내가 있었다면. 하고 가정하고, 소망했다. 그럼 이런 모순적으로 피어나는 감정에 허덕이다가, 이전처럼 원하지 않는 유치한 일들은 저지르지 않을 터라 여겼다.

"제가 먼저 왔어야 하는데, 죄송해요, 대리님. 너무 피곤해서 한참을 잤어요."

"아니야. 나도 조금 전에 막 내려왔어."

영준이 다가오는 유진을 발견하고는 미소를 지었다.

"자도 자도 피곤하네요."

"그럴만하지. 새벽같이 일어났으니까. 옷을 갈아입었네?"

"입고 온 게 땀에 젖었더라고요. 그런데 제가 오바한 거 같아요."

유진은 고개를 숙여 자신이 입은 옷을 한 번 확인하고 다시 물었다.

"다시 갈아입고 올까요?"

영준은 소파에 올려둔 짐을 챙기며 자리에서 일어서는 중이었다. 그는 재킷만 벗었을 뿐, 여전히 입었던 같은 양복을 입고 있었다. 그가 짐을 확인하느라 고개를 숙였을 때, 유진은 그의 전신을 눈으로 한 번 쓸었다.

"나는 혹시라도 관계자를 만날 수도 있으니까. 그래서 그대로 입은 거야."

영준이 고개를 들고, 유진을 마주 봤다.

"사실 어떤 옷을 입고 가야 하는 건지 모르겠더라고요. 출장이지만 박람회 업무를 시작하는 날은 아니니까요. 그런데 제가 상황 파악을 제대로 못 한 거 같아요."

"아니야. 정말 괜찮아. 오히려 시원해 보여서 좋은걸."

영준은 두 손을 주머니 안에 넣고서 뭔가를 찾으려 뒤적였다. 그러다 손에 뭔가가 만져지는 걸 느끼고선 다시 가방 안을 슬쩍 확인했다. 그러고 나서 유진에게 '출발하자'고 말했다. 유진은 고개를 끄덕이고는 그의 뒤를 따라나섰다.

두 사람이 호텔의 높고 투명한 회전문을 빠져나오자, 도착했을 때는 못 보았던 그 앞의 풍경이 유진의 눈동자로 걸어 들어왔다. 좁고 굽이진 길들엔 하얗거나 빨간 전차들이 지나갔고, 그 뒤로 상아색의 건물들이 목을 세운 채로 풍경을 지탱하고 있었다. 그 사이엔 간혹 연한 초록색과 분홍색으로 칠해진 건물들도 있었는데, 벽 군데군데 뿌옇게 번진 회색 얼룩이 세월을 자랑하고 있었다.

두 사람은 길고 좁은 길을 걷다 조금 더 큰 대로변으로 향했다. 그곳에 서자 광활한 하늘 속 태양이 지평선 가까이 몸을 낮추면서 오렌지빛으로 세상을 칠하는 게 보였다. 대로는 솟구치는 활기, 전진하는 에너지로 넘쳐흘렀고, 길을 거니는 사람들의 얼굴엔 끝이 연해지는 분홍빛 홍조가 아른거렸다. 죄다 짧고 얇은 옷을 입은 그 사람들은 열렬히 대화를 나누다 웃음을 터뜨리기 일쑤였다. 근처에 바다가 있다면, 금방이라도 그곳에 뛰어 들어가는 건 그들에게는 아무 무리도 아닐 터였다. 그만큼 흥분으로 가득 찬 자유로움이 그들의 머리끝에서 발끝까지 불꽃처럼 활개 치고 있었다.

유진은 마치 등대의 불빛이 사방을 비추는 듯한 시선으로 넓게 거리를 훑었다. 벌린 입처럼 문을 활짝 연 음식점과 상점들, 대로의 중앙선과 그 근처에 심어진 초록 잎의 키가 큰 야자수들... 그리고 세상의 균형을 깨려는 듯 대로와 그 주위의 모든 걸 가로지르는 육교. 어느 것 하나 그녀에게 특별하지 않은 것이 없었다.

"정말 화려하네."

영준이 길을 걷다 멈춰서서 전경을 천천히 빙 둘러보았다. 그의 눈동자는 마치 물에 젖은 것처럼 촉촉했다.

"네. 너무 아름다워요."

"우리 육교로 건널까? 여기 오면 꼭 육교 위를 건너보라고 그랬어."

"왜요?"

"그건 올라가서 설명해 줄게. 일단 여기로 와 봐."

영준은 몸을 틀더니 육교로 걸어가기 시작했고, 유진도 서둘러 그를 쫓았다. 그의 등이 한 걸음만 다가가면 코끝에 닿을 것 같이 가까운 곳에 있었고, 그의 어깨와 등은 커튼을 치듯 유진의 시야를 가렸다. 세상의 빛은 두 사람에게 쏟아졌지만, 유진은 눈앞이 어떤 모습인지 볼 수 없었다. 영준은 마치 그녀의 시야를 일부러 가리려는 것처럼 굴었다. 그녀가 틈을 벌리려 걸음을 늦추면 그도 짓궂게 따라 하면서, 조금의 풍경도 내어주지 않았다. 유진은 계산된 것 같은 그의 행동에 약이 올랐지만, 그저 웃으면서 기다렸다.

육교의 한가운데에서 영준의 걸음이 멈췄다. 그리고 그가 오른쪽으로 몸을 휙 돌렸다. 그의 어깨가 뒤에 있던 유진의 왼쪽 어깨를 슬쩍 건드렸고, 그러자 그녀의 몸도 자동으로 같은 방향으로 돌아갔다. 순간, 그녀의 눈앞에는 마치 천국 같은 황홀경이 펼쳐졌고, 유진은 저도 모르게 와-하고 소리를 크게 내질렀다. 그녀가 감탄하지 않을 방법은, 그 순간엔 이생에서의 영원처럼 존재하지 않았다.

유진의 머리 위로 뜨거운 여름 바람이 느리게 불었다. 석양으로 타오르는 드높은 하늘을 향해서, 야자수의 이파리들이 춤을 추듯 유유히 팔을 올려 흔들었다. 태양의 주변에 가늘고 길게 번진 구름은 곧 내리려는 어둠을 피해 짙은 코랄색으로 몸을 물들였다.

"와아-."

유진은 경외로 벅차오르는 걸 느끼면서, 다시 길게 감탄의 소리를 내뱉었다.

"박람회장으로 가려면 꼭 육교를 건너라고 누가 그랬거든. 근데 꼭 '언제' 건너라고 말은 해주지 않았어. 그런데 나는 꼭 이 시간쯤에 올라와야겠다는 생각이 들더라고."

"왜 지금인지 여쭤봐도 돼요?"

유진은 가방에서 핸드폰을 꺼내 들었다.

"특별한 이유는 아니야. 아니, 어쩌면 특별할지도 모르겠네. 그런데 그냥 단순하게 말하자면 노을이 아름다워서야. 그리고 조금 복잡하게 말하자면 약간의 어둠은 언제나 아름다움을 더해줘서고."

유진은 고개를 비틀어 살짝 위로 들고 영준을 바라봤다. 그 순간만큼은 그의 입술이나 콧날, 또는 얼굴의 선보다 그의 눈을 바라봐야 한다는 의무감에 그녀는 젖어 있었다. 그말을 하는 그의 입도 붙잡고 싶었지만, 이 순간에만 존재하는 그의 진심 어린 시선은 지금 놓친다면 다신 볼 수 없을 것이라는 걸, 그녀는 알고 있었다.

"도시의 철학자 같은 말씀이네요."

유진은 크큭하고 웃으면서 핸드폰으로 풍경을 찍었다. 그녀가 화면 속의 동그란 버튼을 누르자 찰칵 소리가 났다.

"내가 너무 진지했지?"

영준도 그녀를 따라 웃었다. 유진은 석양을 담아 황금빛이 도는 그의 눈동자를 계속 바라보고 있었다. 곧 그녀의 얼굴에 넋이 나간 듯 멍한 표정이 지어졌다. 정신이 차려졌을 때, 유진의 귀 끝은 불에 달궈진 것처럼 뜨거워졌다. 그녀는 민망함에 빨리 핸드폰을 가방에 넣는 시늉을 했다.

육교를 내려와서는 유진과 영준은 십여 분 동안 나란히 길을 걸었다.

"드디어 정말로 외국에 온 것 같아요."

수줍게 미소 지은 유진은 앞을 보고 말을 이었다. 그녀의 귀 위는 여전히 투명하게 붉었다.

"아까 그 풍경처럼 바라보는 것만으로도 황홀한 것들이 있지만, 정말 그 속에 녹아들어 가야 지나 내 것으로 느껴지는 것들이 있달까요. 내 것이라는 건... 제가 경험한... 아니, 제가 말도 안 되는 이상한 말을 중얼거리고 있네요. 너무 들떠서 횡설수설했어요."

"너야말로 도시의 철학자 같은 말을 하네."

영준은 웃으며 유진을 바라봤다.

"진지함이 전염되었나 봐요. 솔직히 이렇게 외국 어딘가의 도시를 걷고 있으니까 잔뜩 움직이고만 싶어져요. 비행기에서 본 해변을 봤을 땐, 당장 누워만 있고 싶다는 생각만 했는데 말이죠."

유진은 계속 걸으면서 자신에게 흥분을 마구 쏟아붓는 것들을 영준에게 조잘대며 설명했다. 조금 전 지나온 테라스가 있는 카페, 빨간 차에 허리를 기댄 채로 간식거리를 들고 신나게 수다를 떨던 두 명의 남자들... 마치 소감 발표처럼 유진은 자신이 흡수한 장면들을 마치 포장지를 뜯는 것처럼 거침없이 내놓았고, 그러면 영준은 듣고 고개를 끄덕였다.

박람회장이 점차 가까워지자 길게 솟은 거리의 가로등들에 하나둘씩 아스라하게 불이 들어오기 시작했다. 하지만 영준은 그 이후로는 유진의 말에 어떤 대꾸도 하지 않았고, 목적지가 눈에 들어왔을 땐, 마치 그 침묵은 의도한 것이라고 알리려는 것처럼 그녀에게 거리를 뒀다.

"이미 관계자들이랑 관계사 직원들이 부스 인테리어도 마치고 물건도 다 옮겨놨을 거야."

그는 갑자기 일 얘기만 꺼내기 시작했다.

"네."

"부스에 도착하면 유진이, 너는 매대랑 선반 위에 팸플릿이랑 회사 소개서 같은 자료들이 제대로 준비되어 있는지 확인 부탁해. 나는 기기들 전원을 켜보고 잘 작동되는지 확인해 볼 테니까."

"네, 알겠습니다."

그리고 그건 도착해서도, 그리고 건물 입구에 들어서서도 마찬가지였다. 마치 이젠 업무에만 집중해야 한다는 무언의 지시가 떨어진 것처럼... 여기까지 오는 데 느꼈던 사적인 감정, 특히 그와 함께라는 사실로 들뜬 마음은 오로지 자신만의 것이라는 걸, 그녀는 다시금 깨달았다. 유진의 기억은 몇 시간 전으로 돌아가 계속 그의 손바닥을 떠올렸다. 여전히 무심하지만 또 다정해서, 분노하게 만드는 손이었다. 하지만 유진은 여전히 자신의 결심을 잊지 않았다. 오히려 자신이 한 말은 지키지 못해 스스로를 책망하고 하찮게 여기는 사람은 되지 않아야 한다며, 그 결심을 더 단단하게 굳혔다.

그녀는 연속적으로 나타나는 손의 잔상을 떨쳐내려 눈을 꼭 감았다. 눈을 감으면 사라졌지만, 뜨면 마치 말도 안 되는 환영처럼 어디선가 나타났다. 그녀는 자신이 견뎌내야 하는 건 신체에 가해진 어떤 육체적 고통인 것처럼, 눈가에 짙은 주름이 지도록 눈을 더 세게 감았다. 그리고 애써 입에 힘을 주고, 자신을 기쁘게 하는 것들만을 억지로 떠올렸다. 그러자 힘을 준 그녀의 입꼬리가 서글프게 아래로 내려갔다 다시 미소를 지었다.

슬픔의 자국은 전부 가려진, 새로운 미소였다.

***

업계 최고 기업 중 하나인 만큼 메디플랙스의 부스는 박람회장 입구에서 가까운 곳이었고, 규모도 상당했다. 부스의 크기는 소기업들의 것보다 몇 배는 더 컸고, 회사의 이미지에 맞게 세련됐지만, 동시에 화려하게 장식되어 있었다. 대표적인 제품들을 소개하는 표면이 코팅된 고급 현수막이 부스의 모든 면에 걸려 있었고, 초음파 서비스를 소개하는 영상이 입구에 놓인 대형 스크린에서 재생될 예정이었다. 부스에 임시로 구비해둔 모든 가구 또한 곡선이 유려하고 현대적인 디자인이었다.

부스의 중앙에는 기기들을 진열해 놓은 동그랗고 하얀 테이블이 여럿이 모여 있었다. 유진은 영준의 지시를 따라 그중 비어있는 테이블 하나를 차지하고 앉았다. 그리고 자신이 가져온 자료들, 그리고 부스에 준비된 자료들을 검토하기 시작했다. 영준은 유진의 맞은편에서 기기들을 살펴보면서 전원을 하나씩 켜고 있었다.

"음."

그는 한 손에는 스마트폰을, 다른 손에는 자신의 얼굴만한 크기의 초음파기를 들고 있었다. 갑자기 핸드폰을 내려놓은 영준의 손가락이 길을 잃은 것처럼 기기 위에서 혼란스럽고, 바쁘게 움직였다. 그러다 그의 입에서 고민 섞인 소리가 다시 튀어나와 유진에게 속삭이듯 천천히 다가왔다.

"혹시 작동이 안 되나요?"

그녀는 바로 자리에서 일어나 영준에게 걸어갔다.

"그건 아닌데..."

그의 말끝이 기운 없이 흐려졌다.

기계를 다루고 설명하고, 관계사들과 바이어들과 명함을 주고받고 하는 것들은 온전히 영준의 책임이었다. 유진이 원한다고 참견할 수 있는 일이 아니었다. 하지만 이번 행사를 성공적으로 마치는 건 유진에게 한 팀으로서 공통된 과업 같은 것으로 와닿았고, 그래서 서로를 돕기 위해선 뭐든지 해야 한다고 여겼다. 누가 공을 더 가져갈지 걱정하고, 따져가며 경쟁할 필요가 전혀 없는 것이었다. 그리고 그건 한국에서도 줄곧 마찬가지였다.

어떤 이유에선지 유진은 영준이 회사에서 늘 과소평가되고 있다 판단해 왔다. 그가 갖은 긍정적인 자질, 그리고 탁월한 업무 능력은 그의 '대리'라는 직책보다 훨씬 뛰어났다. 무엇보다도 그는 늘 막을 수 없는, 말로 잘 표현되지 않는 어떤 반짝이며 폭발하는, 남들과는 다른 힘을 지니고 있었다. 그건 유진이 그의 곁에 있으면 늘 느낄 수 있는 것이었다. 이번 박람회에서 성과를 인정받는다면, 그는 이번 분기 업무 평가에서 상향을 노릴 수 있을 터였다. 때문에 그가 자신을 증명할 수 있는 더할 나위 없이 좋은 기회에, 유진은 그의 날개가 꺾이는 일은 있어선 안 된다고 확신했다. 그런 불상사는 팀원과 후배, 그리고 그를 좋아하는 한 여자로서도 그녀가 절대 원치 않는 것이었다.

영준은 손으로 고개를 푹 숙인 채로 몇 번이고 계속 기기를 만졌다. 그의 손이 전원 버튼으로 손이 가질 않는 걸 보니 분명 연결 문제라고, 유진은 넘겨짚었다.

"작동은 잘 되긴 하는데. 인터넷 문제인지 핸드폰 연결이 계속 끊기네."

영준은 기계속 작은 화면으로 빨려 들어갔다 막 정신이 차려진 사람처럼 말을 더했다.

"그런가요?"

"응. 전원도 잘 켜지고, 화면 작동도 잘 되고... 그런데 내 핸드폰이 문제인지, 두 개를 연결하면 자꾸 버벅거리고 끊긴단 말이지."

"그거 큰일인데요."

유진은 인상을 썼다. 연결이 되지 않는다는 건, 초음파 영상을 아예 보일 수 없다는 뜻이었고, 행사 진행에 걸림돌이 되는 걸 넘어서 이곳에 온 의미를 없애버리는 일이었다.

"그러니까 말이야."

"아, 혹시 대리님, 원하시면 제 핸드폰으로 연결해 보시겠어요?"

"그래도 되겠어?"

그의 손이 앞턱을 쓸어내렸다.

"당연하죠."

유진이 핸드폰을 꺼내 들고, 기기를 연결하기 위해 회사 로고가 그려진 애플리케이션을 찾았다. 그 애플리케이션을 키고 기기와 연결 버튼을 누르면, 누구든지 어디서 자유롭게 초음파 영상을 확인할 수 있었다. 다만 무선이든, 유선이든 반드시 인터넷에 연결되어 있어야 했다.

"잠시만요."

유진은 한참이나 손가락으로 핸드폰 화면을 연신 넘겼다. 하지만 어쩐지 회사 로고는 쉽게 눈에 들어오지 않았고, 그건 한참을 찾아도 마찬가지였다.

"분명히 있었는데..."

정적 속에서 유진이 조용히 중얼거렸다. 애써 웃으려 했지만, 입꼬리는 쉽게 움직이지 않았고, 그녀의 속에서 뜨거운 뭔가가 목 위로 덜컥 올라오려다 멈췄다.

모든 사람들은 크건 작건, 늘 실수를 저지르며 살아갔다. 그건 유진 자신도 마찬가지였다. 양말을 거꾸로 신고 출근을 하기도 하고, 챙겨야 할 물건을 곧잘 잃기도 했다. 몇 시간 전 굳힌 마음도 언제 거짓말처럼 무너져서, 어긋난 행동으로 이어질지 모르는 날들이 연속인 적도 있었다. 유진은 자신이 남들보다 조금 더 변덕스러울진 모르겠지만, 그렇다고 모두가 매 순간 해야 할 일을 반듯하게만 할 수 있느냐고, 누군가 묻는다면 절대 아니라고 당당하게 말할 자신이 있었다.

하지만 업무만큼은 늘 철저히 준비하고, 실수 없이 하려 노력해 온 그녀였다. 그녀의 머릿속 저 깊은 곳에는 알 수 없는 이유로 그런 노력으로 이끄는 의식이 오래전부터 자리 잡고 있었다. 그건 어쩌면 영준이 갖고 있는 것과 비슷한 업무 윤리일지도, 아니면 온전히 자신의 평판을 보호하기 위한 울타리를 짓는 작업 같은 것일지도 몰랐다.

그러나 어떤 식으로든 회사 일은 영준과 연결된다는 사실, 그 사실도 명백하게 배제할 수 없었다. 유진은 그에게 폐를 끼치고 싶지 않았고, 그를 실망하게 하고 싶지도 않았다. 한 번 느낀 실망은 또 다른 사건과 결합해 부피를 키우고, 미래의 언젠가 고약한 뙤약볕처럼 고통 가득한 순간을 선사할지 모르는 것이었다. 어쩌면 나를 미워하게 될 거라고, 유진은 사무실 벽을 보면서 혼자 막연하게 그 말을 되뇌던 과거를 떠올렸다. 그녀는 그에게 사랑이나 관심을 구걸하지 않았지만, 그렇다고 그가 자신을 싫어하다 결국 곁을 피하는 일은, 상상만으로도 괴로웠다.

"내가 한 번 봐도 될까?"

그의 말에 유진이 핸드폰을 건넸다.

"한참 찾아도 애플리케이션이 없네요."

그녀의 목소리가 입에서 소심하게 기어 나왔다.

"없으면 다운로드하면 되지. 그러려고 미리 온 거잖아."

그는 나지막하게 대답하고선 한참 동안 유진의 핸드폰을 계속 만졌다. 그는 이 아이콘, 그리고 저 아이콘을 만지작거리다가, 결국은 새로 다운로드를 마치고 다시 기기와 연결을 시도했다. 유진의 눈동자는 그가 그러는 동안에 만들어내는 모든 움직임을 진득하게 쫓고 있었다.

"휴. 드디어 됐네."

영준의 입에서 안도의 숨이 튀어나온 것은 십분 뒤였다. 차분하면서도 경쾌한 숨이었다.

"제 건 잘 되나요?"

"응. 역시 인터넷 문제였나봐. 내 핸드폰에 무선 인터넷 연결이 잘 안되는 거 같은데?"

"정말 다행이에요. 더 큰 문제가 아니라서요."

"그러게 말이야. 그래도 혹시 모르니까 내가 박람회장 사무실에 잠시 다녀와야 할 것 같아. 우리 부스 근처에선 인터넷이 끊기면 절대 안 된다고 당부를 하고, 보안용 인터넷 사용 허가도 받아야겠어."

영준은 유진에게 핸드폰을 돌려주고선 전시회장 출입구 근처의 사무실을 찾아가 한참 시간을 보내고 돌아왔다. 다시 돌아오는 그의 손에는 뭔가가 잔뜩 쓰여있는 흰 종이 여러 장이 들려있었다. 그는 가벼운 눈짓으로 돌아왔다는 신호를 보내고 나서 다시 테이블에 앉았다. 그리고 아무 말 없이 기기들을 천천히 반복해서 만지고, 살펴보았다. 그는 원래 어떤 일에도 절대 서두르는 법이 없었다. 그런데 두 사람만을 에워싼 세계 안에서 그의 성정과 행동은 더 차분해지고, 섬세해졌다. 영준의 모든 신경은 유진이 그토록 두려워하는 작은 실수, 혹시라도 그것이 존재할까 동물적으로 감지하기 위해 주변에 집중했다.

자신이라면 우왕좌왕할 일들에 현명하게 대처하는 그의 모습은, 온전히 사람으로서 그를 존경하는 유진의 마음을, 마치 새로 돋는 잎처럼 다시 피워냈다. 특히 마지막까지 빈틈없이 마무리하는 모습이 특히 그랬다. 업무가 끝으로 향할수록 유진은 바로 짐을 챙기고 부스를 나올 준비를 했지만, 영준은 모든 걸 일일이 두 번씩 확인하고 나서야 부스의 밖으로 발을 확실히 내밀었다. 그리고 그제서야 뻣뻣하게 굳은 어깨를 아래로 편하게 내려놓았다.

어떤 이유에서인지 아리송했지만, 영준은 전시회장을 빠져나오면서 계속 환한 미소를 지었다. 그리고 두 사람이 걸어왔던 길, 아까 그 육교로 뻗어있는 길을 걸으면서는 마치 점프했던 피겨 선수가 반원을 그리면서 착지하는 것처럼 갑자기 유진을 향해 몸을 돌렸다.

"아-, 배고프다."

그가 그녀를 마주 보며 크게 외쳤다. 주변에 해가 될 만큼 큰 목소리는 아니었지만, 평소보다 힘이 잔뜩 들어간 목소리에 유진의 고개가 가볍게 갸웃했다.

어느새 어둠이 퍼진 완차이의 도로에는 많은 차들이 달리고 있었다. 그 차들은 두 사람을 향해 헤드라이트를 켠 채로 빛을 퍼뜨리며 빠르게 다가왔고, 다시 그들의 등 뒤로 세월처럼 빠르게 사라졌다. 모든 가로등과 상점의 간판들도 어둠 속에서 또렷하게 불을 밝히고 있었다. 두 사람은 인도의 안쪽으로 난 넓이가 좁은 화단을 지나는 중이었다. 꽃은 없지만, 길이가 들쑥날쑥하고 끝이 뾰족한 녹색 잡초로 가득한 화단이었다. 그 뒤로 세 곳의 상점이 있었다. 정확히 어떤 곳인지는 한눈에 알 수 없었지만, 전부 간판이 붉은빛을 쏘아대서 그 화려함에 눈이 찔릴 것만 같은 곳들이었다. 유진은 그 길을 지나는 내내, 이곳의 밤 풍경은 이 선명하고 진한 붉은색이 없다면 완벽하지 않을 거라는 생각을 하고 있었다.

"저녁은 뭘 먹을까?"

영준이 물었다.

"글쎄요? 혹시 드시고 싶은 거 있으세요? 저는 아무거나 괜찮아서요."

"정말? 이런 기회 쉽게 오는 거 아닌데 말이야. 한국가면 다시 어른들 입맛에 맞춰야 하잖아. 회사 근처에 여름이면 맨날 가던 냉면집 기억하지? 나는 사실 비빔 냉면보단 물냉면을 좋아하거든. 그런데 과장님때문에 매번 비빔 냉면을 시킨거야."

"과장님의 은근한 비빔냉면 주문 강요, 아주 잘 알죠."

영준은 크게 웃음을 터뜨렸다. 그리고 그건 유진이 여태 들어본 영준의 웃음 중 가장 소리가 맑았다.

"역시. 나만 느끼는 게 아니였지? 다들 뭐 시킬 거냐고 물으시면서, 교묘하게 메뉴판에 물냉면 사진은 팔로 가리시는 거 말이야."

"가끔 그 근처에 있는 국밥집을 가서도 그러시잖아요."

이번엔 유진이 크게 웃었다. 두 사람은 마치 그들 주변에서 크게 웃고 떠드는 사람들처럼 행동했다. 그들의 전신에서 베어 나오는 분위기가 마치 친한 이웃의 것처럼 두 사람에게 빠르게 스며들었다.

"맞아. 역시 그것도 나만 눈치챈 게 아니였네. 그나저나 빨리 메뉴를 정하지 않으면 오늘 늦게 호텔에 도착할 거야."

"음."

유진은 눈을 가늘게 떴다.

"홍콩에서 첫날이니까 홍콩 별식을 먹는 건 어떨까? 그 냉면집에서 자주 먹었던 메뉴... 그러니까 냉면이나, 불고기 비슷한 거만 빼고서."

"그런데 저는 정말 떠오르는 게 없어서요. 사실 오기 전엔 이것저것 찾아봤는데, 이렇게 대뜸 물으시니까 갑자기 머리가 하얗게 된 것처럼 아무것도 기억이 안 나요. 그래서 정할 수가 없어요."

"그래? 그럼, 호텔 근처에 가볼래? 배를 타고 나가는 건 오늘은 무리가 아닐까 싶어. 내일 아침부터 일정이 빡빡하니까 말이야."

영준과의 대화 속에서, 유진은 활기 가득한 눈으로만 그를 보려 노력했다. 그녀가 여태 느꼈던 모든 부정적인 감정들은 아이가 뭣 모르고 부린 투정처럼 이미 모습을 감추고 없었다. 그녀는 그 누구에게도 순종적인 사람이 아니었지만, 이제는 이 사람이 어떤 말을 해도 긍정으로 공감하고, 수긍하는 답만을 내놓을 준비가 되어있었다. 그리고 그건 그녀 자신도 의식하지 못한 사이에, 지친 영혼이 달콤한 잠에 빠지듯 순식간에 벌어진 일이었다.

두 사람은 다시 육교의 계단을 올랐다. 아까 석양을 바라보던 그 자리에서, 유진은 다시 밤의 풍경을 담으려 핸드폰을 꺼내려 했다. 어떤 안 좋은 예감에 갑자기 그녀의 두 손이 가방 속을 한참 살피다 스커트 주머니 속을 뒤졌다. 아무리 만지고 두드려 보아도 있어야 할 지갑이 어디에도 없었다. 유진은 망연자실한 표정과 목소리로 영준을 불렀다. 그녀는 지갑이 없다고 사실대로 말했고, 영준은 그 말에 허무한 바람이 섞인 웃음이 지었다. 그는 '밥이야 자신이 살 수 있다' 면서 그녀를 안심시켰다.

"오늘 정말 엉망진창이네요. 과장님이랑 왔으면 어땠을까 머리가 아찔한 정도예요."

유진의 말에 영준은 갑자기 그녀의 어깨를 부여잡았다. 그의 손에서 느껴지는 적당한 따듯함은 그녀가 놀랄 틈도 주지 않았다.

그 순간, 육교에 서 있는 두 사람의 뒤의 발 아래의 풍경은 보이지 않았다. 오직 어둠 속에서 빌딩 밖으로 세어 나오는 닿을 수 없는 불빛들과 그림자같은 사물의 실루엣만이 배경을 이루고 있었다.

"유진이 네가 잔소리나 오지랖이라고 생각할 수도 있겠지만, 지금 내가 하는 말을 잘 들어줬으면 좋겠어. 적어도 여기서 나랑 지내는 동안에만이라도."

그의 목소리는 평소보다 더 부드러웠다.

"……"

"어떤 일이 있어도, 너만큼은 네 자신을 비난하지 않았으면 좋겠어. 알겠지?"

유진은 답을 해야한다는 걸 알았지만, 동시다발적으로 여러 대답을 떠올라서 도무지 어떤 걸 골라야할지 몰랐다. 이런 순간이 늘 이런 모양인 건 아니였지만, 결국 '네'라고만 대답한 유진은, 다시 앞으로 걸음을 옮겼다. 육교의 끝으로 향하면서, 그녀는 영준에게 그 이상을 말했어야 했나 걱정했다. 한밤처럼 짙은 후회가 그녀에게 찾아오려던 참이었다. 육교 아래로 뚜껑을 연 납작한 스포츠카 한 대가 커다란 하품같은 소리를 내면서 빠르게 지나갔다. 그때 흐르던 어색한 침묵, 그리고 유진의 머리를 종종걸음으로 요란하게 돌아다니던 복잡한 생각들은, 모두 그 차에 몸을 싣고 떠나가 되돌아오지 않았다.

***

두 사람이 호텔이 있는 길로 들어서자, 오른쪽 길가에 음식점들이 줄지어 있었다. 그 입구 앞에 현지인으로 보이는 중년의 남성들이 땀이 난 얼굴에 인상을 쓴 채로 서 있었다. 어떤 사람은 손에 메뉴판으로 보이는 걸 들고 있기도 했고, 아닌 사람도 있었다. 그들의 앞을 지나자, 남자들은 영어로 들어오라고 외치면서 둘에게 손사래 치듯 손을 흔들었다.

"펍들이네."

영준은 고개를 유진 쪽으로 기울이고선 첫 번째 가게 안을 유심히 살펴봤다.

"분위기 좋아 보이는데요?"

"혹시 맥주 마시고 싶어?"

"그건 아니고요. 시끌벅적해서 들어가면 신나는 일들이 일어날 것 같긴 하지만요. 테라스 분위기도 좋아 보이고요.

사실 그런 로망이 있긴 했어요. 여유가 생기면 테라스가 있는 음식점이나 카페에 앉아서 그저 사람들이 지나가는 걸 보다가, 그렇게 시간을 흘려보내고 싶다고요."

"그러면 외국이라는 걸 더 실감하게 되지. 어디를 가더라도."

유진은 고개를 끄떡이고는 물었다.

"대리님은 외국에 많이 다녀보셨죠?"

"조금? 많이는 아니고. 학교 다니다가 휴학을 하고, 가고 싶던 나라 몇 군데를 다녀왔어."

영준은 살집이 있는 가게 주인이 내민 메뉴판을 받아들며 말했다.

"그럼, 홍콩도 전에 와보셨어요?"

"아니. 나도 홍콩은 처음이야."

"저도요."

물 흐르듯 흘러가는 대화에 유진은 알 수 없는 어떤 감정이 가슴에 쌓이는 걸 느꼈다.

"너도 홍콩이 처음이야?"

"아뇨?"

"아뇨?"

영준은 유진의 말을 따라 물으며 웃었다.

"저는 해외여행, 아니, 해외에 온 것 자체가 처음이에요."

그녀는 자신의 앞에서 메뉴판을 살피는 영준의 뒤에서 씁쓸한 미소를 지었다.

"뭐? 그걸 왜 이제서야 말하는 거야?"

그가 갑자기 목에 힘을 주고 물으며 몸을 뒤로 돌렸다. 그의 눈이 커지면서, 어떤 기회를 포착하기라도 한 것처럼 또렷하게 빛났다.

"자랑은 아닌걸요. 빡빡하게 사느라 외국에 갈 기회 한번 없던 게 떠벌리고 다닐 일은 아니라 생각했어요."

"그랬구나. 왠지 내가 생각한 거랑은 조금 괴리가 있는걸."

영준은 들고 있던 메뉴판을 소리가 나게 세게 접었다. 그러고선 당당함으로 무장된 표정을 지은 채로 팔을 쭉 펴고 의기양양하게 주인에게 건넸다.

"괴리요?"

"응."

남자가 영준에게 뭐라 묻고 있었지만, 몸을 가까이 붙인 두 사람은 그저 호텔이 있는 방향으로 직진해 걷기만 했다. 영준이 주인에게 고개를 까딱 숙여 사과한 후였다. 여전히 다른 가게 주인들은 지나가는 사람들에게 영어로 소리치며 부산하게 손짓했지만, 이제 두 사람에게 존재하는 길 위의 소리는 서로의 목소리뿐이었다.

"유진이 넌 늘 밝고 씩씩하잖아. 일을 열심히 하는 건 알았지만, 구김살도 없어서 매일이 여유롭겠구나 싶었어. 사실 그래서 과장님이랑 다른 분들도 네 칭찬을 많이 하시거든. 일도 잘하는데, 바르고 붙임성도 좋다고. 그래서 다들 그랬지. 우리 부서는 참 감사해야 한다고."

"그렇게 생각하셨다니, 오히려 제가 감사한데요."

유진은 털털하게 소리 내 웃었다. 그의 말을 곱씹자니, 어쩐지 유진의 눈엔 이슬 같은 눈물이 한방울 고이려 했다. 영준이 예상해 온 유진의 삶은 진짜 그녀의 삶과는 달랐고, 그가 말한 괴리 있는 '그 삶'이 유진에게 더 가까운 것이어서,

유진은 어디서부터 어디까지 사실대로 말해야 할지 몰랐다. 한참을 생각한 후에야 그녀는 차근히 하나씩 꺼내보기로 결심했다.

"저희 집은 유복하지도, 어쩌면 평범하지도 않아요. 제가 느끼기에만 그럴지 모르겠지만, 저는 늘 부족함에 시달린다고 생각했어요."

영준은 침묵하며 그녀의 말을 들었다.

"아버지는 그냥 보통의 회사원이신데, 제가 아주 어렸을 때, 저희 가족이 홀로 사시게 된 친할머니를 모시게 됐거든요. 부모님은 돈을 모으실 새가 없으셨어요. 아니면 모으셨는데 쓰지 않으신 건지도 모르죠."

여유 있는 삶 같은 건 오히려 여태 그녀가 막연히 꿈꿔온 것일지도 몰랐다. 유진은 이 또한 솔직하게 말하는 게 좋을까 고민했지만, 괜한 말 말자고 자신에게 되뇌며 마음을 접었다.

유진에게 궁금한 게 많았나 본지, 영준은 거리를 걸으며 이 것저것 묻기 시작했다. 어쩌다 이 회사에 지원했는지, 그리고 회사에 대해서는 어떻게 느끼고 있는지... 질문 하나가 끝나면 또 다른 질문이 망설임 없이 연속해서 바로 날아왔다. 그동안 이런 대화도 안 하고 뭘 했던 거냐고, 그녀는 대화 중에 생각했지만, 그건 그를 향한 마음이 들킬까 자신이 의식적으로 이런 상황들을 피해와서라는 결론에 도달했다.

이상하게도 오늘 이 대화는 마치 주어진 운명처럼 피할 수가 없었고, 유진은 오히려 자포자기하는 편안한 마음이 몸에 스미는 걸 느꼈다. 자기 세뇌적인 생각들이 드디어 효과를 발휘하는 거냐는 우스운 생각마저 들었다. 그러나 다행스럽게도 세상은 늘 이런 대화가 오가는 적절한 장소와 시간을, 누군가를 위해 마치 훌륭한 식사를 대접하는 것처럼 정성껏 마련해주곤 했고, 유진은 이번에도 그렇다 여겼다. 한참을 그렇게 조잘대다 보니, 두 사람은 어느새 호텔 앞에 서 있었다. 영준이 말을 멈추자 그녀의 귀는 그제서야 다시 세상의 소리를 들었다. 아니, 어쩌면 호텔 앞 어딘가에서 유유히 흘러나오는 엘가의 〈사랑의 인사〉만을 다시 귀에 담으려 한 것일지도 몰랐다.

영준은 호텔 너머에 있는 다른 음식점들을 넌지시 응시하고 있었다.

"결정했어."

그는 두 팔을 꼬고선, 뭔가를 한참 고민하다 손목시계로 시간을 한 번 확인했다.

"뭘를요?"

"저기 앞에서 저녁을 먹자."

그가 검지 손가락으로 호텔에서 반대편을 가리켰다. 외관이 화려한, 고급 식당들이 모여 있는 곳이었다.

"네? 저기는 너무 고급 레스토랑인데요?"

영준이 먼저 앞으로 걸어가기 시작했다.

"그게 어때서?"

"그래도 제가 얻어먹는 건데요. 자고로 지갑도 없이 얻어먹는 자는 염치를 알아야죠."

유진이 작게 소리 내 웃었다. 그 소리를 들은 영준이 뒤를 돌아보며 유진의 눈을 바라봤다.

"그래도 유진이, 네 첫 해외 여행이잖아. 이런 날은 기념해야 하지 않겠어?"

그가 다시 앞으로 몸을 돌리고선, 무심한 듯 진지하게 말했다.

그의 물음에 숨이 차는 뜨거운 여름 공기가 갑자기 따뜻하게 변하는 마법을 부렸다. 그때 유진의 두 발은 마치 누군가가 붙잡고 있는 것처럼 땅에서 쉽게 떨어지지 않았고, 영준은 이미 먼저 걷고 있었다. 곧 그는 저 먼발치에 있었다. 유진은 어서 그를 쫓아가라고 자신을 몰아붙였지만, 어쩐지 계속 걸음을 옮길 수 없었다. 영준이 그녀를 바라보다가, 왜 오질 않느냐고 표정으로 한 번 묻고는 가만히 기다렸다. 그러다 답답했는지, 먼저 다리를 앞으로 내밀어 다시 다가오려 했다.

유진은 소리 없이 그에게 말했다. 다가오지 말라고... 한 번이 아니라 여러 번 말했다. 그가 좋은데 또 싫다는 아이러니한 생각에서 그런 게 아니었다. 그녀는 그저 지금 그의 눈을 더 가까이서 봐버린다면, 그에게서 영영 헤어 나오지 못할 거라 확신했다.

*"차라리 눈에 안 보이면 그렇게 될까 모르겠어."*

그리고 결국에 그건 다음 생에서나 가능하게 되겠지. 그녀는 속으로 또 말했다.

# 3. 약속

## 3. 약속


그렇게 바랐지만, 영준은 서서히 유진에게 다가왔다.

"잠시만요!"

정신을 다잡은 유진은 그가 있는 곳까지 손을 쭉 뻗었다. 마치 자신에게 다가오는 큰 장애물을 막으려는 것처럼, 그녀는 팔에 힘을 바짝 주고 있었다.

"응?"

"잠시만 멈춰보세요!"

"왜 그래?"

긴장되고 다급해 보이는 그녀를 보자 영준은 놀란 목소리로 되물었다.

"저희 저기 앞에 있는 데로 가요! 갑자기 너무, 너무 더워서 맥주를 아주 물처럼 들이키고 싶네요!"

유진의 손가락이 건너편의 펍을 가리켰다.

"아깐 안 마시고 싶다고..."

"하하. 죄송해요! 마음이 오락가락해서요. 더위에 제정신이 아닌가 봐요!"

그녀는 영준의 말은 가볍게 잘라먹고 길을 건넜다. 오른편에서 흰옷을 입은 몇 명의 사람들이 다가오더니 그녀의 앞을 빠르게 가로질러 지나갔고, 그녀는 잠시 멈췄다 다시 길을 건넜다.

밖에서 들여다본 펍은 테이블 사이의 틈마저 걸어 다니는 사람들로 빈 곳이 없었다. 낙담한 유진의 몸이 앞으로 살짝 기울었을 때, 영준이 뒤로 다가와 목을 앞으로 쭉 빼고선 안을 살펴보았다. 그가 한참 뒤에 '이런'이라고 툭 하고 뱉었다.

이 사람, 저 사람 할 것 없이 주홍 등 아래에서 술잔을 기울이는 사람들의 얼굴은 붉게 달아올라 있었다. 아랫배가 튀어나온 중년의 백인 남성은 화가 난 듯 일어서서 열변을 토하고 있었고, 검정 생머리의 젊은 여성은 술잔은 세게 내려놓더니 갑자기 울음을 터뜨렸다. 천장에 매달린 큰 화면에 떠 있는 스포츠 중계방송에선 축구 게임이 끝나는 순간을 알리는 경쾌하고 긴 소리가 터져 나왔다. 영준의 얼굴에 의심 가득한 인상이 드리웠지만, 그는 이내 다시 계산적인 눈으로 내부를 샅샅이 살폈다.

"정말 괜찮겠어?"

"그럼요! 사주시는 게 어디예요. 저는 사주시는 것만으로도 감사해요. 오히려 활기차고 너무 좋은걸요!"

유진은 기계처럼 억지스럽고 딱딱한 웃음소리를 내며 입구 안으로 한쪽 발을 내밀었다. 이곳에서 벌어질 만한 일들을 상상하는 중이었다. 얼굴만 한 맥주잔으로 서로 건배를 하고선, 그가 하는 어떤 얘기에 손을 떠는 자신의 모습, 그리고 저기 저 여성처럼 슬픔에 젖어 눈물을 흘리는 자신의 모습... 그것들이 머릿속에 그려지자 유진은 더 자신 있게 안으로 몸을 들이밀었다.

"죄송하지만, 지금 자리가 없어요!"

어디서 그녀를 기다리고 있었는지는 몰랐다. 그런데 키가 큰 백인 남성이 튀어나와 앞을 가로막았다. 웨이터인 모양이었다. 그는 억양 섞인 영어로 말하며 안녕을 말하듯, 손바닥을 좌우로 흔들었다. 유진은 놀라 그의 말을 듣지 못했지만, 손동작에 들어가선 안 된다는 걸 단번에 알아차렸다. 그녀가 어정쩡하게 가만히 서서 물고기처럼 눈을 끔벅거리다 영준을 힐끗 바라봤다.

"자리가 없어요, 없어...!"

그녀의 얼굴을 보고 웨이터가 다시 단호하게 말했다. 그 말에 두 사람은 가게에서 몸을 돌리고, 거리의 한쪽 끝에서 다른 쪽 끝까지 몇 번이고 배회했다. 그동안 유진은 온 힘을 다해 갈 만한 펍을 눈으로 찾아봤지만, 모든 곳이 만석인 듯 사람들로 바글거렸다.

"다 자리가 없나 봐요."

"여기도 퇴근 시간이 지나니까 무섭게 붐비네."

"그러니까요. 아까 처음 지나온 데를 갔어야 했는데 말이죠."

유진이 얼버무리듯 말하자 영준이 그녀를 마주 본 채로 두 손을 허리 위에 올렸다. 그러다 고민에 빠진 표정을 짓고선 손목에 찬 시계로 시선을 돌렸다.

"벌써 일곱 시가 넘었는데 그냥 아까 그 식당들로 가는 게 어떨까?"

"그럴까요?"

유진은 기운 없는 목소리로 대답했다. 말은 서둘러 나왔지만, 그녀는 잠시 머뭇거리고, 망설이다영준을 따라갔다. 어렴풋이 눈에 스쳤던 그 고급스러운 외관을 떠올리면서, 그 안은 어떤 모습일지, 유진은 궁금해했지만, 눈꺼풀은 걱정과 불안으로 눈동자를 덮었다.

온통 따듯함이 배어 나오는 곳일 거라고, 그녀는 예상했다. 그리고 그런 곳에서 두 사람은 조심히 음식을 먹으며 조용한 목소리로 속삭이듯 대화를 나눌 터였다. 그리고 자신은 마치 그래야 하는 사람처럼, 더 여성스럽게 행동할 터였다. 그렇다고 그런 변화가 영준의 마음을 움직일까? 그건 유진이 알 수도 없었고, 그렇다면 기쁘겠지만, 애써 기대하지도 않는 일이었다.

레스토랑으로 돌아가는 길은 컨벤션 센터에서 걸어온 길과는 완전히 분위기가 달랐다. 같은 거리이지만, 마치 다른 세상처럼 사람들의 옷차림과 말투는 절제되어 있었고, 주변은 온통 어디선가 들어본 듯한 부드러운 클래식의 선율이 흘렀다. 소리와 움직임은 결코 과장되거나, 큰 법이 없었다.

배가 고프다느니, 서울이 홍콩보다 덜 덥다느니... 두 사람은 무게 없는 말들을 주고받다 목적지 앞에서 걸음을 멈췄다. 눈앞에는 비슷하면서도 다른 분위기의 크고 웅장한 레스토랑이 두 군데 있었다. 한곳의 외벽은 유럽식 미장을 칠한 곳이었는데, 건물의 중앙에는 고동색의 나무로 된 출입문이 크게 나 있었다. 다른 한 곳은 외벽의 아래 반절은 연한 녹색의, 그리고 위의 반절은 보라색의 페인트로 칠해져 있었다. 입구의 위로는 유럽식의, 위가 둥근 아치형인 창들이 마치 하품하는 입처럼 문을 활짝 벌리고 있었고, 옆으로는 작고 빨간 장미들이 심어진 화분이 놓여있었다.

가로등 등불에 건물의 녹색 부분이 밝은 에메랄드빛으로 변했다. 유진은 그 아름다움에 홀려 연신 속으로 소리를 내질렀다. 언젠가 바닷가에서 주운 조개껍데기의 안을, 뜨거운 햇살에 비춰보았을 때 잠시 반짝하고 빛났던 그 에메랄드빛이라고, 그녀는 생각했다. 그 앞에 놓인 화분 속에서 고개를 내밀고 있는 장미가 그 색에 유혹적으로 대비됐고, 유진은 이런 건물에 매료되지 않을 사람은 전혀 없을 거라고 홀로 장담하고 있었다.

"여기로 가야겠네."

영준은 유진을 흐뭇하게 바라보며 말했다. 유진은 여전히 황홀하고 몽롱한 꿈결에 잠긴 듯 외관을 바라보고 있었다. 영준은 그녀에게서 어떤 답도 바라지 않는 듯했다. '그렇게 하자'는 말과 허락은 그에게 필요 없었다. 어쩌면 강제적일지도 몰랐다. 하지만 그는 이곳이어야만 한다는 것을 알고 있었고, 유진도 기꺼이, 아주 흔쾌하게 그의 느낌을 따랐다. 이미 두꺼운 문을 밀어내는 영준의 손과 팔, 그리고 어깨는 이미 승리를 예견한 전장의 용사처럼, 자신감으로 가득 차올라 뒤로 벌어져 있었다.

입구에서 앞으로 조금 더 나아가자 오른쪽 위로 곡선을 그리며 꺾인 계단이 나타났고, 그 계단 앞에 서 있던 웨이터가 영준에게 말을 걸어왔다. 두 사람의 대화는 짐짓 심각하게 흘러가는 듯했지만, 웨이터의 손에 들린 무전기 소리로 소란 없이 중단됐다.

"여기도 다 예약석이었는데, 다행히 우리 오기 조금 전에 한 테이블이 취소됐다고 하네."

영준은 한동안 웨이터를 기다린 후에, 어떤 대답을 듣고선 유진에게 다가와 알렸다.

정장을 차려입은 또 다른 웨이터가 두 사람에게 다가와 길을 안내했다. 계단을 올라가자, 유진의 눈앞에는 잘 차려진 테이블이 있었다. 서로를 마주하고 앉는 순간, 두 사람의 시선이 잠시 서로의 눈에 머물렀다. 순간 시간이 멈춘 것처럼 두 사람은 한동안 서로를 바라봤다. 갑자기 서늘해진 공기가 주변을 에워싸더니, 유진은 마치 태풍의 눈 속에 들어온 것 같은 고요를 느꼈다. 그러나 심장은 드럼을 치듯 시끄럽게 쿵쿵하고 소리를 냈고, 그 속도가 빨라지자 그녀는 그에게서 눈을 돌릴 수밖에 없었다. 침묵이 두 사람의 사이를 비집고 들어왔다.

유진은 억지로 헛기침을 뱉어내며 영어로 된 메뉴판을 집어 들었다. 곧 음식을 살피기 시작한 그녀의 눈에 가격이 들어왔다. 입에선 자연스레 당황이 섞인, 감탄과 비슷한 소리가 터져 나왔다.

"맛있어 보이지? 여긴 스페인 요리를 전문으로 하나 봐."

영준은 반대편에서 자신의 메뉴판을 훑다가 미소를 짓고는 말을 이었다.

"A 코스로 시키면 리소토 비슷한 스페인식 빠에야가 나오고, B 코스로 시키면 해산물을 곁들인 스페인식 토마토소스 파스타가 나온대. 근데 이렇게만 먹으면 배고플 것 같으니 스테이크까지 하나 시키는 건..."

"저는 뭐든 상관없어요. 가격이 부담되시면 저는 빵만 한 조각만 주셔도 감사히 먹을게요."

"그럼 A로 할까?"

영준이 가벼운 웃음을 터뜨리며 물었다. 유진은 '좋다'고 대답했다. 그러고 나서 메뉴판으로 얼굴을 가렸다. 점점 달아오르는 얼굴을 숨기는 방법은 그분이 없었다. 그녀는 영준이 주문을 하는 동안, 아주 잠시, 손으로 부채질을 했다. 웨이터가 두 사람의 메뉴판을 접어들고 사라졌을 때가 돼서야 그녀는 영준을 다시 바로 볼 수 있었다.

웨이터가 물을 따르자, 투명한 유리잔에서 빗방울이 떨어지는 것 같은 맑은소리가 났다.

"유진이, 네 학창 시절은 어땠어?"

물잔을 들어 올리는 영준의 고개가 아래로 떨어졌고, 눈동자는 천장 쪽으로 향했다.

"음. 학교 끝나면 아르바이트하고, 남은 시간엔 공부하고 과제 하느라 시간이 없었어요. 장학금을 타서 학비에 보태야 했어서요."

"장학금? 장학생인지는 전혀 몰랐는데 말이야. 그런 건 자랑해도 되는데 말이지."

"만년 장학생도 아닌걸요. 삼 학년 지나서 두 학기에 반액 정도 탔어요. 그래서 장학금을 못 받은 학기에는 아르바이트에 과외를 하기도 했고요. 방학 때도 별다를 게 없었어요. 일하고 공부하고 일하고..."

"그랬구나."

"네. 쉬는 날이면 집에서 시간을 보내거나 아니면 가끔 공원에 갔고, 유독 지루한 날이면 쇼핑몰 근처를 어슬렁거렸어요. 그러다 영화관에 가서 당기는 영화를 한 편 보기도 했고요."

"나라고 별 특별한 학창 시절을 보낸 건 아니야. 문득 여행을 하고 싶어서 일본이나 호주나 그런 곳들을 가봤지만, 남은 시간에는 너처럼 공부나 자기 계발에 시간을 썼지."

대화를 나누는 두 사람 주변의 빈 테이블이 점점 사람들로 채워지기 시작했다. 웨이터들은 동그란 트레이 위에 물잔과 물병을 아슬아슬하게 얹고 테이블의 사이를 요염하게 지나다녔다.

레스토랑에서 흘러나오는 노래는 아니었다. 다른 건물 어딘가에서 틀어둔 노래가 창밖에서 희미하게 새어 들어왔다. 잔잔하지만 동시에 씁쓸하고, 음울하기도 한 노래였다. 가사가 잘 들리지 않아 어느 나라 말인지도 구분할 수 없었다. 그저 멜로디만으로도 충분하게 그런 분위기를 만들어내는 노래였다. 그 노래는 시시하게 시작됐지만, 마치 누군가 유진의 말을 엿듣고 틀기라도 한 것처럼, 끝으로 가며 주변을 더 적적하게 만들었다. 마치 깊어지는 이 저녁에 저항하듯, 어디서 날아온 작은 새는 창틀에 앉아 목청껏 울며 그 노래에 경쾌한 지저귐을 더했다.

"하루는 도서관에 있는데..."

유진은 말을 멈칫했다. 그녀는 영준에게 이런 얘기까지 꺼내도 되는 것인지, 잠시 고민했다. 그런 유진을 바라보는 영준의 느긋하게 내려온 앞머리, 눈썹, 부드럽게 올라간 입술 끝과 경계가 부드럽게 흩어진 눈동자... 그 모든 게 유진에게 망설이지 말라는 말을 건넸다.

"눈물이 났어요. 사실 저는 정말 비상한 아이들이랑은 다르다 생각하면서 지냈었거든요. 그 아이들은 가만히 앉아서 수업을 듣기만 해도 좋은 점수를 턱턱 받는데, 저는 매일 다섯시간을 앉아서 뭔가를 외우기만 해도 못 그러니까 화가 나기도 했고요. 그런데 어느 학기는 정말 시간이 모자란 때가 있었어요. 집에 들어가면 바로 자고, 아침에 일어나면 바로 집을 나와야 했죠. 그런데 시험 기간이었어요. 어느 날 도서관에 앉아 있는데 속상해서 눈물이 터지더니, 갑자기 배까지 쓰라리더라고요."

"나도 그런 비슷한 적이 있었어."

"정말요?"

"응. 그리고 사실 잠깐이 아닐지도 몰라. 언젠가는 내가 못난 사람 같아서, 우울함에 빠져서 침대에서 쉽게 일어나지도 못했어."

유진은 속으로 말도 안 된다고 생각하고 있었다.

"내가 그 수렁에서 한가지 배운 건 말이야, 설령 내가 이런저런 실수를 저질렀고, 그게 회사 생활을 위태롭게 하더라도 나는 나를 꼭 위로해야 해야 한다는 거야. 그렇지 않으면 나는 결국 나를 비난하는 내 목소리 안에 내가 갇히고 말더라고."

"생각해 보니... 정말 그렇네요. 저도 그래서 취업 준비 하기 전엔, 포기하고 싶던 적도 있었어요. 아무리 열심히 살아도 당장 눈앞에 나아지는 게 없으니 제가 저에게 넌 부족하다고 말하는 화살을 계속 쏜 거죠."

"맞아."

영준이 나긋한 눈빛으로 유진을 바라봤다.

"그런데 다시 열심히 살고 싶은 이유가 생긴 날이 있었어요."

"그래?"

"언제인지는 아무에게도 말할 수 없지만요. 그러니까 여태 저를 여유 있는 사람이라고 생각하신 거라면 완전 잘못 짚으신 거죠. 아, 물론 기쁘게도 취업을 하고 상황은 나아졌지만요."

유진은 작은 소리를 내며 혼자 웃었다. 그녀의 눈동자가 창가 옆의, 아직 비어있는 테이블로 향했다.

"그런데 그 여유 이야기는 말이야, 내가 처음 생각하고 꺼낸 건 아니었어."

"그러면요? 설마 또 과장님께서..."

"응."

"아니, 과장님은 왜 그렇게..."

"남한테 관심이 많으시지?"

영준이 큰 목소리로, 호탕하지만 너그럽게 웃었다.

"네."

"나이가 들어서 삶이 어느 정도 안정이 되고, 그러다 지루하다고까지 느껴지면, 결국 보게 되는 건 다른 사람일 때가 많은가 봐. 그런데 그렇다고 그렇지 않은 다른 사람들이 다 너에게 관심이 안 가는 건, 또 아닐 거야. 너처럼 매일 명랑한 사람은 드물기도 하잖아. 난 그게 신기해서 너를 유심히 관찰한 적도 있었거든."

그의 오른손으로 앞머리를 옆으로 쓸어 넘겼다.

"관찰요?"

"응. 관찰이라고 하니까 조금 음침하지?"

"네. 조금이 아니고 많아요."

유진이 입을 가리고 작게 웃었다.

"그러면 그냥 지켜봤다고 할게. 우리 올해 전체 회의 한 날 기억해?"

"그럼요."

"그날 일부러 너한테 회의실 준비를 다 맡긴 거야. 그러고 나서 난 회의실 창 너머로 널 지켜보고 있었어. 이런. 내 입으로 말해도 스토커 같네."

둘이 대화에 푹 빠져든 사이, 음식이 나왔다. 두 사람의 사이에는 통밀로 만든 빵을 작게 자른 조각들이 담긴 접시가 놓였고, 각자의 앞에는 잘 구워진 새우가 맨 위에 얹어진 넓고 동그란 접시가 놓였다. 두 사람은 잠시 대화를 멈추고 음식들을 바라보다 먹기 시작했다. 스페인식 해산물 파스타의 맛은 훌륭했다. 해산물에서는 조금의 비린내도 올라오지 않았고, 스파게티 면은 부드럽게 잘 씹히도록 알맞게 삶아져 있었다. 붉은 소스는 신선한 토마토와 허브의 풍미로 가득했다.

"사실, 그날 어쩐지 의심스러웠어요."

유진이 빵을 한입 베어먹고는 다시 말을 꺼냈다.

"너무 티 났지? 갑자기 다들 자리를 비워야 하냐고 해서 말이야."

"네. 갑자기 여러 명이 하던 일을 혼자 하라니까 수상했죠. 그럼 그날 면담은 안 하신 거예요?"

그녀는 흘러가듯 그날을 떠올리고 있었다.

"아니. 정말 면담을 하긴 했어. 나도 부장님도 여러모로 정신이 없었는데, 그날 유진이 네 덕에 시간을 번 거지. 사실 나는 네가 중간에 와서 도와달라거나 사고를 쳤다고 할 줄 알았는데, 한마디도 없이 완벽하게 준비를 해놔서 깜짝 놀랐어. 다른 분들도 얼마나 칭찬하셨는지 몰라."

"정말요? 저는 생각지도 못했어요. 뒤에서 다 보고 계신 거였군요."

유진은 괜히 손을 뻗어 물잔을 잡으면서 의미심장하게 웃었다.

"아까도 내가 손 내미니까 오히려 짜증 냈잖아. 너같이 당찬 애를 약한 취급 해 버린 것 같아서 혹시 화가 났나 했어."

"그런 건 아니었어요. 아니, 어쩌면 그랬을지도 모르겠어요. 죄송해요."

"오히려 내가 미안하지. 나는 네가 원치도 않는데 혼자 오바했나 싶었거든."

"혼자 충분히 내려올 수 있긴 했으니까요. 제가 유난스러운 걸 수도 있지만, 저는 뭐든지 혼자 해결하는 게 좋더라고요. 특히 여자라고 무조건적으로 받는 배려는 마음에 내키지가 않아요. 그리고 그거 아세요?"

"뭔데?"

"매일 명랑한 거 말이에요. 그렇게 밝게라도 웃지 않으면, 매일이 견디기 힘든 사람들이 존재한다는 거예요."

"난 그 단단함 때문에 너를 계속 지켜보게 됐나 봐."

영준의 목 아래로 물이 넘어가는 소리가 났고, 그가 잔을 내려놓으면서 겉면을 손으로 감쌌다.

그의 눈이 유진이 어떤 말을 하기를 기다리는 듯했고, 그녀는 듣기 좋은 달콤하거나 아니면 간지럽기까지 한 말을 해야 하나 싶었다. 그러나 자신의 사정을 털어놓는다는 것 자체가 그녀에겐 그런 사랑스러운 말을 하는 것만큼의 용기를 품은 일이었고, 그녀는 그보다 더 큰 용기의 손은 내밀지 못한 채, 음식을 씹는 것처럼 한참 말을 우물거리기만 했다.

"강해질 수밖에 없던 거죠, 잡초처럼 말이에요."

그러다 꺼낸 말은 지극히 자신을 판단하는 말이었다.

유진이 누군가에게 자신의 속 사정을 투명하게 털어놓는 것은 이번이 처음이었다. 어린 시절부터 친구인 해리만이 그녀의 삶을 깊이 알고 있을 뿐, 남의 귀에 들어가서 좋을 것 하나 없다 여겼기에 누구에게도 말한 적이 없었다. 그건 대학을 다니면서부터 더욱 그랬다. 유진도 누군가를 믿고 솔직하게 말을 꺼낸 적이 있었다. 그런데 '친구'라며 다가온 사람들은 뒤에서 모든 걸 계량하듯 재고 따졌고, 끝엔 그녀의 삶을 측은하게 여기기까지 했다.

취업에 성공한 것과, 그리고 영준을 만난 것. 유진은 이 두 가지가 어쩌면 그런 서글픈 과거에 대한 보상이라고 믿어왔다. 그런데 다른 상사들마저 자신의 태도를 줄곧 칭찬해왔다니, 유진은 갑자기 삶에서 말도 안 되는 큰 성취를 이룬 기분이 들었다.

"그런 평가를 받았다니 너무 기쁜데요."

유진은 입을 다문 채로 미소 지으며 턱을 괴었고, 영준이 그녀를 따라 손으로 턱 아래를 받쳤다. 이상하게도 음식을 먹는 내내 유진과 영준의 행동은 계속 겹쳤다. 그녀가 포크 끝으로 스파게티의 면을 돌돌 말면, 그도 그렇게 스파게티를 집어 말았다. 그녀가 냅킨으로 입을 닦으면, 얼마 지나지 않아 그도 냅킨을 집어 들고 손이나 테이블을 닦았다. 그 모습에 어쩐지 그와 회사 선후배 이상으로 원래 가까운 사이였던 것 같은 친밀감은 점점 커져갔다.

어느새 유진의 접시에는 새우만 남아 있었다. 그녀는 포크 두 개를 들고선, 껍질을 까려 안간힘을 썼지만, 쉽지 않았다. 갈라진 껍질 사이로 새우 살이 계속 터져 나오다 갈기갈기 찢길 뿐이었다. 결국 그녀는 손을 가져다 댔고, 그러다 문득 자신이 먹는 것에 너무 열성적이라는 걸 자각해 버렸다.

이런 모습은 보여선 안 될듯 싶었다. 영준이 꺼릴지 걱정도 됐지만, 그보다 이곳에서 이런 제스쳐를 취한 사람이 있었을까 싶었다. 그녀는 잠시 동작을 멈추고, 레스토랑의 안을 빙 둘러보았다. 저 멀리 구석에 자리 잡은 검은 그랜드 피아노와 그 위에서 노란빛을 내리는 값비싼 장 스탠드 조명이 눈에 걸렸다. 삼 초도 지나지 않아 유진은 다시 새우를 슬며시 내려놓았다. 그리고 빠르게 냅킨에 손을 닦았다. 그녀의 눈동자가 두어 번 좌우로 흔들리자 에어컨 바람은 그녀의 목뒤를 싸늘하고, 무심하게 스쳐 지나갔다. 그녀는 자연스레 자세를 고쳐 앉았다.

"요즘은 퇴근 후엔 뭘 해?"

그녀를 지켜보던 영준이 갑자기 자신의 접시 위에 올려진 새우를 집어 들었다. 그리고 미소를 지으며 물었다.

"퇴근하고 나서 사람들로 빽빽한 버스 타고 집에 가면 녹초가 돼서 뻗어버려요. 한 시간 이상은 자다가 일어나서 저녁을 차려 먹고... 남은 시간에는 가족들이나 친구들과 연락하고요."

그의 손가락이 유진의 말끝에 맞춰 새우 껍질을 벗겨내기 시작했다.

"취미는 따로 없어?"

"글쎄요. 취미다운 취미를 가져본 게 언제인지 기억이 잘 안 나요. 집에서 빈둥거리다가 정말 심심하면 서점도 가고 하는데요. 요즘은 몸이 피곤하니 둘 다 잘 안 하게 되더라고요."

"역시, 사람 사는 거 다 비슷한가 봐. 나도 그렇다 할 취미 하나 없이 거의 집에만 있거든."

영준이 손에 든 새우를 크게 한입 베어 먹더니, 이내 꼬리만 남겨두고 굶주린 사람처럼 빠르게해치웠다.

"정말요?"

그 모습에 유진의 몸이 자존심을 내려놓듯 뻣뻣함을 내던지더니 다시 새우를 집어 들었다. 지금, 그의 앞에선 어떤 행동도 거릴 필요가 없었고, 그가 몸소 그걸 알려주는 매 순간이면 유진은 자신이 무척 매력적인 사람이 된 듯한 느낌에 사로잡혔다.

"응. 나는 집돌이라 주말에 예능 프로그램 몰아서 보는 거 좋아해."

"오. 그건 정말 의외예요. 주말이면 운동을 하신다거나 사람들을 만나시느라 바쁘실 줄 알았거든요. 그리고 다큐멘터리나 시사 프로그램만 보실 줄 알았죠."

"뭐 뉴스는 경제 뉴스 정도만 시간 날 때 챙겨보고 있어. 그리고 주말이면 바쁜 건 맞는데..."

"네."

"집에서 혼자 노느라 바빠. 이것저것 평일에 먹고 싶었던 걸 해 먹으면서 티브이를 보거든. 아, 최근엔 조금 적적하기도 해서 강아지를 한 마리 키우고 싶더라고. 그런데 평일엔 저녁까지 회사에 있으니, 그건 강아지한테 못 할 짓이라는 생각이 들어서 못 키우고 있어. 만약 내가 내 이기심에 하루 반절 이상을 집에 혼자 내버려둔다면, 그 강아지는 얼마나 사무치는 외로움을 느끼고 있겠어? 분명 키우다 사정이 생겨 어쩔 수 없이 집을 비우게 되는 사람들이 있을 거야. 그런데 나는 그런 경우가 아니니 애초부터 키우면 안 되겠다는 생각을 했어."

그는 마치 두루마리 휴지를 풀듯이, 쉽게 술술 자신의 이야기를 풀어놓았다.

그의 말들은 일상의 모습들을 상상하게 했다. 주말에 느지막하게 일어나 잠옷을 입고 아침을 만들어 먹고, 그러다 커피 한 잔을 내리고선 티비를 켜고... 그건 여태 유진이 상상해 온 영준의 이미지와는 전혀 달랐지만, 오히려 그건 자신의 부푼 기대와 환상이 만들어낸 것일 뿐이라는 걸 알아차렸다. 어쩐지 유진은 그의 사람 냄새 물씬 풍기는 일상이 더 좋았다.

"여기, 이 사진 좀 봐."

갑자기 핸드폰을 집어 든 영준이 화면 속에서 바쁘게 뭔가를 찾고는 유진에게 내밀었다. 영어로 대화를 나누지 않는 한, 두 사람의 대화를 알아들을 수 있는 사람은 주위에 아무도 없었다. 그런데 영준은 목소리를 작게 낮추고 고개를 낮쳐 유진에게로 미끄러지듯 가까이 옮겼다. 흥미로운 이야기를 숨겨놨다는 듯 그의 표정은 장난기로 가득했고, 유진의 눈동자에는 어떤 기대감이 깃들면서 또렷해졌다.

"sns네요?"

유진이 고개를 비스듬히 까딱했고, 그 반응에 영준의 어깨가 으쓱했다.

핸드폰 화면 속은 아홉 개의 정사각형이 만들어낸 격자무늬로 반절 정도가 꽉 차 있었다. 각각의 작은 사각형은 다 다른 사진으로 채워져 있었다. 전부 종은 다른지만 털이 하얀 강아지 사진이었다.

"응 맞아. 만든 지도 얼마 안 된 비공개 계정이지만 말이야."

"그러면 왜 만드신 거예요?"

"그냥?"

"그냥이요? 뭐, 친한 친구들이랑만 친구 맺고 그러신 거예요?"

"아니? 정말 그냥이야. 다들 하니까 나도 그냥 유행에 올라타듯이 정말 '그냥' 만들어 본 거야. 그런데 뭐, 만들어도 잘 안 하더라고. 키우고 싶은 강아지 사진들 모아두는 것 외엔. 아, 가끔 요리 레시피를 보고 있긴 하지만, 그것도 아주 가끔이야."

그의 sns계정은 회사 직원들 사이에서 종종 뜨거운 화젯거리가 되곤 했었기에, 유진은 마치 방송으로 뉴스를 시청하는 것처럼, 뜬구름 속에 들어선 얼얼한 기분으로 핸드폰 화면을 응시했다.

회사에선 여자 직원들은 물론 남자 직원들까지 그의 계정을 알아내려는 사람들이 많았다. 영준은 그만큼 어떤 사생활을 사는지 궁금한 사람이었지만, 그 누구도 구식 sns에서도 그의 계정을 찾을 수 없었다. 하루는 누군가 그에게 직접적으로 언급하기도 했고, 어느 날은 유진에게도 아느냐고 묻기도 했다. 그러나 영준은 그런류의 질문에는 늘 입을 꾹 다물고 웃음으로 대신 답하기 일쑤였다. 유진이 그의 계정을 대신 알 수 있는 방법이 마련되어 있는 것도 아니었다. 지금까지도 직원들은 회식을 하거나 아니면, 둘 또는 셋 이상 무리를 지을 때면 이따금 존재하지도 않는 그 계정에 대해서 왈가왈부하곤 했다.

유진의 흥미를 끄는 데 성공한 영준은 아주 잠시, 세상에서 부러운 것이라고 하나도 없는 사람 처럼 적당한 오만에 취한 표정을 지었다. 그의 눈썹 가장자리와 오른쪽 입꼬리는 당당하게 위로 올라갔다 낙하하듯 툭 하고 떨어졌다. 이후로도 그는 마치 한 잔의 술이 들어가면 또 다른 한 잔의 술을 들이부어야 하는 것처럼, 유진의 반응에 중독되어 자신의 계정에 대한 시답잖은 말들을 계속 꺼냈다.

"그런데 얼마 전엔 과장님 계정이 친구 추천에 뜨는 거 있지. 원래 이런 계정을 만들면 전화번호에 있는 사람들까지 추천되는지 몰랐어."

"내 삶을 만인한테 보여야 한다는 건 곤욕이죠."

"그러니까 말이야. 그래서 차단을 해버렸어. 그런데 정말 웃긴 건, 나도 사람인지라 과장님 계정엔 뭐가 있는지 궁금하기도 하더라고."

"저는 한 번 들어가 봤었거든요. 주말에 아이들이랑 놀아주시는 모습이랑 캠핑을 가신 사진이 있더라고요. 저희가 알고 있는 지극히 과장님다운 모습들이었어요."

"그렇구나."

순간 레스토랑에는 갑자기 단체 손님들이 쏜살같이 몰려 들어와 비어있던 모든 자리를 채웠다. 열린 창의 옆자리에 앉은 한 여성은 불평스러운 말을 내뱉고는 창문을 세게 닫았고, 그러자 음악을 비집고 들어온 쿵 하는 소리, 그리고 저녁 공기가 에어컨 바람에 섞여 레스토랑에 희미하게 퍼졌다. 유진과 영준의 앞머리가 바람에 얇은 나뭇잎처럼 풀썩였고, 유진은 머리카락의 끝을 잡아 귀 뒤로 꽂았다.

그때 유진은, 영준은 자신이 좋아하는 사람 그 이상이라고 느꼈다. 그에게 품고 있는 마음은 다른 사람들이 남자 연예인들을 대하듯 동경과 결부시키고, 쉽게 가십거리로 삼는 그런 깊이의 감정과는 같지 않다고 다시 깨닫고, 인정했다. 세상에는 셀 수 없이 많은 멋지고 잘난 남자들이 있지만, 누군가를 이렇게 열렬히 알고 싶다고 생각하게 만든 것은 그가 처음이고, 또 마지막일 터였다. 비록 그를 알아 온 세월은 길지 않았다. 그러나 이런 마음이 언제까지 이어질지는, 그건 여전히 너무 까마득해서 그녀가 가늠조차 할 수 없을 것이었다.

"대리님 같은 분은 sns는 안 하실 거라고 생각했었는데, 재밌어요."

대화 사이에 나타난 웨이터가 바닐라 아이스크림이 한 덩이씩 놓인 투명한 고블릿 잔을 두 사람의 앞에 놓고 사라졌다. 유진은 작은 은색 수저의 끝으로, 아이스크림 위에 뿌려

110

진 반짝이는 캐러멜시럽을 헤집었다.

"근데, 있잖아. 나는 어떤 사람이야?"

영준도 수저를 들었다. 그는 진지하지 않은 목소리로 물었다.

"네?"

유진도 진지하지 않은 눈빛으로 그를 바라봤다.

"그리고 너는 어떤 사람인데?"

영준은 예리함으로 날카롭게 변한 눈으로 유진을 바라봤고, 유진의 머리는 백지처럼 완전히 하얘졌다. 그녀가 하고 싶던 말과 생각은 밖의 여름 공기 사이로 흘러 나갔다.

"대리님은..."

유진은 머쓱한 얼굴로 작게 소리 내 웃고는 다시 입을 열었다.

"너무 바쁘신 분이니까요."

차가운 고블릿 잔을 만지는 유진의 손가락이 마치 피아노 건반을 눌렀다 떨어지는 것처럼 움직였다. 그녀의 손끝은 촉촉했다. 그런데 그건 땀 때문인지, 아니면 잔에 어린 물기 때문인지 알 수 없었다.

그녀는 식사를 마칠 때까지 영준에게 자신의 속마음과는 관련 없는 이야기만을 했다. 상대방의 관심과는 상관없이 혼자서만 요란하게 재잘거리는 말이었다. 그녀는 최근 업무차 외근을 나갔을 때 우체국에서 생긴 일, 그리고 퇴근길에 생긴 일을 넌지시 꺼냈고, 영준은 그녀를 보며 드문드문 고개를 갸우뚱거렸다. 그는 그녀의 말에 성심껏 집중하려 노력하는 것 같았지만, 빨라진 그녀의 말에 그건 쉽지 않다는 듯, 계속 고개를 일정하지 않게 움직였다.

고블릿 잔 바닥에 남은 아이스크림이 녹은 빙하처럼 변하자 눈치껏 주변을 살피던 웨이터가 다가왔다. 그리고 테이블의 모퉁이에 빌지를 두고 떠났다. 유진의 눈동자가 자연스레 또 빌지 위로 천천히 옮겨갔고, 그 얇은 종이 위에 쓰인 숫자에 한참을 머물렀다. 그러자 영준이 낚아채듯 쓱 하고 빠르게 빌지를 가져갔다.

두 사람은 함께 일 층으로 내려갔다.

"한국에 돌아가면 갚도록 해."

영준은 계산을 마치고선 입구 옆에 서 있는 유진에게 장난스레 말하며 다가왔다.

"네. 잘 먹었습니다. 저 혼자라면 먹어보지도 못했을 음식들이에요."

유진은 먼저 입구 밖으로 나가며 말했다.

밖으로 나오자, 완차이에는 완연한 밤이 찾아와 있었다. 저녁 아홉 시가 다 되어가는 시간이었다.

"서둘러 돌아가야겠는걸."

영준이 핸드폰을 꺼내 잠시 화면을 확인하고선 다시 초조하게 바지 주머니 속으로 집어넣었다. 유진은 빠르게 레스토랑의 입구를 향해 비장하게 마주 서고는 핸드폰으로 건물 사진을 찍었다. 그 외관은 시간에 상관없이 여전히 숨 막히게 아름다웠다. 어둠으로 그늘졌지만, 여전히 전등의 빛으로 어느 부분은 따듯하게 데워진 벽과 그 앞의 장미들은, 어쩌면 어둠이 더해져 누군가에겐 더 아름다울지도 몰랐다.

유진은 핸드폰에 찍힌 사진을 확인하고선 만족스러운 미

소와 함께 몸을 돌렸다. 두 사람은 길의 반대편으로 걸어갔다. 길가의 몇몇 상점들은 문을 닫을 준비를 하기 시작했고, 어떤 건물들은 완전한 어둠으로 이미 옷을 갈아입은 뒤였다. 길의 중간중간에 난 좁은 골목길들 중 몇은 혼자 다니기엔 위험해 보이기까지 했다. 어디에서나 마찬가지로, 이 시간이 되어서야 밖으로 나오는 사람들도 있었지만, 대부분의 사람들이 향하는 곳은 쉬는 곳일 거라고, 유진은 예상하고 있었다.

두리번거리며 주변을 관찰하던 그녀의 시야에 영준의 옆모습이 들어왔다. 그녀는 이곳에서, 이 시간에도 그와 함께라는 사실이 믿기지 않았다. 그녀는 마치 갑자기 눈앞에 천사나 귀신이 나타난 것처럼, 신기함에 평소보다 더 벌어진 눈으로 계속, 계속 그의 얼굴을 올려봤다. 때때로 각도를 달리하는 그의 얼굴은 완벽하면서도 또 그렇지 않은 조각상처럼 새로웠다. 유진은 그의 새로운 이면을 발견했다기보다는, 어쩌면 완전히 다른 사람과 함께일지도 모른다는 생각에 숨길 수 없는 미소를 계속 지었다.

들뜬 유진이 여름 공기를 가르며 빨리 걸었다. 그녀는 그럴 수밖에 없었다. 영준도 빠른 걸음으로 쫓으며 그녀의 옆자리를 놓치지 않았고, 그녀가 잠시 걸음을 멈추면 그도 따라 멈췄다. 그러다 어느 순간, 영준이 그 어떤 말이라도 걸어오면 유진은 그곳은, 저마다의 평화가 존재하는 세상에서 가장 완벽한 곳이라 느꼈다.

지나왔던 길을 모두 돌아 두 사람의 눈에 호텔이 가까이 보였다. 유진은 곧 영준과 헤어져야 한다는 심해처럼 깊은 아쉬움에 붙들려 있었다. 그녀의 삶에서 어떤 순간들은 꿈속으로 도망치고 싶을 정도의 견딜 수 없는 고통을 말없이 쥐여주고 사라지곤 했다. 드물게 어떤 순간들은 아주 찰나여도, 그 기억만으로 영원을 살고 싶게 했다.

지금 이 순간이 그랬다. 유진은 지금을 두 손안에 모아 영영 붙잡아두고만 싶었다.

"대리님 혹시 후식 필요하지 않으세요?"

유진은 천진난만한 눈동자로, 그렇지 않은 의도를 가득 담아 충동적으로 그에게 물었다.

"우리 방금 레스토랑에서 아이스크림 먹은 걸 잊은 거야?"

"에이. 너무 적었잖아요."

"나는 충분했는데 말이야."

"저는 간에 기별도 안 간 거 있죠! 턱도 없이 부족하더라고요. 제가 맛있는 거 사드릴 테니까 저희 뭐 마시러 가면 안 될까요?"

유진의 간절함만큼 말끝은 위로 힘껏 올라갔다.

"유진이 너, 혹시 미안해서 이러는 거야?"

영준의 눈썹 사이에 옅은 주름이 졌다.

"그건 아니에요."

"그렇다면 다행이야. 설령 그렇다 해도 돌아가서 갚으면 된다니까. 이건 진심으로 하는 말이야. 돌아가서 열심히 일해서 같이 점심을 먹는 날이면 네가 한턱 내라고."

"네. 알겠어요. 꼭 살게요. 그런데 지금은 저 진짜 디저트가 필요해서 그런 거예요. 여자들은 밥 배랑 디저트 배가 따로 있는데, 여태 그걸 모르셨어요? 제 디저트 배는 반 정도만 차서 아직 음식이 필요하다고요."

유진은 한 손으로 배를 찰싹 때렸고, 영준은 못 말린다는 듯, 고개를 가로저었다.

"지갑을 놓고 온 건 잊어 버린 거야?"

"제가 호텔에 돌아가면 잠깐 방에 들어갔다가, 바로 나와서 드릴게요. 아니면 내일 드리던가, 아니면 온라인 뱅

킹으로 보내드릴게요. 네?"

"너, 돌아가서 자료도 봐야 한다며."

"음료수를 사서 들어가면, 자료가 눈에 더 잘 들어올 거 같아요. 제발요, 대리님."

유진은 아양을 떨듯 말을 늘리고선 다시 말을 이었다.

"홍콩에 망고주스 엄청 유명한 거 아시죠? 저기 호텔에서 신호등 하나만 건너면 유명한 주스 집이 있거든요. 제가 미리 다 알아놨어요. 거기서 망고주스 한 잔씩만 사서 방에 들어가요. 홍콩에 오면 이 망고주스는 꼭 먹어봐야 한단 말이에요."

그녀는 남자라면 한 번 보고선 거절할 수 없는 눈빛으로 영준을 고집스럽게 바라봤다.

"알겠어."

유진은 하얗고, 환한 이가 드러나는 승리의 미소를 지었다.

"그럼 딱 한 잔씩만 사서 바로 들어가는 거다?"

"네!"

유진은 지금 몸을 돌리고 있는, 호텔에서 앞으로 직진하는 방향의 신호등으로 향하면서도 계속 바보처럼 웃었다. 어쩌면 그 순간에 그녀의 생각들은 머릿속에서, 정말 바보처럼 지나치도록 자유분방하게 돌아다니고 있을지도 몰랐다.

그녀는 영준의 곁에서 걸어가면서 그 가게가 얼마나 유명한지, 그리고 왜 유명한지 설명하며 마치 엄마에게 상장을 보여주는 아이처럼 자랑했다. 그리고 그건 가게에 도착해서도 마찬가지였다. 가게는 붉게 빛나는 간판, 그리고 그 중앙에 망고처럼 샛노란 글씨로 쓰여있는 상호명에 멀리서도 한눈에 알아볼 수 있었다. 그리고 그 명성대로 가게 앞에는 사람들이 긴 줄 하나를 만들어 기다리고 있었다. 유진은 자신이 맛집 조사를 제대로 했다는 확신에 차올라 있었다.

"대리님, 스몰, 미디엄, 라지 사이즈 있는데, 라지 사이즈로 살게요!"

그녀가 줄의 맨 뒤에 서면서 소리쳤다.

"나는 선택권이 없는 거야?"

유진은 그 말에 여전히 바보처럼 그저 웃기만 했다. 영준은 줄에서 한참을 떨어진, 이미 문을 닫은 어떤 상점 앞에 서 있었다. 낡은 철문이 내려와 창고처럼 보이는 곳이었다. 그는 두 팔을 꼬고선, 유진을 향해 입꼬리가 말려들어간 오묘한 미소를 지어 보였다.

가게는 몇 평 되지 않는 작은 곳이었다. 홍콩엔 이런 점원 한두 명만이 들어서서 일할 수 있는크기의 디저트 가게가 많았다. 그 안의 점원의 손은 무섭도록 빠르게 움직였다. 그녀는 주문을 받으면 즉시 돈이나 카드를 받아들고 계산을 마쳤고, 그리고 바로 뒤돌아 음료를 만들었다.

줄은 서서히, 그렇지만 또 순식간에 줄어들었다. 이상하게도 유진의 앞에 선 사람들은 죄다 커플을 이루고 있었다. 국적을 알 수 없는, 전 세계에서 모여든 남녀가 한 쌍이 되어 음료가 나오기를 기다리고 있었다. 늘 그렇듯 어둠 속에서 그들의 애정행각은 마치 기다려왔던 간절한 기회의 순간이 온 것처럼 더 노골적으로 변했다. 커플들은 모두 알아들을 수 없는 그들만의 언어로 귓가에 간지러운 말들을 속삭이다가, 서로를 끈적하게 껴안았다. 남자들은 여자들의 등과 팔, 그리고 손을 쓰다듬었고, 그럼 여자들은 그들의 목뒤로 손을 감기도 했다. 마치 그들의 애정행각에도 어떤 공식이 있는 것처럼, 그들은 엇비슷한 행동을 반복했다. 그들을 계속 바라보던 유진은 몸의 어딘가가 미적지근한 전기에 노출된 것처럼 찌릿해지는 걸 느꼈다.

그녀는 침을 꼴깍하고 크게 삼켰다. 그리고 민망함에 고개를 돌렸다. 순간 그녀의 시선은 잠시 영준의 눈과 마주쳤고, 유진은 그의 눈에서 파악할 수 없는 어떤 감정을 읽었다.

얼마 후, 모든 커플이 주스가 든 노란 플라스틱 컵을 받아 들고 사라졌고, 마침내 유진의 차례가 왔다.

"망고 주스 라지로 두 개..."

그녀는 서툰 영어로 열심히 주문하면서, 아까처럼 몸과 가방을 손으로 훑었다. 하지만 그렇다고 없던 지갑이 생기는 게 아니었다. 유진은 고개를 돌려 영준에게 눈짓을 보내곤 다시 점원에게로 고개를 돌렸다. 점원의 얼굴은 온갖 종류의 기다림, 그리고 피곤함으로 뒤덮여 있었다. 눈 아래의 곡선 모양의 진한 주름은 어두운 그림자로 가득 차 있었고, 입은 금방이라도 짜증 섞인 말이 나올 것처럼 비쭉 튀어나와 있었다.

유진은 이번엔 아예 몸을 틀고선 영준을 부르며 손짓하려 했다. 그런데 그는 여전히 팔짱을 낀 채로 장난스러운 미소를 짓고 있었다. 그녀는 샌드위치 사이의 햄처럼 두 사람 사이에 끼어 버렸다고 느끼던 참이었다.

"망고 주스 제일 큰 사이즈로 두 개 주세요."

구경만 하는 줄 알았던 영준이 그녀의 뒤로 불쑥 다가와 카드를 내밀며 말했다. 점원은 카드를 낚아채 순식간에 계산을 마치고, 다시 카드를 영준에게 주었다. 그는 분명 카드를 받아서 들었고, 유진은 곁눈으로 그가 지갑에 잘 챙겨 넣는 것도 보았다. 그런데도 그는 수상하게 유진의 등 뒤를 지켜 서고선 떠나지를 않았다.

심장이 두근거리는 소리가 두 사람을 몰아붙이듯 사방에서 빠르게 몰려왔다. 그리고 유진은 처음엔 그게 자신의 심장이 뛰는 소리라 여겼다. 그런데 십초가 흘러도 여전히 고동치며 요란하게 들리는 그 소리는 어쩌면 영준의 가슴이 울리는 소리일지도 모른다고, 생각을 바꿨다. 그리고 또 십초가 지나자 이젠 두 사람도 아닌 모르는 그 누군가의 소리이지 않겠냐고, 의아한 표정을 지으며 자신에게 물었다.

둘은 음료가 나올 때까지도 그대로 있었다. 영준은 뒤로 물러나 거리를 둘 수도 있었고, 유진은 몸을 뒤로 돌려버리거나 아니면 옆으로 비켜 나와 가판대와 영준 사이의, 그 숨 막히는 좁은 틈을 빠져나올 수도 있었다. 그런데 두 사람 모두 무슨 이유에선지 좀처럼 움직일 생각을 하지 않았다. 그대로 있음에 느껴지는, 두 사람의 살을 오가는 더위와 그리고 뒤에서 들려오는 영준의 숨소리가, 유진은 견딜 수 없게 괴로운 것 같으면서도 좋았다. 계속 뛰는 심장 소리는 마치 순간을 축복하는 것처럼 귓가를 때리며 신나게 노래했고, 그녀는 꼿꼿하게 앞을 바라보면서 은근하게 흐르는 이 묘한 분위기로 덮인 풀밭에 몸을 눕히는 상상을 했다.

아리송하게도 두 사람의 주스는 어쩐지 제조가 지체되었다. 그 상태로 아무리 기다리고, 기다려도 점원은 분주하게 움직이긴 했지만, 두 사람 앞에 음료를 내오지 않았다. 유진은 이젠 격렬한 운동을 할 때처럼 숨이 차오르는 걸 느꼈다. 그리고 그 거친 숨을 누르고 가두기 위해 입술을 잇자국이 날 정도로 깨물 수밖에 없었다.

그렇게 오 분이 지나서야 점원은 양손에 음료를 들고선 무던하게, 귀찮다는 듯이 두 사람에게 건넸다. 유진은 음료를 받아 들자마자 숨을 내쉬었고, 그제서야 영준은 한 발짝 뒤로 물러섰다.

"이건 다 날씨 때문이야."

유진은 달아오른 얼굴로, 작게 말을 툭 뱉고선 골목을 잽싸게 빠져나가려 했고, 영준은 마치 술래를 잡는 것처럼 그녀를 졸졸 쫓아갔다. 그녀는 신호등 앞까지 영준을 앞서 걸어가면서, 괜한 어색함에 알아들을 수 없는 노래를 혼자 흥얼거렸다. 두 사람의 보폭이 겹쳐 나란히 걷게 되었을 때, 영준은 그녀에게 무슨 노래인지 묻기도 했다. 그러나 유진은 마치 현지인들의 말을 들은 것처럼... 그의 물음이 이해가 안 가는 사람처럼 굴었다. 영준은 아리송

한 표정을 지었고, 그럴수록 유진은 마치 그를 모르는 사람처럼 피해서 더 빨리 달아나려는 계획만을 세우고 있었다.

다시 신호등 앞에 선 두 사람 주변엔 무거운 적막이 내려앉아 있었다.

"엄청 맛있네?"

먼저 웃으며 말을 건넨 건 영준이었다. 유진은 그 말에 민망한 듯 웃다가 다시 입술을 안으로 포개 말았다.

"이래서 먹어봐야 한다는 거구나?"

그가 음료를 빨아들이자 빨대 안의 노란 주스가 그의 입으로 빨려 들어가는 소리가 연신 났다. 유진은 천천히 맛을 음미하고 있었다. 그녀의 컵이 삼분의 일쯤 줄어들었을 때, 신호가 바뀌었고, 그녀는 옆에 선 영준을 힐끗 바라보다 그 뒤로 펼쳐진 대로로 시선을 옮겼다. 몇 대의 자동차들이 헤드라이트들을 조명처럼 영준의 머리 옆으로 뿌리며 다가왔다. 빛은 넓게 풀어지며 그 순간에 유진 눈에 담긴 세상을 금빛으로 만들고는 달아났다. 그녀의 눈앞엔 호텔로 인도하는 노란 횡단보도가 있었다. 차들이 자취를 감추자 온통 전등들만이 바닥을 비췄고, 거리는 마치 한국의 가을처럼 불그스름한 노란 빛으로 젖어 있었다. 유진은 왠지 모를 이유로 다시 마음이 편안해지는 걸 느꼈다

"대리님."

그녀가 입을 열었다.

"응?"

"혹시 영화 〈비긴 어게인〉 보셨어요?"

121

"아니. 그렇지만 어떤 영화인지는 잘 알고 있어."

"영화를 보면 두 주인공이 각자 헤드폰을 귀에 꽂고 뉴욕 밤거리를 돌아다니거든요."

"응."

"그런데 뉴욕은 택시가 노란색이라서, 마치 그 순간 그 택시들과 전등의 불이 섞여서 두 사람의 주변을 금빛으로 은은하게 밝혀줘요. 그리고 노래가 흘러나오고, 빨간 원피스를 입은 여자 주인공은 신나서 두 팔을 접어 흔들어요. 사실 그 장면은 그래도 여전히 어둡거든요. 빛이 정말 은은해서요. 오히려 화려한 간판들로 둘러싸인 브로드웨이 옆을 두 사람이 지날 때, 그때가 밤인데도 눈부시게 환하죠."

"그래?"

"네. 그런데 저는 유독 그 장면이 기억에 남아요. 음. 지금 저희랑 비슷한 것 같지 않아요? 저희도 같은 손에 똑같이 노란 음료수를 들고 있고, 호텔로 이어지는 홍콩 거리의 길은 온통 노란 빛으로 빛나고 있잖아요."

"그러게 말이야. 귀에 노래만 흐르면 딱이겠네."

영준은 음료수를 빨아들이며 웃었다.

"제 귀에는 흐르고 있는지도 몰라요. 뭐가 흐르고 있는지 물으신다면 〈비긴 어게인〉에 나왔던 노래가요. 아, 아니면 〈몽중인〉일지도요."

"그 노래는 나도 아주 좋아하는 노래야. 사실 비행기를 타고 오면서도 그 노래를 잠시 떠올렸어."

"여기 오는데 안 그럴 사람이 있을까요?"

유진은 히죽 웃었다. 두 사람은 횡단보도의 끝, 인도

위에 거의 다 와 있었다.

"맞아."

"대리님. 제가 홍콩에 오면 꼭 먹어봐야 할 음식 리스트를 만들었는데요, 그중 1번이 이 주스였어요. 이 호텔에서 가게가 가깝기도 하고 말이에요."

"그래? 리스트에 뭐가 있는데?"

"뭐, 되게 많아요."

유진의 말에 영준이 소리 내 웃음을 터뜨렸다.

"왜요? 왜 그렇게 웃으세요?"

"넌 내가 생각한 것보다 먹는 것에 더 진심이네."

"그럼요. 뭐든 다 먹고 살자고 하는 일들뿐이잖아요. 1번은 이 망고 주스고, 2번이 미드레벨 에스컬레이터 근처에서 파는 에그타르트, 그리고 3번은 그 주변 피자 가게에서 파는 페퍼로니 피자예요. 그리고 침사추이로 나갈 수 있다면 딤섬이랑... 그런데 모든 걸 지금 다 기억할 수도 없어요. 하도 많아서요. 그리고 시간 부족으로 리스트에 못 넣은 것들도 많고요."

"재밌네. 나도 페퍼로니 피자를 제일 좋아하는데 말이야. 유진이 너, 혹시 떡볶이도 좋아해?"

"떡볶이는 제 운명의 음식이죠."

영준은 하하 하고 크게 소리를 내지르며 웃었다. 그리고 한동안은 유진이 자신이 먹어본 제일의 떡볶이라면서 프렌차이즈 분식집의 떡볶이에 대해 자랑하는 것을 잠자코 들었다.

"유진이 너, 고흐를 알지?"

호텔 입구를 이십 걸음 앞에 두고, 영준이 물어왔다.

"그럼요. 모르는 사람도 있나요?"

"그럼, 그의 작품에 대해서도 알아?"

"아니요. 사실 다들 그렇듯, 뭔가에 대해 안다고 하면서, 제대로 알지는 못해요."

"그럼 서울에서 반 고흐 전시회가 열리면 나랑 같이 가지 않을래? 언제 열릴지는 누구도 모르지만, 그게 1년 뒤, 아니면 2년 뒤라도 나랑 가지 않을래?"

영준을 마주 보고 선 유진의 두 눈이, 마치 별이 깃든 것처럼 반짝였다. 그러나 그녀는 여러모로 애써 태연한 척하느라 대답은 꺼내지 못했고, 영준이 사라진 말 소리를 대신 매웠다.

"나는 사실 음악이나 그림, 영화... 이런 것에 수준 높은 취향을 갖고 있진 않거든. 너도 알다시피 일만 하는 사람이니까. 우리 가족 중에는 그런 사람이 단 한 명도 없어."

유진은 여전히 입을 슬며시 벌리고선 그의 눈을 보고 있었다.

"아, 어쩌면 어머니는 조금은 그러실지도 몰라. 식물을 기르시고 시집을 모으시니까. 라디오를 듣던 시절에는 정오에 시작하는 클래식 채널이 집에 틀어졌던 것도 어렴풋이 기억에 남아. 그런데 아버지는 단호하게 말하셨거든. 그림과 음악은 알지도 못하고 관심도 없으시다고."

"네."

유진은 고개를 끄덕였고, 그러자 영준은 마치 군인처럼 곧게, 어쩌면 조금 딱딱하게 선 자세를 고쳤다.

"그런데 언젠가 아버지의 서재 구석에 꽂혀있는 고흐의 책을 보게 됐어. 그의 삶과 그림, 그리고 그가 동생과 주고받았던 편지에 대한 책이었어. 선물을 받으신 거라고 얼버무리시긴 했지만, 여러 번 읽은 흔적이 있었어. 나는 혼자 궁금해서, 아버지께서 집에 안 계신 어느 날 몰래 그 책을 꺼내서 읽었거든. 처음으로 그림 〈별이 빛나는 밤〉을 제대로 본 날이었지. 바로 책장이 넘어가는 그림이 아니어서 한참을 뚫어지게 바라봤어. 너도 그 그림은 알고 있지?"

"그럼요."

"어쩌면 밤을 그렇게 아름답게 바라볼 수 있는지 놀란 거 있지. 그런데 나라고 밤을 그렇게 어둡고 쌀쌀맞게만 바라보는 걸까? 싶었어. 그런데 나는 아까 그 횡단보도를 건너면서 그게 아니라고 생각했어."

유진은 그가 무슨 말을 하려는 건지 이해가 잘 가지 않았다. 그녀는 그의 말을 해석하려 머리를 바쁘게 굴렸고, 그러자 오류가 걸린 컴퓨터의 어떤 시스템처럼 생각들이 꼬이는 걸 느꼈다.

"이제 하늘에서 별을 보는 건 드문 일이지만, 하지만 나는 아까 너의 말처럼 노란빛을 봤고, 그 안에서 별들을 봤어. 그런데 그런 날이 서울에서도 있었거든. 과거 언제인지는 기억나지 않아. 그런데 분명 서울의 하늘에서도 나는 반짝거리는 꿈과 열정을 본 밤이 있었어. 그리고 그건 나뿐만이 아니었을 거야. 어쨌든, 나는 그 책을 읽은 이후로 고흐라는 화가에 대해서 조사하고, 그의 그림들을 살펴봤어. 그는 내가 관심 없는 분야에서, 유일하게 나에게 사랑을 느끼게 해준 사람이 되었지. 그러니까 전시회가 열리면, 유진이, 네가 나와 함께 가줘야 해. 꼭 약속해, 알겠지?"

유진은 볼에 발진이 인 것처럼 간질거려 오른손으로 뺨을 짚으려다 팔을 내렸다. 그러곤 아무 말 없이 고개를 빠르게 몇 번 끄덕이고, 서둘러 호텔 안으로 들어갔다.

두 사람은 금방 내려온 엘리베이터를 타고 오 층으로 향하는 중이었다. 영준은 왼쪽 구석에, 그리고 유진은 오른쪽 구석에, 마치 싸우기라도 한 것처럼 멀찍이 서 있었다. 이 작은 엘리베이터는 두 사람이 그렇게 떨어져 있거나, 아니면 아예 찰싹 달라붙어 있어야 할 것 같은 수상한 분위기를 자아냈다.

"9시까지 컨벤션 센터에 도착하려면 두 시간 전에는 일어나서 서둘러 조식 먹고 이동해야 하니까..."

오 층에 도착한 그들은 유진의 방 문 앞에 서 있었다. 영준은 핸드폰을 꺼내 화면을 바라보며 시간을 계산했다.

"그럼 내일 오전 일곱 시에 꼭대기에 있는 식당에서 보자."

"네. 알겠습니다."

"자료 확인 잘하고."

"네."

영준은 미소를 지으면서, 유진에게 손을 흔들어 보였다. 유진은 그가 방에 들어서는 걸 확인하고나서 방문을 열었다. 다시 그녀만의 세계에 완전히 들어선 순간, 그녀는 닫힌 문에 등을 기댔다.

"오늘 잠은 다 잤네."

그녀는 한숨을 쉬며 요동치는 자신의 심장을 실제로

만질 수 있는 것처럼, 가슴 편을 손으로 꼭 움켜잡았다. 그녀는 오늘 참았던 모든 숨을 모아 다시 후우하고 크게 내쉬었다. 그렇게 그녀는 몇 번 더 호흡하며 자신의 숨을 전부 느꼈다.

유진은 짐을 내려두고, 수트 케이스에서 옷을 꺼내 바로 화장실로 향했다. 밝은 불빛 아래의 얼굴이 거울에 비치자, 눈에 들어온 피부는 열기에 녹은 화장으로 여기저기가 얼룩덜룩했다. 그 모습에 유진은 눈과 코를 깊게 찡 그리고선, 물을 틀기 위해 손을 뻗었다. 벽에 붙은 은색 샤워 헤드에서 물이 떨어지며 여러 갈래로 갈라졌고, 그녀는 미리 한 번 지워둔 화장을, 조금의 흔적조차 남기지 않으려 얼굴을 손으로 박박 문질렀다. 샤워를 마치고, 그녀는 거울을 다시 바라봤다. 그 안의 얼굴은 훨씬 보기 좋았다. 혈기 어린 맑고 매끈한 피부가 거짓 없이 그대로 드러났고, 간혹 고개를 기웃거리면 이마나 광대는 마치 원래 그런 것처럼 은빛 광을 냈다. 유진은 한동안 그 모습을 만족스럽게 보면서 머리를 말렸고, 마지막으로 잠옷을 입고, 자료를 챙겨 침대 안으로 들어갔다.

방은 에어컨을 틀어 두어서 서늘했다. 사방에서는 서울에서도 맡곤 했던, 짙은 안개가 자욱한 새벽의 냄새가 흘렀다. 유진은 침대맡에 등을 기대고 앉아 이불을 허리 위로 끌어 덮었다. 그리고 두 손으로 두꺼운 에이포 용지 더미를 집어 다리 위에 올렸다. 회사 소개, 그리고 제품 소개… 한 줄, 두 줄, 검은 글씨가 눈에 들어오다가도, 단어가 안개처럼 뿌옇고, 흐릿하게 변했다. 유진은 두 페이지 정도를 보는 둥 마는 둥 하다가, 종이 뭉치를 침대 저 끝으로 던져버렸다.

그녀는 핸드폰을 켜서 가족들과 해리에게 온 연락을 확인했다. 엄마는 '잘 도착했냐'고 물었고, 유진은 오늘 보았던 노을, 그리고 레스토랑의 사진을 부모님께 보내고선 '잘 지내고 있으니 걱정 마시라'는 답을 보냈다. 그리고 해리에게는 저녁에 있었던 일을 전했다. 영준과 이런 저런 얘기를 하며 저녁을 먹었고, 망고 주스를 사러 갔다고 메시지를 썼다. 해리가 물음표 하나를 보내왔고, 유진은 수줍게 웃었다. 그녀는 영준이 자신의 뒤에 바짝 붙어 있었고, 호텔로 돌아오는 내내 영화와 음악 얘기를 했고, 그리고 마지막엔 고흐의 전시회에 가자 했다고, 모든 것을 사실대로 전했다. 그녀는 최대한 있던 일을 객관적으로 보내려 했다. 혹시나 감정에 흠뻑 취해 과장이라도 할까 영준이 한 행동만을 꾸밈없이 적어 내려갔다.

[대리님은 너에게 빠져버린 거야.]

해리의 메시지를 보자 유진은 웃음이 터져 나오는 걸 참을 수 없었다. 그러다 옆방에 있을 영준을 떠올렸고, 조심스레 다시 입을 닫았다.

[혹시 날 고문하려는 거라면?]

[놀리는 거냔 말이야?]

['정확히' 그런 말은 아니지만.]

[어쨌거나 그렇게 생각하지 말래도.]

[나도 모르겠어. 왜 생각이 오락가락하고, 자꾸 이랬다 저랬다 하는지 말이야.]

[사랑에 빠진 사람들은 그런 법이지. 그런데 변덕스러운 네 생각들 때문에 정말 기회가 온 건데, 놓쳐버리면 평생 후회하지 않겠어?]

해리는 한숨을 내뱉는 동그랗고 작은 얼굴 모양의 이모티콘을 끝에 붙였다.

유진은 맞은편 화장대에 비친, 몇 년간 홀로 하는 사랑의 흔적이 묻어나는 얼굴을 바라봤다. 그리고 물었다. 정말 영준이 자신의 마음을 부추기고 있는 걸까? 유진은 손에 핸드폰을 꼭 쥔 채로 한동안 상념에 빠졌고, 그녀가 답이 없자 해리가 메시지를 하나 더 보내왔다.

[나를 믿어 봐. 정말 너에게 빠져버린 걸 거야. 그렇지 않다면 고흐의 전시회에 가자는 약속은 절대 할 수 없어.]

그녀의 말에 유진은 어쩌면 정말 그럴 수도 있겠다는 결론을 내렸지만, 여전히 설익은 의심이 그녀의 눈앞을 기웃거렸다.

[그런데 해리, 너도 알잖아. 나는 정말 여기 와서 단 한 순간도 제정신이었던 적이 없었어. 그리고 이미 너한테 말했지만, 그런 건 다 행동에서 티가 난다고. 그런데 대리님은 조금도 그래 보인 적이 없었어.]

[있잖아, 어떤 사람은 너무 좋으면 속으로 더 단단히 참을 수도 있는 거야. 모두가 너처럼 알기 쉬운 사람이라면, 세상 모든 일이 너무 뻔하고, 그렇다면 모두가 지루하다 괴로움에 몸부림칠 테니까.]

[정말?]

유진은 메시지 전송 버튼을 눌렀다. 그 순간 핸드폰 상단에는 새로운 메시지가 도착했다는 알림이 나타났다. 그 알림창 안에는 '최영준'이라는 이름이 떠 있었다. 유진은 대뜸 해리와 나누던 채팅을 손가락으로 밀어버리고는, 그가 보내온 메시지를 눌렀다.

[주스값은 나중에 줘도 돼. 내일 아침에 보자.]

이번엔 해리의 확신 어린 말이 틀릴 수도 있다는 사실에, 유진은 승리감이 섞인 묘한 미소를 지었다.

유진은 선잠을 잤다. 맞춰놓은 알람은 울리지도 않았는데 어떤 알 수 없는 기척에 새벽에 눈이 자연스럽게 스르르 떠졌다. 들떠있던 마음이 온전히 얌전해지지 않은 탓인지도 몰랐다. 오전 5시가 되기 십 분 전이었다. 그녀의 몸은 자면서도, 그리고 지금도 여전히 설레는 듯 가늘게 진동했다. 그녀는 손바닥으로 눈두덩이를 깊게 눌러 비비고, 목을 양옆으로 기울여 늘린 다음, 자리에서 일어섰다. 그리고 팔을 높이 들었다 아래로 내리기를 빠르게 반복하면서 피곤을 떨구려는 듯 몸을 점프했다.

몸이 가벼워졌을 때, 그녀는 샤워를 마치고, 화장을 했다. 그리고 옷을 갈아입으려 했다. 그녀의 눈이 책처럼 바닥 위에 양쪽으로 펼쳐져 있는 캐리어를 멍하니 내려다봤다.

"가져온 옷은 많은데 말이야."

그 안에 옷은 가득했다. 아니면 이리 접히고 저리 접혀서 부피를 키운 것 같은 옷들이 캐리어를 가득 채운 것처럼 보이게 하는지도 몰랐다. 그런데 유진은 뭘 입어야 할지 몰라 두 손으로, 땅을 파듯 옷 안을 헤집기 시작했다. 하얀 티셔츠, 하늘색 블라우스… 온갖 다양한 색의 옷이 나왔지만, 그녀는 맘에 들지 않아 죄다 바닥으로 던져버렸다.

옷이 풀썩거리며 만들어내는 먼지가 전등에 반짝였다. 동시에 지난 기억도 그녀의 머리에 반짝였다. 그녀가 분홍색 원피스를 입은 날, 영준이 얼굴 밝아 보인다 건넸던 말이 머릿속에 둥실 떠올랐다. 순간적으로 옷 더미 사이로 고개를 내민 연한 분홍색의 블라우스가 눈에 들어왔다. 색이 연한 분홍색의, 전체가 실크처럼 부드럽고, 브이 자로 목이 파인 블라우스였다. 유진은 그 블라우스를 집어 들어 몸에 대어 보았다. 피부가 원래보다 칙칙해 보인다는 걱정이 잠시 들었다. 하지만 영준의 말이 마치 오 분 전이었던 것처럼 선명하게 다시 들려왔다. 그녀는 웃옷을 벌떡 벗어 던지고선 블라우스를 걸치고, 팔을 꺾어 목뒤로 난 단추를 잠갔다.

벽에 걸린 시계의 분침이 달칵하고 숫자 6에 닿는 소리가 났다. 상의 하나를 고르고 입는 데에 만 한참이 지나있었다. 유진은 서둘러 화장대 위에 아이보리색의 정장 스커트와 바지를 나란히 올려두었다. 그리고 팔짱을 낀 채로 먼발치에서 옷을 지켜보면서 무엇을 고를지 고민했다. 그녀의 눈동자가 왼쪽에 놓인 스커트에 한 번 멈췄다가, 오른쪽의 치마로 옮겨갔다. 그러고선 다시 바지로 돌아갔다. 눈동자는 부메랑이 돌듯 몇 번을 그리기를 거듭했지만, 유진은 결국 결정하지 못해 곤란한 표정을 지었다. 그녀는 어쩔 수 없이 콜라는 맛있다는 노래를 부르기 시작했고, 음절에 맞춰 손가락을 움직였다. 마지막 음이 끝날 때, 손이 멈춘 건 치마의 가운데였다. 유진은 그 순간 일말의 망설임도 없이 치마로 갈아입고는 바로 방을 나섰다.

엘리베이터의 스테인리스 문에 은은하게 그녀의 실루엣이 비쳤다. 어제 탔던 같은 엘리베이터에 들어선 순간 사방은 거울의 역할을 하게끔 변했고, 천장에서 흘러내리는 몇 줄기의 빛은 그 거울을 반사해 은빛을 유진에게 뿜었다. 영준의 지난 말처럼 얼굴이 밝아 보인다고 생각하니 유진의 눈에는 이제 정말 얼굴이 밝아 보였다. 쇄골까지 오는 머리카락은 마치 갓 미용을 마친 것처럼 평소보다 조금 어둡게

결이 살았고, 그래서 피부와 이목구비는 어떤 방해도 없이 온전히 주목을 받는 듯 했다. 유진은 생각의 무서움을 은근하게 느꼈지만, 흥겹게 콧노래를 흥얼거리기 시작했다.

그렇게 기분 좋은 아침이 되려나 싶었다. 엘리베이터에서 내리자 일곱 시가 되지도 않았는데, 복도는 조식을 기다리는 사람들이 바글거렸다. 여행객들로 보이는 사람들도 있었고, 박람회에 참가하려 출장을 온 사람들도 있었다. 그들은 아래위로 검은 정장을 빼입고, 이미 목에 입장 카드를 걸고 있었다.

당황한 유진은 두리번거리며 영준을 찾았지만, 그는 없었다. 그는 절대 늦을 사람이 아니어서 유진은 조금 이상하다 생각했지만, 여전히 시간은 남았으니 기다리자 결심했다. 그녀는 로비 구석으로 자리를 옮겨 엘리베이터가 올 때를 살폈다. 저층 어딘가에서 멈춰 선 엘리베이터가 어물쩡거리다가 일곱 시 정각에 도착해 문을 열었다. 유진은 목을 내밀고, 눈두덩이를 찡그리고선 엘리베이터 안을 봤다. 하지만 영준은 여전히 없었다.

잠시 기다리면 그가 올까 싶었다. 그러나 엘리베이터가 세 번이나 내려갔다 올라왔는데도 열린 문에서는 낯선 사람들만 폭포처럼 쏟아졌다. 그들은 바로 식당으로 들어가 자리를 하나씩 차지했다. 그를 마냥 기다리고 있다간 두 사람 다 앉을 자리가 없을 거라는 유진의 판단이 섰다. 결국 그녀도 먼저 들어가 빈자리에 자리를 찾아 앉았다.

유진은 전화할지 고민했다. 하지만 고민하는 사이 시간은 너무 급하게 흘렀다. 십분, 이십 분이 흘러 벌써 일곱 시 반이 되어갔고, 유진의 속은 초조와 불안으로 더 차오르기만 할 뿐이었다. 하지만 영준은 마치 영영 오지 않을 사람처럼 코빼기도 보이지 않았다.

이제 사람들에게 약속은 그저 인사치레에 지나지 않았다. 뭔가를 말하면 그 말은 한 달, 그리고 일 년, 그렇게 계절을 타고 사라져서 지켜지지 않았다. 그리고 그건 밥을 먹거나 아니면 서로를 만나거나 하는 가벼운 약속뿐이 아니라, 학교의 과제, 회사의 업무 그리고 사업의 계약도 마찬가지였다. 모든 게 마치 한 번 흘려듣고 말 어떤 짧고 귀찮은 소음처럼 여겨졌다. 광고는 부풀리기, 뉴스는 거짓으로 넘쳐났고, 돈만 있으면 법은 그저 훈육 같은 것으로 변했다. 친구, 그리고 반려자도 마치 핸드폰으로 게임을 하듯 이득을 위해 계산적으로 찾았고, 혹여 평생을 약속해도 그 초기 열정이 시들해지면 모두가 쉽고 빠르게 흩어졌다. '관계'라는 단어는 더 이상 의리, 그리고 헌신이라는 단어를 포용할 수 없었다.

그런데 영준은 약속이라면 끔찍이 여기는 사람이었다. 때문에 유진은 이 시간이면 그가 반드시 여기 있어야 함을 알았다. 이건 너무나 이례적인 일이여서, 그녀는 심지어 걱정에 다리가 후들거리려는 걸 느꼈다. 그가 갑자기 아픈 건 아닌지, 밤새 무서운 일이 벌어진 건 아닌지, 상황의 극한까지 상상하던 그녀는 손톱의 끝을 한 번 깨물고선 핸드폰을 꺼내 영준의 번호를 누를 준비를 했다. 그러면서도 바로 내려가야 하나, 유진은 고민했다. 결국 푹 인상을 쓴 그녀는 자리에서 벌떡 일어났고, 바닥에서 끼익하고 의자가 뒤로 밀리는 소리가 울렸다. 그때, 입구에서 둔탁한 구두 굽이 대리석 바닥을 차례로 두드리는 소리가 났고, 유진이 잠시 허공을 보는 사이, 소리는 울림을 키우며 그녀에게 다가왔다.

"미안, 너무 늦게 왔지."

검은 슈트를 멀끔히 차려입은 영준이 숨을 헐떡이며 그녀의 앞에 서 있었다. 그의 미간엔 짙은 주름이 져 있었다. 평소보다 더 깊고, 굵은 주름이었다. 그의 말투에서 티 나지는 않았지만, 분명 그는 화가 나 있었다. 그의 표정, 그리고 그가 초조하게 내뱉는 거친 숨에서 유진은 그걸 알 수 있었다.

"엄청 걱정했어요...!"

유진은 귓가의 핸드폰을 아래로 툭 하고 떨구듯 내리며 말했다. 탄식과 외침, 그 어떤 사이에 놓인 말이었다.

"정말 미안. 어제 잠을 못 자서 알람을 못 들은 거 있지."

영준은 여전히 인상을 쓴 채로 이마의 땀을 손으로 닦았다.

두 사람은 출발하기 전까지 말없이 밥을 먹었다. 하얗고 넓은 테이블의 맞은편에 앉아서, 둥근 접시 위에 올려진 신선한 야채와 과일, 그리고 스크램블드 에그와 베이컨을 집어 먹었다. 그러다 서로를 잠시 봤다가, 마치 다시는 안 볼 사람들처럼 매정하게 눈을 돌렸다. 그 시간은 어색하고 불편한 공기로 가득 차서, 유진은 불구덩이처럼 속에 들어가 있는 기분이었다. 그녀는 전전긍긍하는 것과 비슷할 정도로 속으로 안절부절못했다. 그렇다고 그녀는 화가 잔뜩 난 영준에게 왜 잠을 못 잤냐는 그런 식의 질문을, 자신이 궁금하단 이유로 물을 수는 없었다.

박람회장으로 향하는 동안, 두 사람은 업무에 대한 약간의 대화를 나눴다. 홍콩의 맑고 뜨거운 아침 속에서, 영준이 한마디를 던지면 유진은 그 말을 듣고 고개를 끄덕였다. 그리고 또 한참 정적이 흐르고 나면, 유진이 다른 말을 꺼냈다. 둘이 말을 주고받을 때면 차들은 옆을 지나가며 빗자루질하듯 느린 바람을 날렸다. 그러면 유진은 그때 잠시 영준을 살폈다. 둥근 해와 그 가장자리에서 발하는 빛이 커질수록, 그리고 두 사람이 박람회장에 가까워질수록, 유진은 그의 화가 조금씩 누그러지는 걸 확인했다.

*\*\*

잠을 못 잔 사람치곤 영준은 너무나도 능숙하게 첫 해외 업무를 진행했다. 그리고 그건 유진도 마찬가지였다. 유진은 자료에 '눈길만' 주었지만, 한국에서 외워둔 덕에 부스를 방문하는 모든 바이어들을 원래 익숙했던 것처럼 친절하게 응대할 수 있었다. 두 사람의 호흡은 보니와 클라이드처럼 척하면 척이었다.

"좋은 아침입니다."

유진은 금발의 백인 남성 바이어를 인사로 맞이했다. 그는 알이 투명하고 동그란 은색 테의 안경을 쓰고 있었고, 남색 면바지 안에 흰 셔츠를 넣어 입고 있었다. 그의 옷차림, 그리고 자연스럽게 퍼지듯 올라간 회색 머리카락, 그리고 옅지만 많은 주름에서, 유진은 그가 충분한 여유를 갖고 업무를 진행할 수 있는 사람이라는 냄새를 맡았다.

"흠. 흥미롭네요. 이 기기, 홍콩으로 수입된 적이 없나요?"

그의 질문에 유진은 홍콩에는 처음 선보이는 기기와 기술이라는 설명을 영어로 전했다. 이 정도의 대답은 준비하고 외워둔 대본으로 충분히 해결할 수 있었다. 말끝에 미소를 지은 그녀는 손에 들고 있던 회사 소개서와 제품 설명서를 남자에게 건넸다.

"여기 명함 드릴게요. 앉아서 얘기 더 나눠 봐도 되죠?"

남자는 한참 책자를 넘겨보다, 그리고 또 기기를 둘러보다 물었다.

"그럼요."

그의 손이 유진에게 명함을 건넸고, 발은 부스의 경계선 안으로 이미 성큼 들어와 있었다. 상황을 지켜보던 영준이 눈짓으로 그녀에게 이젠 자기가 맡겠다고 전했다. 유진은 비어있는 테이블로 바이어를 안내하고 물을 한 컵 앞에 두었다. 그러면 한동안 그녀에게 남은 일은, 남자의 명함을 사진 찍어 노트북에 옮겨두고, 나눴던 대화 내용을 서류에 기재하는 것뿐이었다. 유진은 귀를 반쯤 열고서 자신의 업무를 천천히 진행했다.

"모델 A와 B는 보시다시피 크기가 다릅니다. 모델 A가 모델 B보다 조금 더 작아서 휴대하기도 쉽고, 응급상황에도 더 도움이 되죠."

영준의 낮은 목소리가 작게 들렸다.

"오, 그렇군요."

그는 여러 모든 기기 모델의 특징을 아주 상세하게, 능숙한 영어로 바이어에게 설명했다.

"흠. 샘플 기기를 저희 회사로 좀 보내주실 수 있는지 궁금하네요."

"무상으로 말씀인가요?"

영준의 눈썹이 들썩였다.

"네, 그렇습니다."

"죄송하게도 저희는 계약을 하겠다고 확약한 회사 측에만 무료 샘플을 제공하고 있는데요."

그가 두 손을 모아 잡으며 말했다.

아무리 소형 의료기기라지만 기기 하나의 가격은 상당했다. 모델별로 샘플을 요청하는 업체마다 보내려면 그 비용이 만만치 않았고, 때문에 회사에서는 계약을 확약하는 업체에만 무료 샘플을 제공하라는 지침을 내려둔 터였다. 이런 사항을 전달하면 바이어들은 순식간에 관심을 끄곤 했고, 지금도 마찬가지였다. 바이어의 눈동자의 반절은 순식간에 탁하게 변했고, 영준의 그 반응에 곤란한 기색을 애써 숨기려 노력하고 있었다. 그런 모습을 보고 있자니, 유진의 몸에는 마치 자신이 난관에 부딪힌 것처럼 긴장이 퍼졌다.

"좋아요. 그럼, 사무실에 돌아가시면 바로 이메일 주세요. 메일로 더 이야기해 보죠."

남자는 한 손으로 앞턱을 가볍게 잡으며 말했고, 영준의 표정은 미세하게 굳었다. 그리고 그건 협상을 하는 사람이라면, 누구나 조금씩은 보일 수 있는 반응이었다. 그러나 협상이 더 나아가지 않을 거라는 확신이 들 때면, 영준은 뒤돌아 몰래 한숨을 뱉었다.

"감사합니다."

남자는 인사를 건네고 다른 부스로 향했고, 유진은 배웅을 마치고 안으로 돌아오는 영준을 조심스럽게 바라봤다. 그는 끝이 내려간 어깨로, 마치 발목 양쪽에 추를 달고 있기라도 한 것처럼 무거운 발소리를 내며 다가오고 있었다.

## 4. 세상에서 가장 긴 에스컬레이터를 타고

## 4. 세상에서 가장 긴 에스컬레이터를 타고


점심을 먹기 전까지 유진과 영준은 쉴 새 없이 손님을 응대했다. 심지어 점심시간을 한 시간 앞두자 바이어들은 쏟아지는 모래처럼 부스를 찾아와 그들을 정신없게 혼돈 속으로 밀어 넣었다. 그들이 빠져나가고 나서야 두 사람은 잠시 구석의 테이블에 앉아 숨을 골랐다.

"다음엔 두 명으론 힘에 부친다고 말씀드려야겠는걸."

영준이 투명한 물병을 짚으며 말했다.

"그러니까요."

"바쁘다는 건 난 늘 좋은 뜻이라고 생각하지만, 이 정도로 정신없을 줄이야. 아, 그래도 점심시간이 지나면 말이야, 사람들이 갑자기 확 몰리겠지만, 그러다 금세 또 한산해질 거야."

영준은 말을 마치고 갑자기 허리를 푹 숙이더니 벽면 아래에 붙은 선반 안의 서랍을 뒤졌다. 유진은 입을 오므려 조금 내리고는 그를 지켜봤다.

"자, 여기."

그의 손에 들린 작고 네모난 망고 주스를 보자 유진의

얼굴에 수줍음이 황홀하게 번졌다. 그녀가 마치 간지럽기라도 한 듯 혀로 입술 가운데를 슬며시 쓸었고, 옆에서 영준은 웃으며 말을 이었다.

"화장실에 다녀오는데 편의점에서 파는 거 있지. 나는 어느 나라를 가던 그 나라 편의점이나 식료품점을 꼭 둘러보거든. 여기도 재밌는 것들이 많았어."

유진은 주스를 받아 들었다. 주스가 그녀의 손에 꽉 들어오자, 유진은 그제서야 미소를 지었다.

이후에 두 사람은 주변에서 간단하게 점심을 해결했다. 오늘도 홍콩 음식을 파는 곳이 아니었다. 유진과 영준, 둘 다 은근하게 아쉬운 기색을 내뱉었지만, 불평할 새도 없이 서둘러 식사를 끝내고 다시 부스로 돌아와야 했다. 영준의 말대로 그들의 뒤를 이어 사람들이 박람회장으로 몰려 들어오더니, 순식간에 부스 사이 복도를 빈틈없을 정도로 매웠다. 막상 상황이 닥치자, 유진에겐 놀랄 순간은 잠시도 주어지지 않았고, 그녀는 마치 물살에 쓸리는 것처럼 알아서, 자연스럽게 자신의 일을 해나갔다.

3시가 되자마자 그 많던 사람들은 거대한 그림자가 물러나듯 사라졌고, 주변은 한적해졌다. 사람들 사이로 풍기던 땀 냄새, 그리고 여러 언어가 섞인 소리 덩어리도 흔적을 감춘 뒤였다. 이젠 시원한 에어컨 바람, 그리고 숨 쉴 수 있는 가벼운 공기가 주변에 여유롭게 흘렀다. 그래도 메디 플렉스의 부스에는 삼십 분에 한두 번꼴로 사람들이 들렀다 떠나서, 둘은 마냥 쉬고 있을 수는 없었다. 유진과 영준은 번갈아 가면서 드문드문 손님을 맞이했고, 상담이 정해진 시간에는 따로, 각자에게 주어진 임무를 수행했다.

네 시가 지나자 다른 회사의 직원들은 지루함을 견디지 못하고 경쟁사들의 부스를 어슬렁거리며 눈으로 인사를 건넸다. 그러다 제품들을 손으로 살짝 건드려보기도 했다. 두 사람의 맞은편을 얼쩡거리던 사십 대쯤으로 보이는 남자는 유진에게 자양강장제 두 병을 쥐여주고선, 수상할 정도로 느끼한 눈빛을 던지고 사라졌다.

"테이블에 와서 앉을래? 다리 아프지 않아?"

유진이 손에 든 자양강장제 두 병을 영준의 맞은편에 내려놓자, 이메일을 쓰던 그가 목소리를 높여 물었다. 그가 유진의 발에 눈길을 한 번 주고는 그녀를 올려다봤다.

"저는 괜찮아요."

그렇게 전하고선 그녀는 유진은 계속 부스 앞을 돌아다녔다. 영준을 방해하지 않기 위함이었다. 그녀는 허리를 조금 숙여 뒷짐을 진 채로, 발끝을 내릴 때, 소리가 나지 않게 조심해서 걸었다. 그러면서 주변 사람들과 눈을 마주치지 않게 노력하면서, 그들을 관망하듯 구경했다. 그녀는 그렇게 다섯 시가 되기 전까지는 영준의 근처에는 얼씬도 하지 않았다.

"아, 드디어 끝났네!"

다섯 시가 되자마자 영준이 기쁨 가득한 환호를 질렀다. 그는 두 손으로 마치 노트북을 부수기라도 할 것처럼 세게 닫고는, 자리에서 벌떡 일어섰다. 그는 테이블에 흐트러진 수많은 명함, 그리고 높게 쌓인 여러 장의 종이를 손으로 짚더니, 차례로 정리해 자신의 가방에 넣었다. 유진은 그 모습을 확인하고서야 그에게로 다가갔다.

"고생 진짜 많으셨어요."

"유진이, 너도."

영준이 두 팔을 높게 들어서 기지개를 켜듯 스트레칭하고는 다시 말했다.

"첫날치고는 나쁘지 않은데?"

영준은 웃으며 검은 노트북 가방을 테이블 위에 올려 지퍼를 닫았다. 그러면서 고개를 숙이고 있어서 그가 어떤 표정을 짓고 있는지를, 유진은 알 길이 없었다.

"설마 벌써 계약하겠다는 곳이 있는 건 아니죠?"

유진의 말에 영준이 고개를 들었고, 그러자 유진은 그의 입가에 번져있는 흡족한 미소를 볼 수 있었다.

"정말요?"

"일단 오늘 저녁에 호텔에 돌아가서 이 회사에 대해서 조사부터 확인해 봐야겠지만, 신뢰할 수 있는 곳이라면 벌써 중박은 쳤다는 생각이야. 호텔로 돌아가면 과장님께 보고부터 해야 할 것 같아."

"일이 너무 많으시면 제가 간략하게 보고할까요?"

"아니, 내가 할게. 우리 저녁은 어떻게 할까?"

"음. 저희 서둘러 돌아가야 하지 않을까요?"

"밥을 먹을 시간까지 모자랄 정도는 아니야."

영준은 다시 슬쩍 미소를 지었다.

"아, 대리님. 그러시면요..."

유진은 대답하다 말고 갑자기 어디론가 사라졌다가 일 분도 채 되지 않아 빨간 수첩을 손에 들고 다시 나타났다.

"수첩?"

"네. 여기에 제가 말씀드린 맛집 리스트가 적혀 있어요."

유진은 수첩을 넘겨 회색과 파란색이 빽빽하게 섞여 지저분한 듯한 종이를 영준의 얼굴 앞에 내밀었다.

"이렇게 많이 적어뒀다고?"

영준은 전혀 진심이 아닌 인상을 썼다.

"네. 솔직히 저, 쓰면서 조금 자부심이 들었다니까요?"

그녀가 크큭하고 웃었다.

"한 번 봐도 돼?"

"그럼요."

"1번은 망고 주스... 2번은 에그타르트... 3번은..."

영준은 입으로 음식들을 중얼거리다가 지쳤다는 듯 포기하고선 눈으로만 읽었다. 그러다 그가 수첩을 위풍당당하게 닫더니, 유진에게 건네고선 말을 이었다.

"오늘은 에그타르트 어때? 가능한 차례대로 가보는 거야. 3번은 배를 타고 나가야 하니까 넘기고, 내일은 4번 음식을 먹으러 가는 거지."

"좋아요. 그런데 에그타르트로 배가 차시겠어요? 그건 간식이잖아요."

"너..."

영준은 고개를 가로저었고, 유진은 그 모습이 만족스럽다 생각하고 있었다.

"근데 그 에그타르트 집에 가려면 미드레벨 에스컬레이터 타야 하거든요. 너무 길어서 올라가는 데도 오래 걸리고 내려서 베이커리까지 걸어가는 데도 꽤 걸린다더라고요."

유진은 짐을 정리하기 시작하며 말했다.

"아, 전 세계에서 제일 긴 그거."

"네. 퇴근하고 가면 아마 사람들도 많을 거예요. 그럼 저녁에 호텔에 더 늦게 돌아가게 되지 않을까요?"

"맞아. 그렇지."

"괜찮을까요?"

잠시 어떤 생각에 골몰히 잠긴 영준의 눈동자가 위로 슬며시 올라갔다.

"정했어."

"네?"

"고민은 하지 않는 거야. 그냥 가기로 했으면, 그냥 가는 거야."

영준은 단호하지만, 나지막한 목소리로 말했다.

어쩌면 그곳에 도착하면 비가 내릴 수도 있을 터였다. 아니면 근처에서 교통 사고가 나거나 불이 날 수도 있고, 어떤 무리들은 싸움을 벌릴 수도 있을 터였다. 둘은 호텔에 늦게 돌아올 수도 있고, 아니면 호텔로 영영 돌아오지 못할지도 몰랐다. 한 치 앞의 일도 모른 게 세상 일이었다. 적어도 유진은 그렇게 생각하고 있었다. 하지만, 이젠 영준의 생각은 유진의 생각이었고, 그의 말은 그녀의 말이었으며, 그의 행동은 그녀의 행동이었다. 그녀는 거부란 생에 존재하지 않았던 것처럼, 또 한 번 완벽히 수긍하며, 이 남자에게 자신의 저녁을 맡겨버렸다.

***

　여섯 시가 되자마자 사람들은 정리를 마쳤고, 마치 이곳에 정전이라도 난 것처럼 급하게 박람회를 빠져나왔다. 유진과 영준, 두 사람도 마찬가지였다. 아직 밖은 밝았다. 채도가 낮은 하늘색 하늘에 금색이 이리저리 풀린 실 끝처럼 뒤엉킨 구름이 천천히 움직이고 있었다. 유진은 영준의 옆에서 깃털처럼 가벼운 걸음으로 걷다, 흐린 풍경을 뒤로하고 또렷하게 보이는 영준의 옆모습을 올려다봤다. 이제 빨간 택시들, 그리고 진한 원색의 상점 간판들마저 유진의 눈을 사로잡지 못했다. 야자수와 전차들, 그리고 유럽식 건물들도 그랬다. 그것들은 그저 영준을 돋보이게 하기 위해 존재하는 배경일 뿐이었다. 지하철로 향하는 길 전체가 붐벼 어지럽게 움직였지만, 그 배경 속에서 이제 이곳의 활기는 고요하고 평화로운 천국의 소리로 변했고, 과거 언젠가 들어봤었던 다른 천국의 소리와도 또 달라져 있었다.

　유진은 마치 행군하는 병사들처럼 두 팔을 앞뒤로 흔들며 걸었다. 어깨에 멘 핸드백이 간간히 팔뚝으로 떨어졌다. 하지만 그런 사소한 일은 그녀의 신나게 춤 추고 싶은 마음을 말릴 수 없었다. 유진은 마치 원래 남성만큼이나 키가 컸던 것처럼, 두 발의 간격도 크게 벌려 걸었다. 치마를 입고 이렇게 걸어 본 건 난생처음이었다. 이렇게 걸어 신이 나는 건지, 신이 나서 이렇게 걷는 건지, 그런 구분을 지으며 생각에 생각을 곱씹을 필요도 이젠 사라지고 없었다.

　그렇게 걸으니, 둘은 금방 지하철역에 도착했다. 지하철

역, 그리고 플랫폼에는 유명 홍콩 배우들의 얼굴이 찍힌 광고가 여럿 걸려있었다. 일본과 한국 배우들이 찍힌 광고도 있었다. 유진은 마치 그들이 진짜 앞에 있는 것처럼, 광고판 속 그들의 눈과 얼굴을 빤히 봤고, 영준은 그러는 그녀를 지켜봤다. 그러는 사이, 지하철이 도착했다.

"가서 왕창 먹을 거예요. 이게 저녁이라면 열 개도 먹을 수 있어요. 정말 먹어보고 싶었거든요. 도대체 어떤 맛이길래 먹어본 사람마다 예술이라고 극찬을 하는 걸까요? 궁금해 미치겠어요."

닫히는 지하철 문을 등지고 선 유진이 목소리를 낮춰 말했다.

"못 들었나 본데, 한 명당 네 개까지만 판다는 소문이 있어. 아무리 다섯 개를 먹고 싶어도 네 개만 먹을 수 있을지도 몰라. 유진이, 너처럼 사람들이 사재기할까 봐 미리 방지해놓은 거지."

영준이 고개를 유진의 얼굴 옆으로 기울였고, 그녀는 그 말에 '정말로' 배 위에 두 손을 올리고 걸출하게 소리 내 웃었다.

미드레벨 에스컬레이터가 있는 역까지는 두 정거장을 지나 도착했다. 문이 열리자 바람이 안쪽으로 불러왔고, 플랫폼으로 나가자, 높이가 다른 사람들의 뒤통수가 모여 만들어낸 커다란 능선이 계단으로 움직이고 있었다. 개찰구를 빠져나가자마자 눈앞에는 바로 미드레벨 에스컬레이터가 펼쳐졌다.

"너무 멋지네."

영준이 핸드폰을 꺼내 카메라를 켰다.

"정말로요."

"생각보다 사람이 더 많다는 거 빼고는 영화에서 본 그대로야."

그의 핸드폰에서 연속해서 사진을 여러 장 찍는 소리가 났다.

"사진이나 영상 같은 데서 못 봤던 헤진 흔적이 보여서 더 멋져요."

"그러게 말이야."

유진도 그를 따라 핸드폰을 꺼내 들고는 사진기를 켰다. 눈앞의 풍경은 작은 사진 속에 다 담기지 않아서, 두 사람은 몸을 좌우로 틀어가며 사진을 찍었다. 그러고 나서 유진이 먼저 에스컬레이터에 발을 올렸다. 그러자 그냥 이곳에 와보자던 영준의 힘찬 외침이 그녀의 얼굴 주변에 환청으로 메아리쳤다.

진짜 장관은 에스컬레이터를 타고 올라가자 시작됐다. 속도는 생각보다 더 느렸고, 시작도 경사가 크게 높지 않았다. 그렇지만 올라갈수록 고개를 틀면 멀리까지 훤히 보이는 홍콩 거리가 옆과 아래에 펼쳐졌다. 그 위를 지나며 작게 보이는 사람들의 손에는 음료수, 그리고 먹을거리가 들려있었고, 쇼핑을 했는지 쇼핑백을 여럿 든 사람들도 있었다. 줄지어 늘어선 상점의 투명하고 큰 창들은 음식과 상품을 내보이려 애쓰고 있었고, 사람들은 그 근처를 기웃거리다 들어가기도 했다.

"여기 온 사람들은 색이 진한 옷을 많이 입는 것 같아요."

"눈치챘어?"

"왜 그럴까요?"

그녀가 그렇게 묻자 동시에 두 사람의 옆으로 진한 노란색, 그리고 파란색 셔츠를 각각 입은 커플이 지나갔다. 유진과 영준은 앞, 뒤로 서서 에스컬레이터의 한쪽에 손잡이를 잡고 서 있던 참이었다.

"검은 옷을 입으면 더 더워서 그런 거 아닐까?"

"그럼, 흰색 옷도 있고, 여러 파스텔 톤 색의 옷도 있잖아요."

"그런 색의 옷을 입은 사람들이 보이지 않는 건 아니지만 말이야. 그럼, 혹시 더위에 저항이라도 하려고?"

"음. 그런 거라면 여기엔 더위가 전부니 세상에 저항하기 위한 거겠네요."

유진은 아름답게 빛나는 눈으로 영준을 바라보며 말했고, 그도 같은 눈으로 그녀를 바라보고는 미소를 지었다. 둘은 십 초간 서로를 마주 봤고, 유진이 먼저 다시 입을 열었다.

"대리님, 있잖아요. 제가 이런 말 자체를 원래 잘 하지 않지만요, 솔직히 오늘 힘들지 않은 건 아니었거든요. 그런데 지금은 언제 그랬나 싶게, 힘들었던 건 아무것도 기억나지 않아요."

그 말을 건네는 그녀의 심장은 고장 난 것처럼 날뛰기 시작지만, 세상은 그걸 모르는 듯 저 멀리서 낡은 오토바이두 대를 내려 보냈다. 오토바이들은 요란한 소리를 내면서 두 사람 가까이까지 달려왔고, 유진의 말과 다른 모든 소리를 전부 삼켜버렸다. 오토바이를 모는 젊은 사내 둘은 마치 유진을 놀리기라도 하는 것처럼 고개를 뒤로 돌렸고, 그녀를 한 번 쳐다보고선 교활한 미소를 지었다. 유진은 붉어진 얼굴을 빠르게 푹 숙였다.

"응? 뭐라고 했어?"

영준이 바닷물처럼 맑은 눈으로 묻자, 유진은 잠시 고개를 앞으로 돌린 채로 하하 하고 억지로 평소보다 더 크게 웃었다.

"아니요, 대리님, 저기 저 앞에 저희가 말한 그 피자 가게가 있다고요!"

유진은 왼손 검지로 허공을 가리켰다.

"그건 나도 잘 알고 있지. 언제 저기까지 가나 기다리고 있는 중이었어. 너는 왜 페퍼로니 피자를 좋아하는 거야?"

"페퍼로니의 짭짤한 맛이 치즈랑 잘 어울려서요. 대리님은요?"

유진은 평소보다 목소리를 더 높였다.

"나는 혼자 미국 여행을 갔을 때, 시카고에서 페퍼로니 피자를 처음 먹어봤어. 그리고 그 이후로는 다른 피자는 눈에 잘 안 들어오는 사람으로 변했지, 뭐야. 너무 황홀한 걸 겪으면 그 이후의 다른 경험들은 평범해지고, 때로는 시시해지는 것처럼 말이야. 그 여행도 그랬어. 나는 완전히 망가져 있었서, 나는 나를 버리러 그곳으로 갔었거든."

"네."

찰나에 유진의 입가에 먹구름 색의 그늘이 졌다.

"그런데 그곳에 다녀온 이후로 나는 나를 찾았어. 원래의 나로 돌아온 건 물론, 시간이 조금 흐른 후에는 더 나은 사람이 되어 있었어. 그곳에 가지 않았다면, 지금의 나는 없었을 거고, 분명 유진이, 너도 만나지 못했겠지. 내가 지금은 무슨 생각을 하는 줄 알아?"

"아니요?"

"이제 이곳 말고, 세상의 다른 어떤 곳들에서도 나는 아름다움을 느끼지 못할 거야."

영준이 손으로 메고 있는 가방끈을 고쳐 잡았다. 유진은 몇 번 그 말을 되감아 봤고, 그러자 머리는 열이 나는 것처럼 세상이 아찔해지기 시작했다. 불을 피우듯 켜진 설렘은 커튼콜을 내리듯 순식간에 그녀의 발끝에 와 있었다.

에스컬레이터의 경사는 이제 서서히 높아졌다. 그 중간중간은 사람들이 내려서 옆의 거리로 빠져나갈 수 있게 끊겨있었다. 하지만 영준과 유진이 가려는 곳은 피자 가게보다 한참 위에 있어서, 둘은 거의 끝까지 올라가야 했다. 두 사람 앞에 처음으로 길이 난 구간이 나타났고, 유진이 먼저 내렸다. 발끝에 따뜻한 땅이 닿자 유진은 터지려는 심장에 이 세상의 모든 걸 견디지 못하고 아주 빠르게 영준을 마주 보려 몸을 돌렸다.

그때 그녀의 오른 다리가 조금 흔들리더니 유진은 중심을 잃고 비틀거렸고, 곧 무너지는 모래성처럼 단번에 주저앉으려 했다. 에스컬레이터는 여전히 움직이고 있었다. 놀랄 시간도 없이 유진의 두 무릎이 낙하하듯 아래로 굽어 내려갔고, 그 순간 영준이 그녀를 잡았다. 고민 없이 반사적으로 아주 당연하게 그녀의 팔을 붙잡았다. 그리고 그녀의 무릎이 땅에 닿기 전에 두 팔로 그녀를 빨리 일으켰다. 미끈하게 땀이 나 반짝거리는 유진의 얼굴은, 일어서자 영준의 얼굴에 거의 맞닿아 있었다. 그의 코 끝이 유진의 뺨을 스치듯 건들이며 지나쳤고, 유진은 정확히 세 번 눈을 깜빡거리고 나서 몸을 바로 세웠다.

"괜찮아?"

영준은 여전히 그녀의 팔을 잡고 있었다. 유진의 입은 그 어떤 소리를 만들어내는 법도 잊어버린 상태였다. 축 내려간 그녀의 어깨에 영준의 깊은 눈은 더 안으로 들어갈 듯 패였지만, 그는 그녀의 침묵을 방해하지 않고, 그저 가만히 두었다.

조금 뒤, 길로 이어지는 두 번째 구간이 나타났다. 두 사람은 잠시 내려 두 개의 상점 사이에 높게 난 갈색 담벼락으로 잠시 몸을 옮겼다. 영준은 유진의 몸을 살펴보았다. 다행히 상처 난 곳은 없었지만, 유진의 발목이 삐끗해 걸음이 절룩거려서, 잘 걸을 수 없었다.

"돌아갈까?"

영준의 얼굴, 그리고 목소리는 걱정으로 뒤덮여 있었다. 유진은 몸을 숙이고, 한 손으로 발목을 만져 보았다. 크게 붓지도 않았고, 붉어진 것도 아니었다. 겉으론 아무 티가 나지 않았지만, 마치 마음이 다치면 그렇듯, 속에선 너무 찌릿해서 참기 힘든 통증이 도사렸다.

"아니요?"

유진은 몸을 펴고, 눈을 동그랗게 뜨고선 영준의 눈을 노려봤다.

"정말 괜찮겠어? 걷기 힘들어 보여."

"그래도 여기까지 왔는걸요."

"그럼 자."

영준은 붙잡고 있던 유진의 팔을 두 손으로 받치고는 자신의 어깨에 올렸다. 그러고 나서 '그럼 이렇게 하고 가.'라고 말하면서, 자신의 팔로 유진의 허리를 감쌌다. 두 사람은 다시 에스컬레이터에 몸을 실었다.

베이커리로 가는 내내 유진의 옆구리는 완전히 영준의 몸에 붙어 있었다. 두 사람의 옷이 닿았고, 그리고 그 안의 피부는 서로의 옷을 사이에 두고 닿았다. 영준의 옆구리에 퍼진 그의 살의 향기가 간혹 유진의 코로 들어왔다.

"이왕 이렇게 된 거, 여유롭게 걸어가는 거야."

영준은 그녀를 조심히 부축하며 먼저 에스컬레이터에서 내렸다.

"좋아요. 다리는 조금 아프지만 천천히 걸으면서요."

유진도 내리며 골목 방향으로 몸을 돌렸다. 유진은 이제 막 걷기 시작한 아이처럼 조심스럽게 걸었다. 그만큼 걷는 것이 불편했고, 움직임은 느렸다. 그렇지만 그녀는 수줍은 미소 짓고 있었다.

"드디어 보이네."

영준이 오른손으로 먼발치의, 하늘색 외관의 상점을 가리켰다.

"벌써 빵 냄새가 나는 것 같아요. 대리님, 제가 천천히 걸으니까요, 정말 세상이 천천히 흘러가는 거 같아요."

"나도 그래. 오른발을 천천히 뻗으면 말이야, 그동안 고개도 천천히 나아가고 내 감각도 천천히 나아가. 그리고 나는 오늘 정신없어서 놓쳤던 것들은 잔뜩 보고, 느낄 수 있어. 내가 한 걸음 걸으면, 그러니까 지금은 아주 조금이지. 십센치

나 이십센치 정도 될까 말까 한. 그동안 몸도, 시선도 그만큼만 움직여. 이게 얼마나 좋은 지 말로 설명이 잘 안될 지경이야."

"정말로요. 다친 게 꼭 나쁜 일이 아니에요."

"그래도 다치진 않는 게 좋지."

영준은 크큭 웃었다.

"네. 그래도 이젠 어쩔 수 없으니 저기까지 저희 안에 많은 걸 담으면서 걸어 보자고요."

유진이 다리를 절룩거리면, 영준도 그를 따라 몸을 기울이며 엉성하게 걸었다. 하지만 두 사람은 베이커리로 향하면서, 오늘 보고, 느끼지 못했던 아주 작고, 어쩌면 누군가한텐 보잘 것들을 기억 속에 담았다. 둘은 정말로 그렇게 담은 것을 더 오래, 느리게 느꼈다.

유진은 폐업한 어떤 가게에 내려앉은 철문에 간신히 붙은, 찢기고, 구겨진 광고지의 끝을 봤고, 그 앞을 지나가면서 서럽게 엉엉 우는 아이의 울음, 그리고 아이를 혼내는 엄마의 귀를 파고들 듯한 고음을 들었다. 그리고 자신의 몇 걸음 앞에서, 땅 위로 볼록 튀어나온 작은 돌을 봤고, 골목 구석의 하수구에서 올라오는 코를 찡그리게 하는 악취도 맡았다.

그러다 그녀는 영준의 발을 봤다. 그가 신은 갈색 구두의 위는 완벽하게 값진 듯 빛을 내고 있었지만, 밑창의 아주 앞, 그리고 뒤는 조금씩 긁힌 듯 벗겨져 있었다. 자신의 눈 끝에 걸린, 어깨 위에 놓인 그의 손에는 굳은살이 붙은 손가락도 있었고, 셔츠 칼라 뒤쪽은 목에 난 땀으로 옅은 얼룩이 져 있었다. 그의 눈가 옆에는 웃을 때마다 지어지는 희미한 주름의 흔적도 있었다. 그에게도 그런 것들이 존재했다. 유진은

그걸 보지 않으려 한 건지, 아니면 여태 못 본 건지, 알 수 없
었지만, 이젠 보였고, 그렇다고 그게 싫지도 않았다. 유진은
어쩌면, 자신은 여행하며 정작 가장 중요한 것을 놓치고 있
었다고 생각했다.

도착한 베이커리의 안은 사람들이 가득했다. 다행히 밖에
까지 줄을 지어 기다리는 사람들은 없었지만, 그렇다고 두
사람이 자유롭게 안을 활보할 수도 없었다. 〈타르트 베이커
리〉는 한 번에 열 사람 정도가 들어가면 꽉 찰 정도로 작은
크기였다. 한쪽 벽면엔 과자가 잔뜩 들어있는 투명한 봉지들
이 여럿 진열된, 높은 원목 선반이 있었다. 그 선반이 없다면
적어도 다섯 명의 손님은 더 들어올 수 있을 터였지만, 가게
는 과자와 타르트에 대한 애정으로 그 자리를 지키게 했다.

두 사람은 한동안 빛나는 눈으로 두리번거리며 베이커리
의 안 구석구석을 살펴보았다. 그러다 영준은 자신의 어깨에
올라간 유진의 팔을 내려놓더니 과자 봉투 몇 개를 집어 들
고 카운터로 향했다. 유진은 마치 그가 자신을 일부러 피하
기라도 하는 것처럼, 서글프고 축축한 시선으로, 한 걸음씩
멀어지는 그를 바라봤다. 그는 여전히 가게 안에, 그녀의 가
까이 있었지만, 그만큼의 거리도 유진에게는 지구의 반대편
인 것처럼 멀었다.

유진은 선반 어딘가로 고개를 돌린 채로, 가슴 깊이 그에
게 애원했다. 가지 말라고... 다신 곁에서 멀어지지 마세요,
그리고 그녀는 이제 그렇게 말하고 싶었다.

영준의 말대로 손님이 살 수 있는 타르트 수는 정해져 있었다. 계산대 앞에는 하얀 종이가 붙어 있었고, 여러 나라의 말로 '한 명당 구매할 수 있는 타르트 개수'라고 적혀있었다. 그 옆에는 커다랗고 빨간 숫자 4가 위협하듯 붙어 있었다. 영준은 유진 것까지 계산을 마쳤고, 잠시 후 납작한 상자 두 개, 그리고 과자가 잔뜩 든 쇼핑백 하나를 들고 흡족하게 웃으며 나타났다. 그러고선 다시 유진을 부축해 베이커리를 빠져나왔다. 두 사람의 몸에 갓 구운 타르트의 고소하고 달콤한 향이 짙게 배어 있었다.

"잠시만 기다려 봐."

출입문 앞에 선 영준이 갑자기 건물의 모퉁이로 몸을 옮기더니, 매고 있던 가방을 내려놓고선 과자 봉지들을 욱여넣으려 안간힘을 썼다. 하지만 서류로 터질 것 같은 가방의 안은 종이와 봉지가 부딪쳐 나는 바스락거리는 소리를 위한 자리만 있을 뿐, 뭔가가 들어갈 수 있는 공간은 없었다.

"대리님, 저희 근처에서 먹고 들어갈까요?"

유진의 절룩거리는 다리가 조용히 그의 앞으로 옮겨갔다. 영준은 잠시 어떤 생각에 빠진 것처럼 보였고, 유진은 대답을 기다렸지만, 헤매는 듯한 그의 표정에 대신 입을 열었다.

"그리고 날이 너무 늦어서요. 제 다리도 이 모양이니 저희 택시 타고 돌아가요. 오늘도 먹을 걸 사주셨으니까, 택시 값은 제가 낼게요."

그녀는 의도적으로 밝은 목소리를 냈다.

"그럼 그렇게 할까?"

찰나의 망설임이 영준의 눈에 비쳤지만, 그는 바닥에 덩그러니 놓인 가방을 의식하고는 이내 크게 숨을 쉬었다. 그 숨 끝에서 그의 부담은 연기가 되어 하늘로 올라갔다.

"저야 너무 좋죠. 이 근처에 괜찮은 카페가 있다고 인터넷에서 봤었거든요. 제가 찾아볼게요."

입을 작게 오므린 유진은 핸드폰을 꺼내 지도를 켰고, 곧 카페의 위치를 확인하고선 영준의 얼굴 앞에 화면을 내밀었다.

"조금만 내려가면 되네?"

"네. 여기 커피가 진하고 맛있다고 하더라고요. 커피도 제가 사드릴게요."

유진은 미소를 지었고, 그러자 영준은 짐을 들고 다시 그녀의 옆에 바짝 섰다. 그러곤 다시 유진을 부축했고, 두 사람은 에스컬레이터를 타고 올라오는 사람들을 바라보며 아래로 향했다. 둘은 단짝 친구인 듯, 아니면 오래된 연인인 듯, 어깨동무를 하고 한 채로 손에는 나란히 타르트 상자를 들고 있었다. 유진은 남몰래 상자를 든 손목을, 마치 손목으로 춤을 추듯 여러 번 까딱하며 흔들었다.

유진의 심장은 여전히 두근거렸다. 몸도 여전히 흔들리는 잔 속의, 투명한 물처럼 떨렸다. 고개를 돌려 그를 보면, 그를 처음 본 날로 돌아가는 꿈같은 상상을 했다. 그런데 자신의 등에 닿은 그의 팔, 그리고 자신의 팔에 길게 닿은 그의 등을 느끼면, 이젠 마음속, 어쩌면 '정말로' 심장일지 모르는 그곳이 채워지는 걸 느꼈다. 그곳을 이루는 피와 세포는 살며 간직해보지 못한 아주 묵직하고 따듯한 것으로 틈 없이 가득했고, 유진은 누구에게도 선명하게 설명할 수 없는 이 감정에, 혼자 입술을 구기다가 미소를 지었다.

카페에는 금방 도착했다. 이곳에서의 시간은 느리게 흘러갈 거로 생각했는데, 너무 빠르게만 흘렀다. 하루를 두 배, 그리고 세 배로 늘려버리고 싶을 정도로 빠르게 흘렀다. 실제로 다리의 통증은 커지고 있는지도 몰랐다. 그러나 그건 주의를 끌지 않는 잠시의 따가움에 불과했고, 아파하고만 있는 건 순간을 낭비하는 것일 뿐이었다.

건물 전체를 사용하고 있는 카페는 언제 지은 건지도 가늠 안 될 정도로 낡은 모습이었다. 여러 번 덧칠한 벽의 시멘트는, 어느 부분은 너무 벗겨져서 정말로 툭 하고 '떨어져 나갈' 지경이었다. 카페의 층 하나에는 커다란 창이 하나씩 뚫려 있었고, 창의 반절을 막은 검은 창살 뒤로는 작고 동그란 테이블들이 일정한 간격으로, 점점이 놓여 있었다. 사람들은 빈 테이블 몇 개를 사이에 두고 넓은 공간을 마음껏 누리며 이야기를 나눴고, 그러다 작거나 크게 웃고, 또 그러다 커피를 마셨다.

일 층 입구 옆의 테이블은 비어 있었다. 두 사람은 그곳에 짐을 올려두었고, 영준은 혼자 커피를 주문해 오겠다고 했다. 하지만 유진은 다리를 절룩거리며 굳이 그를 따라갔다. 곧 두 사람은 커피를 한잔씩 손에 들고 자리로 돌아왔고, 유진은 바로 자신의 타르트 상자를 열었다. 손목을 너무 까딱거린 탓에 타르트의 옆이 조금 뭉개져 있었지만, 그런 겉모양이 맛을 망칠 수는 없을 터였다. 그녀는 벌써 한입을 베어 먹은 것처럼, 모서리가 조금 떨어져 나간 타르트를 손으로 높게 들었다. 밤하늘의 한가운데에 노란 타르트가 달처럼 떴고, 유진은 그 모습을 핸드폰으로 찍었다. 그러고 나서 다시 타르트를 내려놓고, 마치 꽃향기를 맡는 것처럼 코를 가까이 하고선 크림 향을 들이마셨다. 그녀의 입이 음. 하고 소리를 내며 달콤한 미소를 지었다.

그녀가 슬며시 고개를 들었을 때, 영준은 그녀의 코끝에 시선을 고정한 채로 그녀를 따라 웃고 있었다. 사실 유진은 그에게 언제나 궁금한 게 많았다. 그의 머리카락의 시작부터 발가락의 끝까지 궁금했고, 그가 처음 울음을 터뜨리고 세상에 나온 시절부터, 지금까지의 모든 날들이 궁금했다. 그렇지만 그를 알게 된 이후로 자신의 가슴 속에 가장 처음으로 자리한, 그토록 묻고 싶었던 질문은 따로 있었고, 그녀는 지금 여기서 그걸 물어보기로 마음먹었다. 이제 하늘은 빈틈없이 새카맣고, 상점들은 문을 닫기 시작했지만, 은밀한 장소들은 은은한 불을 몰래 켜고, 밤을 사랑하는 사람들을 위해 부드러움을 내어주니 이보다 더 좋은 때는 없을 터였다.

"대리님, 저 뭐 하나 여쭤봐도 될까요?"

"뭔데?"

영준의 두 눈동자가 반짝였다.

"대리님은 뭘 위해서 그렇게 열심히 일하시는 거예요?"

"응?"

그의 눈 끝이 뒤로 길게 늘어졌다.

"저는 어쩔 수 없다 쳐도, 대리님께선 뭘 위해서 그렇게 열심히 일하시는지 궁금했어요. 어쩌면 대리님과 같은 조건인 다른 사람들은 그냥 괜찮을 정도, 남들에게 욕먹지 않을 정도로 하면서 살 수도 있다고 생각해 본 적도 있거든요. 그렇게 한다고 당장 회사가 망하지도 않고, 세상도 망하지도 않으니까요."

"음."

그가 잠시 생각하며 커피를 한 모금 마셨다.

"제가 모르는 어떤 큰 야망을 갖고 계신 건가 궁금할 때도 있었고요."

"남한테 욕먹지 않는 그런 삶을 살면, 과연 나 자신에겐 떳떳할까 싶은데 말이야."

"그럼 자기 자신에게 부끄럽지 않게 그렇게 열심히 일하시는 거예요?"

"시작은 그렇지 않을 수도 있어. 그런데 지금 당장은 그래."

"시작이요?"

"응. 이렇게 된 시작 말이야. 내가 친형이 한 명 있거든. 나보다 두 살 많은."

"정말요?"

"응. 너는?"

"저는 외동딸이에요. 책임감 강하셔서 막내이실 거라는 생각은 하지도 못했어요."

유진의 손끝은 에그타르트를 집고 있었다.

"그렇구나. 아무튼 나는 어린 시절엔 너무 잘난 친형을 둬서 매번 차별당하고, 그래서 조금이라도 뭔가를 못 하면 죄책감이 들었어."

"혹시... 형은 뭐 하시는 분인지 여쭤봐도 될까요?"

유진은 믿을 수 없다는 듯 고개를 가로저으며 조심스럽게 물었고, 영준은 잠시 말을 멈추고는 씁쓸한 표정을 지었다.

곤란한 듯한 그의 모습에 그녀는 그저 궁금했을 뿐이라고, 대답하지 않아도 괜찮다고 전하려던 참이었다. 그런데 영준이 먼저 말을 꺼냈다.

"이건 정말 너와 나, 둘만의 비밀이야."

"네. 그럼요."

유진은 에그타르트는 먹지도 않고 다시 내려놓았다.

"유진이, 넌 뉴스를 자주 봐?"

"주로 출퇴근할 때 지하철에서 봐요."

"그럼 젊은 나이에 굉장한 성공을 거둔 사람들의 이야기를 자주 봤겠네? 형은 역사에 길이 남을 위대한 업적을 이룬 사람은 아니야. 그런데 현대 사회에선 칭송받는 성공을 이룬 사람이라고 여겨지기도 해. 그게 돈을 많이 버는 사람들이 받는 취급이니까."

"그럼, 돈을 많이 버신다는 건가요?"

"돈뿐만 아니라 어느 정도의 위치도 있어. 이제 우리나라의 내놓으라하는 기업들의 경영진들이 젊은 세대들로 교체되고 있다는 소식들을 들은 적 있지?"

"그럼요. 큰 이슈였잖아요. 심지어 가전제품 사업으로 유명한 '그 기업' 임원진 중에서는 3, 40대가 두 명이나 있다면서요."

"응. 그중 젊은 쪽이 우리 형이야."

"네?"

"그 뉴스에 나온 사람이 우리 형이야. 다들 들으면 너처럼 그런 표정을 지어. 놀라운데, 두렵기도 해서 선뜻 놀라지 못하는 그런 표정을. 그리고 너무 현실성이 없어서 내가 거짓말을 친다는 사람들도 있었지."

그는 웃고 있었다. 그런데 그의 웃음은 비릿한 모양이었다.

"말도 안 돼요."

"말도 안 되지?"

"네. 그럼 대리님은 재벌 집 아들이세요?"

영준이 하하 하고 공기가 섞인 웃음을 크게 터뜨렸다.

"아니. 재벌이라니. 나는 그냥 보통의, 평범한 가정에서 태어났어."

"꼭 평범하지 않은 사람들이 자기더러 평범하다고 하더라고요. 이렇게 들으니 거리감이 느껴지는데요."

"정말로 부자가 아니야. 으리으리한 집에 살지도, 엄청난 재산을 갖고 있지도 않아. 그저 잠시 꿈을 꿀 수 있을 정도로 넉넉할 뿐이야. 그리고 덤으로 똑똑하고 탁월한 큰아들이 있는 집일뿐이지."

"그런데 도대체 어떻게 해야 그 나이에 그렇게 될 수 있는 거예요?"

"음. 일단 중학교를 졸업하고 바로 과학 고등학교에 가. 그러고 나서 우리나라 최고의 대학교를 간 다음 또 조기 졸업을 하고 석, 박사 통합 과정을 최단기로 졸업하면 돼."

"그게 가능한 일이에요?"

유진은 여전히 믿을 수 없다는 표정을 지었지만, 영준은 거짓과 같은 것들과는 정반대의 대척점에 있는 사람임을 알고 있었다.

"나도 몰랐는데, 그게, 가능하더라고. 어떻게 가능했던 건지는 모르겠지만 말이야. 그게 형이 원래 그런 건지, 아니면 부모님이 무슨 마법을 부린 건지... 나도 그 내막은 잘 모르겠어. 나는 형이 그렇게 될 수 있던 방법조차 가까이 들여다볼 수 있는 사람이 아니었거든."

"그건 정말 불공평하네요."

"아니, 어쩌면 공평한 걸지도 몰라. 대신 나는 파일럿이 되고 싶다는 포부가 있었으니까. 어쩌면 내가 정말 파일럿이 되었다면 우리나라의 제일가는 파일럿이 되었을 수도 있는 거지. 중요한 건, 될 수 없었다는 것일 뿐이고, 이제는 그저 가슴에 덮어두고 살아야 된다는 거야."

"군인이 되고 싶으셨던 거예요?"

"공군 파일럿이든, 아니면 우리가 타는 비행기 파일럿이든 상관없었어. 나는 그저 하늘을 날고 싶었고, 어쩌면 내가 하늘을 나는 탁월한 능력이 있었다고 생각하기도 했었어. 어쨌건 나는 형에 비하면 '돈이 안 되는' 꿈을 꿨던 사람이었지. 그래서 집에서는 그보다 덜한 관심을 받았고. 그런데 그런 부모님이 납득이 가질 않는 건, 또 아니야. 어렸을 때 정말 마냥 어려서 잘 몰랐는데, 형이 고등학교에 가고 나서부터 동네에 소문이 났어. 그러더니 주변 사람들은 부모님을 만날 때마다 그들의 손을 잡고 있는 나보다는 그 자리에 없던 형의 얘기만 하는 거야."

"너무한데요."

유진은 미지근하게 식은 커피를 한 모금 마시고, 잠시 먹이 흐르는 것 같은 검은 하늘을 바라봤다.

"부모님도 점점 변해 갔어. 뭐든 형이 우선이고, 내가 하는 거는 형이 하는 일들과 다 비교가 됐던 거야. 그게 서럽기도 하고, 외롭기도 하고... 나도 점점 가족과 주변 사람들의 인정이라는 거에 목이 말라갔지. 처음엔 그래서 열심히 살아야겠다고 생각했어."

영준의 눈동자에 갈색 커피가 담겨 그의 눈동자 색이 퍼지듯 연해졌다. 색이 바랜 그 눈에선 단번에 빛이 사라졌다.

"그래서 좋은 학교에 합격하고도 만족이 없었던 것 같아. 계속 최고의 성적을 유지하고, 온갖 스펙을 쌓아야 한다는 압박이 있었달까. 그리고 졸업 후에는 형처럼 좋은 회사를 다녀야 하고..."

영준은 목에 뭔가가 차오르는 듯, 울컥하더니 침을 삼키듯 꿀꺽 삼켜 넘겼다.

"그럼 그래서 경영학과를 가신 거예요?"

"그렇지. 그런데 이게 어느 순간부터 탈이 난 거야. 나는 남의 인정 때문에 살아왔기 때문에, 나에게 나는 없었고, 남만 있었어. 내 속은 점점 비어갔고, 어느 날 눈을 떴더니 나는 속이 텅 비어버린 망가진 인간이 되어 있었어."

그가 아랫입술 안으로 말아 깨물었고, 그 모습을 바라보던 유진의 몸은 약한 분노로 달궈지려 했다. 그녀는 마치 끝이 없는 곳을 향해 오래달리기를 한 사람처럼 어깨를 미세하게 들썩이기 시작했고, 그런 낌새를 알아챈 영준이 유진 앞의 커피잔을 그녀에게로 더 가까이 밀었다. 그러고는 으음. 하고 자신도 목을 가다듬는 소리를 한 번 내더니, 자신의 커피잔을 집어 들었다.

유진은 커피를 크게 들이켰지만, 차갑지 않은 커피가 열을 내리는 데 도움이 될 리는 없었다. 그녀는 컵을 내려두고선, 그 손으로 부채질을 했다.

"잘 들어 봐."

영준은 중요한 얘기를 할 때면 그렇듯, 고개를 앞으로 빼고 남을 기대하게 만드는 표정을 지었다.

"네. 잘 듣고 있어요."

"이젠 더 잘 들어 봐."

그는 선명하게 빛나는 눈으로 웃으며 유진을 설득했다.

"나는 원하는 회사, 그것도 원하는 부서에 입사했고, 지금은 인정도 받으면서 다니고 있어. 그리고 부모님 댁에서 독립도 했고 말이야. 나를 다시 찾은 후에 그렇게 되었어. 이젠 나는 그저 이곳에서 힘닿는 곳까지 최선을 다해야겠다는 생각뿐이야. 나에게는 나에게만 주어진 역할, 내 삶이 있는 거니까."

"그럼 이제 파일럿에 대한 미련은 없으신 거예요?"

"뭐..."

영준은 한쪽 어깨를 들썩였다.

"이렇게 출장을 오갈 때 공항에 가거나 하면, 유니폼을 입은 기장들을 보고 부러운 마음은 내심 들어. 그렇지만 이젠 나에게 딱 맞는 자리가 있고, 나는 거기서 안정을 느껴. 그

리고 때로는 또 내 영역에서 앞으로 나아가고 싶다는 생각을
하고."

"그렇다면 너무 다행이네요."

유진은 이번엔 커피를 한 모금 마셨다. 영준의 흔들림 없
는 목소리와 그의 움직임, 말 그대로 그가 만들어내는 모든
표현들이 그가 정말 괜찮다고 외쳤다. 하지만 유진은 어쩌
면 이 말을 하는 그의 속은 한 번 더, 날카로운 칼에 베인 듯
한 상처를 입었을지도 모른다 짐작했다. 어쩌면 여전히 전진
을 바라는 그는, 형이 만든 그늘에서 벗어나지 못했고, 여전
히 상승하려는 원천과 에너지를 형으로부터 한낮의 햇빛처
럼 흡수했을지도 몰랐다. 유진은 이제서야 모든 걸, 완전히,
딱 맞물린 톱니 바퀴들처럼 곧게 이해하고, 납득할 수 있었
다. 아니, 어쩌면 내일은, 그것들이 또 어긋나서 다시 맞물릴
때까지 움직여야 할지 모를 터였다.

대화를 마친 두 사람은 종일 굶은 것처럼 순식간에 에그
타르트를 해치워 먹었다. 그러면서 그들은 간간히 적적하지
않은, 적당히 유쾌한 농담을 주고받았다. 유진은 어느 유명
여성 개그맨이 sns에 올린 한 정치인을 풍자한 게시물에 대
한 말을 꺼냈고, 영준은 그 얘기를 듣고 입을 크게 벌려 웃었
다. 그의 눈이 얇은 실처럼, 보이지 않을 정도로 감겨 있었
다. 그러다 그는 자신의 대학 시절, 강의실에서 동명이인의
다른 학생으로 오해받은 사건을 자랑스럽게 말했고, 유진은
몸을 앞으로 더 기울여 그 이야기를 듣고선, 커피를 부드럽
게 홀짝이면서 웃었다.

잔의 커피가 사라지고, 달빛인지 근처의 전등인지 모를

것이 흔들리면서 커피잔의 바닥을 반짝 비추었다. 두 사람은 그때 자리를 정리하고 일어나, 카페의 앞을 지나가던 빨간 택시를 잡아탔다. 유진은 여전히 영준의 부축을 받고 있었다. 영준은 유진이 다리를 먼저 차에 올리고서 머리까지 안전하게 말아 넣게 했다. 그러고 나서 짐과 자신의 몸도 들이밀었다. 두 사람은 가방을 사이에 두고 뒷좌석의 끝에 앉았다. 기사가 어디로 가냐 물어오자 유진은 호텔 이름을 말했고, 기사는 바로 차를 출발시켰다.

"이 빨간 택시를 꼭 타보고 싶었는데, 이렇게 타게 되네요."

유진이 말하자 영준이 비스듬하게 그녀에게 고개를 돌렸다. 택시는 경사가 높은 언덕을 빠르게 내려갔고, 주위의 그 어떤 것도 택시가 가는 것을 방해할 수 없었다. 길의 양쪽에 환하게 켜진 형광색의 녹색 네온사인들만이 마치 어두운 차 안을 훔쳐보려는 듯 굴뿐이었다.

"죄송해요."

유진은 내린 유리창 위에 턱을 댔다. 그리고 두 손을 겹쳐 자신의 얼굴을 지그시 받쳤다.

"응? 갑자기?"

"그런 사정이 있으실지 모르고 제가 어제 대리님 같은 분이니, 저같은 사람이니... 헛소리를 했어요."

"괜찮아."

영준의 그윽한 눈빛이, 유진의 옆 얼굴을 한 번, 천천히 훑었다.

"이젠 다 괜찮아진 일이야."

그가 재차 말하자 더위 섞인 바람이 그녀의 맞은편에서

불어왔다. 바람은 유진의 이마와 속눈썹 끝을 슬며시 건들고선 귀를 지나 뒤로 떠났다. 택시는 여전히 무섭도록 빠른 속도로 달리고 있었다. 유진은 그저 그 속도를 느끼면서, 지난 추억처럼 계속 불어오는 바람에 눈을 지그시 감았다.

5. 안녕, 안녕.

## 5. 안녕, 안녕.


택시가 호텔 앞에 서자 유진은 돈을 지불했다. 먼저 내린 영준이 유진 쪽의 문을 열어주고선, 그녀의 가방을 자신의 가방 위에 얹어 맸다. 그리고 고개를 그녀의 팔 아래로, 겨드랑이를 파고들듯이 넣었다. 이 순간은, 오늘 마지막으로, 아니면 어쩌면 이번 여행에서 마지막으로, 유진이 다시 그의 살에 가까이 닿는 순간일 터였다.

유진은 한쪽 팔을 뻗어 택시 문을 닫고, 영준의 어깨에 몸을 바짝 기댄 채로 함께 호텔로 들어섰다. 로비엔 사람들 몇몇이 넓게, 흩어지듯 퍼져 있었지만, 그 누구도 두 사람을 신경 쓰지 않았다. 입구에 들어서자 영준은 유진을 소파에 대뜸 앉혀두고선 잠시 어딜 다녀오겠다 했고, 다시 호텔 밖으로 향했다. 그동안 유진은 핸드폰을 확인했다. 화면이 인터넷에 연결되자마자, 화면은 동시다발적으로 뜨는 알림으로 어지럽게 반짝였다.

알림은 전부 해리가 보낸 메시지였다. 유진이 야외를 돌아다니는 사이, 그녀는 집착적으로 열통이 넘는 메시지를 유진에게 보내왔다. 유진은 기운 없이, 허리를 수그린 채로 메시지를 확인하려 하고 있었다. 멀리서 영준이 손에 뭔가를 들고 다시 그녀에게 빠르게 다가왔고, 그녀는 가차 없이 화면을 끄고선, 핸드폰을 다시 가방에 넣었다.

"근처 약국엘 다녀왔어. 이걸 함부로 붙여도 되는지 모르겠지만…."

영준은 손에 들고 있는 주황색 봉투를 유진에게 내밀며 다시 말했다.

"이게 제일 유명한 파스라고 하더라고. 그런데 혹시 들어가서 붙여보고, 이상이 있으면 바로 떼야 해. 알았지?"

"네. 알겠습니다. 감사해요."

유진은 파스를 받아 들고선 자리에서 일어섰다. 두 사람은 다시 서로에게 몸을 기댄 채로 엘리베이터를 타고 오 층으로 향했다.

"그럼, 다리 조심하고, 잘 들어가."

방 앞에 도착해서, 두 개의 문을 앞에 두고 영준이 먼저 손을 흔들며 인사했다. 유진은 그를 마주 보고 있었다. 그녀의 눈엔 사랑이 완전히 차올라서, 누가 봐도 사랑에 단단히 빠진 여자의 눈이 되어 있었다. 세상에서 유일하고, 그리고 유일하게 멋진 남자를, 그녀는 눈빛으로 강렬하게 숭배하듯 바라봤다. 그리고 마치 손으로 그를 쓰다듬는 것처럼, 온몸으로 그를 느꼈다. 그는 그녀의 감각이 살아있는 곳이라면 어디에나 있었다. 그녀의 눈앞에도 있었고, 그녀 옆의 문, 마치 옆에서 그녀를 지키겠다는 듯 서 있는, 그 문에도 있었다. 그리고 그녀가 발을 디디고 서 있는 오래된 카펫에도,

그녀를 등으로 소중하게 받들고 있었다.

유진은 그에게 인사를 하고 바로 방으로 들어섰다. 문이 닫히자, 그녀에게 일 초 만에 울적함이 불어왔고, 그녀는 몸을 둥글게 수그리고선 울고만 싶어졌다. 정말로 울진 않았지만, 그녀는 무릎을 바짝 몸에 가까이 굽힌 채로, 그가 주고 간 파스 봉투를 손으로 한참을 만지작거렸다. 방 안에는 가늘게 울리는 에어컨 소리와, 그 소리를 사이사이에 주무르는 봉투가 바스락거리는 소리만이 엉켜 흘렀다. 곧이어 유진은 봉투를 뜯었고, 파스를 하나 꺼내 붙였다. 그러자 순간은 마치 영준의 손길이 닿은 것 같았고, 울적함은 도망치듯 달아났다.

그녀는 씻지 않은 채로 정리된 침대에 누웠다. 몸에 거머리 같은 피곤이 찾아와 들러붙어 있어서, 그럴 수밖에 없었다. 피곤은 그저 들러붙은 것이 아니라 진득하게 붙으려 그녀의 몸을 침대로 아래로 지그시 누르고 있었다. 그 눌림에 절은 소리가 그녀의 입에서 나오기도 전이었다. 유진은 이미 꿈속으로 출발해 버렸고, 코는 세근하고 따뜻한 숨을 내쉬었다.

\*\*\*

[사진은 보내놓고 답이 없는 건 뭐야?]

아침에 눈을 뜨자마자 확인한 해리의 메시지는 그렇게 시작했다. 그러고 나선 '왜 답이 없어?', '뭐해?'로 이어지더니 몇 개의 쓸데없는 말 이후에, '넌 한국에 와서 보자.'로 매정하게 끝을 맺었다. 유진은 마치 김이 서린 안경을 낀 것 같은 흐린 눈으로 그 메시지들을 읽고선 답을 쓰기 시작했다.

[넌 나에게 무슨 일이 일어났는지 상상도 못 할 거야.]

그녀가 손끝으로 가볍게 전송 버튼을 눌렀다.

[사람을 궁금하게 만들어놓고 그렇게 한참 말이 없어도 되는 거야?]

해리는 1초 만에 답을 보내왔다. 그녀는 종일 유진의 답을 기다렸다는 걸 여실히 티 내고 있었다.

[어제 있었던 일은 문장 몇 개로는 설명할 수가 없단 말이야.]

[도대체 뭐라는 거야?]

유진은 잠에서 완전히 깨어나지 않은 정신으로, 계속 해리를 약올리는 말 만 했다. 피곤은 여전히 그림자처럼 붙어 있었다. 유진은 이 피곤은 종일 쉽게 떨어지지 않으리라는 걸 알았고, 이런 상태로 일을 하는 모습은 상상하는 즉시 눈살을 찌푸리게 했다. 하지만 달리 피할 방법은 없었고, 그녀는 그저 자리에서 허리를 벌떡 일으켰다.

거울에 비친 그녀의 얼굴은 엉망이었다. 눈가는 거뭇해지고, 피부는 마치 가뭄 난 땅같이 푸석하게 메말라 있었다. 그녀는 손바닥으로 피곤의 흔적들을 군데군데 어루만졌다. 그러고선 몇 번의 탄식 후에 이게 본래 자신의 모습이 아닌지 의심하면서, 애써 화장을 하기 시작했다. 시간은 늘 그렇듯 야속하게 앞으로만 흐르고 있어서 그녀는 그래야만 했다. 피부의 모난 부분들은 덧칠할수록 잘 가려지지 않았고,

오히려 더 삭막해 보일 뿐이었다. 결국 그녀는 적당히 체념한 채로 계속 바쁘게 몸을 움직였고, 그러다 옷을 갈아입고 위층으로 향했다.

유진은 오늘도 영준과 함께 간단히 조식을 먹고 컨벤션센터로 향했다. 신기하게도 그녀의 다리는 아주 가끔씩만 아팠다. 그래서 오후가 되면 의식조차 하지 않게 될 거란 예상마저 들었다. 하지만 온몸에 퍼진 이 피곤은 종종 졸음까지데려왔고, 그래서 그녀는 마치 입이 얼굴의 반인 것처럼 벌리고 여러 번 하품할 수 밖에 없었다. 유진은 그럴 때면 고개를 돌리거나, 아니면 손으로 입을 가리곤 졸음을 뱉어냈다. 영준도 평소보다 피곤해 보였다. 하지만 조금 어두워진안색, 그리고 짙어지며 그의 눈을 둘러싼 다크써클과 코 옆의 패인 주름 따위가 그의 얼굴을 못나게 만들 리는 없었다. 적어도 유진의 눈에는 정말 그랬다.

아침을 먹는 내내, 그리고 이곳에 오는 내내, 둘은 업무에대한 중요한 이야기 외에는 별말을 나누지 않았다. 어제 나눈 감정과 기억이 사라진 것이 아니었다. 희미해지기는커녕 마치 전부 기록해 둔 것처럼 더 진해져 있었다. 하지만두 사람은 단지 지쳤을 뿐이었고, 의례 지친 사람들이 그런것처럼 큰 표현을 하지 못할 뿐이었다. 두 사람의 행동도 맥이 풀린 것처럼 느려졌다. 어쩌면 생각이 느려진 거고, 그래서 행동이 그렇게 된 것일지도 몰랐다.

유진은 아주 천천히 주변을 정리 정돈 하고 아홉 시가 되기를 기다렸다. 시간이 되자 박람회장의 입구에서 기다리던사람들이 먹구름처럼 몰려 들어왔다. 보통 이런 행사는 둘째 날이 가장 붐볐고, 그 사실은 오늘도 변함없었다. 유진은 그걸 알고 있었으면 각오하고 더 쉬어두었어야 했나 싶었지만, 어제와 어제 일어난 일들엔 조그마한 후회의 조각도 붙이고 싶지 않았다.

그녀는 정신을 꼭 붙들고선, 쉴 새 없이 바이어를 맞이하고, 여러 자료를 보여주었다. 그리고 회사와 제품에 대해 소개하다 잠시 틈이 나면 물이나 음료를 마셨다. 그녀가 손님을 넘기면 영준이 뒤를 이어 상담을 진행했다. 여전히 두 사람의 호흡은 함께 탱고를 추는 남녀의 움직임처럼 자연스럽게 흘렀지만, 서로 대화를 나눌 시간은 좀처럼 주어지지 않았다. 둘은 점심시간이 되어서야 서로를 마주 보고 테이블에 앉을 수 있었지만, 그건 정말 잠시일 뿐이었다. 머지않아 영준은 갑자기 노트북을 켜고, 쉬는 건 잘못인 것처럼 급하게 타자를 치기 시작했다.

"이거, 한국 돌아가서도 한동안 굉장히 바쁘겠는걸."

골몰히 서류를 작성하던 그가 조용히 중얼거렸다. 유진은 그가 자신에게 시선을 돌릴 여유조차 없다는 사실을 깨닫고, 조용히 뒷걸음질 쳐 부스를 빠져나왔다. 그녀는 영준이 작은 망고 주스를 사 왔던 근처 편의점으로 향했다. 그곳에 들어서자, 그의 말처럼 그녀의 눈앞에도 재밌는 풍경이 부채처럼 활짝 펼쳐졌다. 유진이 한 가운데에 서서 고개를 반 바퀴를 빙 돌리자, 그녀의 눈에는 홍콩이 한 번에 다 들여다보였다. 그녀는 음식부터 생필품, 그리고 문구까지 구석구석을 살펴보다가, 야채와 돼지고기가 들어간 도시락, 그리고 탄산음료 두 개를 사서 다시 부스로 돌아왔다.

부스의 앞에선 영준이 두리번거리다 어딘가로 급하게 걸음을 옮기려는 게 보였다.

"어디 다녀왔어?"

유진을 발견한 그가 놀라 물었고, 그녀 손에 들려있는 도시락을 발견하고는 아아- 하고 할 말을 찾는 소리를 냈다. 그러다 그는 한 손은 허리 위에 올려두고 다른 손으로는 이마를 짚었다.

"도시락을 사 왔어요."

유진은 대수롭지 않은 척, 왼쪽 어깨를 들썩거렸다. 영준은 어떤 이유에서 이 모든 상황에 괴로워하고, 혼란스러워하고 있었다. 그의 눈동자가 빠르게 먼발치의 노트북과, 유진의 얼굴을 반복해서 오갔고, 유진의 생각은 그 시선에 자동으로 반응했다.

"오늘 정말 너무 정신없었죠?"

"그러니까. 머릿속에 뭐부터 해야 할지 정리조차 잘 안되네."

유진은 웃으며 도시락과 음료를 꺼내 영준에게 내밀었고, 그러자 그가 받아 두 손으로 받아서 들었다.

둘은 텅 빈 회의실에서 말할 새도 없이 도시락으로 점심을 해결했다. 먼저 식사를 마친 영준은 부스로 돌아가 서류를 작성했고, 그보다 조금 늦게 도시락을 비운 유진도 자료를 정리하며 분주하게 움직였다. 오후 시간대에도 부스는 인산인해를 이뤘다. 현지 바이어들뿐만 아니라 경쟁사들과 관계사들을 포함한, 다른 나라의 회사들에서도 부스를 방문했고, 두 사람은 눈빛을 교환할 틈도 없이 각자 떠들고, 움직였다.

오늘도 모두는 6시 전후로 떠났다. 하지만 유진과 영준은 그곳에 남아 테이블 위에 종이를 탑처럼 아슬하게 쌓은 채로 노트북을 붙잡고 일했다. 일곱 시가 되기 이십 분 전이었다. 유진이 노트북을 닫고, 가방에 넣었다. 그러고 나서 한참 뒤에 영준이 노트북을 닫고, 가방 안으로 들이밀었다. 두 사람은 정리를 마치고, 기진맥진한 상태로 함께 퇴근길을 걸었고, 호텔 근처의 식당에서 저녁을 포장해 각자 방으로 돌아갔다.

방에 들어선 유진은 바로 신발을 벗고, 노트북을 꺼낸 다음, 가방을 화장대 앞에 팽개치듯 던져두었다. 그러곤 침대에 엎드려 다시 노트북을 두드리기 시작했다. 그녀는 간혹 고개를 옆으로 돌리며 창밖의 어둠을 바라봤다. 그리고 밤의 유령처럼 창에 흐릿하게 비친 자신의 모습을 보면서, 사라진 오늘의 약속을 떠올렸다. 피자 먹으러 갈까요? 어두운 창 속의 또 다른 자신이 그녀에게 물었다. 오늘 저녁은 더 먼 곳에 가보기로 했잖아요. 그 자신이 이번엔 속으로 칭얼대듯 말했고, '진짜' 유진은 고개를 떨구고선 가로로, 천천히 세 번 가로저었다.

"이왕 이렇게 된 거, 불태워 볼까?"

또 한 번의 익숙한 체념의 시간은 그리 길지 않았다. 유진은 노트북 화면에 이마의 위가 데워지는 걸 느끼자, 셔츠 손목을 걷어 올리면서 큰 소리로 외쳤다. 그녀가 다시 자판을 두드릴 땐, 손가락 끝에서 콘크리트 바닥을 때리는 무수한 빗방울의 소리가 감돌았다. 그 단호한 소리가 어제 같은 시간이 다시 이어지리라 기대한 건, 그녀에게 오만이었음을 깨우쳤고, 그러자 두 사람의 약속처럼 먼 곳으로 사라졌던 겸손이 조심스럽게 찾아왔다. 그때부터 유진은 일을 보며 대충 끼니를 해결하고, 자정이 되어서까지 서류를 작성하기만 했다. 노트북을 닫는 순간엔 열대야 속을 돌아다니는 것처럼 몸에 땀이 나 있었다. 그녀의 옆얼굴에는 잘은 땀방울들이 전등을 반사해 촘촘한 빛을 머금고 있었다.

홍콩에서의 세 번째 밤은 그렇게 일만 하니 끝나 있었다. 두 사람은 두꺼운 벽을 사이에 두고선, 각자의 일을 하다 각자 밥을 먹었고, 또 언제인지 모를 시간에 각자 잠에 들 터였다. 배 위로 이불을 덮은 유진은 핸드폰을 만지작거리며 몸을 왼쪽으로 돌렸다. 화면에서 퍼져나온 불빛이 유진의 얼굴을 눈부시게 비췄고, 그녀는 그저 멍하니 사진첩을 뒤지면서 노트북을 두드리고 있을 영준의 모습을 떠올렸다. 삼십 분이 흘렀다. 여전히 잠들지 못한 채로, 유진은 마치 불면증에 걸린 사람처럼 계속 몸을 이리저리로 뒤척였다. 그리고 영준도 그러기를 몰래 바랐다.

한시가 되었지만, 유진은 여전히 잠들지 못했다. 마지막 밤이라 그런가 싶다가도, 그녀는 이 지독한 더위 탓을 했다. 결국 침대를 기어 나온 그녀는 혼자 대범하게 밖으로 나가 맥주 한 캔을 사서 호텔로 돌아왔다. 방이 있는 오 층의 복도의 벽과 바닥엔 어둠이 가라앉아 있었고, 그 속에서 전기가 돌아가는 소리, 그리고 그녀의 걸음 소리가 끝을 진동하며 은은하게 퍼져 나갔다. 그녀가 고요함을 깨며 방문을 열었다. 문고리에서 손을 떼자, 누군가, 아니면 바람이 대신 민 것처럼 뒤에서 문이 닫혔다.

유진은 창 옆의 작은 보라색 소파로 향해 맥주 캔을 따고선, 창밖을 바라봤다. 전차가 다니는 길이 바닥에 가로로 길게 이어져 있고, 노란 횡단보도는 회색빛 건물들과 구분되지 않을 정도로, 어둠으로 색을 죽이고 있었다. 그 풍경을 보면서, 유진은 맥주를 한 모금 홀짝였다. 그러자 끈적한 더위 한 겹이 얇은 허물처럼 떨어져 나갔다.

유진은 조용히 자리에서 일어서서 창으로 바짝 다가갔다.

"안녕."

그리고 소리 내 속삭였다. 그녀는 목을 숙여 완차의 거리를 지그시 내려다보았다.

"안녕, 안녕."

그리고 다시 헤어짐의 인사를 건넸다.


이른 아침이었다. 두 사람은 커다란 캐리어를 옆에 세워둔 채로, 체크아웃을 하는 중이었다. 직원과 대화를 나눈던 영준이 종이와 카드를 포함한 뭔가를 잔뜩 받았고, 그것들을 지갑에 우겨 넣으면서 유진을 향해 몸을 돌렸다.

"다른 회사들도 일찍 정리하니까 우리도 3시쯤에 정리를 시작하자. 4시쯤 공항으로 출발하면 나머지 정리는 알아서 해 주실거야."

"네. 그럼 공항에 5시 전에 도착하겠네요?"

"응. 그러고 탑승수속을 밟으면 딱 맞을 시간이지."

두 사람이 호텔 문을 빠져나오는 순간이었다. 유진은 괜히 섭섭한 마음에 뒤를 돌아, 고개를 치켜들고 호텔의 꼭대기를 바라봤다. 그러고선 주위를 한 바퀴 빙 둘러보았다. 대로로 나가면서는 여전히 파란 하늘과, 그 안에 머리를 내밀고 안녕을 말하는 나무들을 차례로 눈으로 새겼다. 절대 잊지 못할 거라고, 유진은 미소를 지으며 속으로 그들에게 인사했다.

"돌아가면 다시 바쁜 매일의 반복이겠지."

영준도 그녀를 따라 고개를 들고 풍경을 훑었다.

"정말 3박 4일은 금방이네요."

"그러게. 어제 워낙 바빴어서 그런가, 생각보다 더 쏜살같이 지나갔어. 홍콩에 처음 와본 소감은?"

"너무 좋았어요."

"나도 마찬가지야."

영준은 흐뭇한 표정을 지었다.

"그런데 생각보다 많은 걸 못 해서 아쉬워요. 여긴 꼭 다시 올 거예요."

"뭘 못해본 게 제일 아쉬워?"

그의 물음에 유진은 입술을 쭉 내밀고 잠시 생각에 잠겼다.

"솔직하게 말씀드려도 돼요?"

"응."

"사실 뭔가를 먹지 못 했다거나, 아니면 못 갔다던가... 그런 것 보다는, 정말로 길에서 춤 한 번 출 기회가 없었다는 거요. 지난 밤에 세상이 금빛으로 물들었을 때, 그때 정말 영화 주인공처럼 고개를 까딱거리고, 팔을 흔들었어야했나 아쉬움이 들어요."

"그럼..."

영준은 잠시 유진을 바라보다, 숨을 참고는 다시 앞을 바라봤다. 그리고 말을 이었다.

"그럼. 나랑 한국에 돌아가서 추는 거야."

유진이 피식하고 웃었다. 그러자 영준이 왜?라고 물었다.

"그럼 저희 같이 해야할게 너무 많아지는데요? 제가 밥도 사야하고, 같이 전시도 보러가 가야하고, 몸을 흔들 수 있는 페스티벌이나 콘서트도 알아봐야 하죠."

"그러고보니 그렇네. 우리 어제도 많은 걸 하기로 해놓고 하나도 못 했는데 말이야."

신호등 색이 바뀌고 매미가 우는 것같은 요란한 소리가 사방에 깔렸다. 사람들이 멀리서 두 사람에게 쏟아지듯 다가왔고, 둘은 어쩔 수 없이 사이를 비켜주었다.

"그러니까요!"

유진은 다가오는 사람들을 피해 멀어진 영준을 바라보다 크게 외쳤다.

"그럼 우리, 그 약속들은 없던걸로 하고, 다시 약속을 하는 거야!"

이번엔 영준이 고개를 오른쪽으로 꺾어 유진에게 크게 말했다. 완차이의 신호등은 여전히 작은 북을 울리듯 경쾌하고 산만한 소리를 냈고, 영준의 말의 시작은 부서진 것처럼 조각나 버렸다. 유진은 귀가 먹먹한 상태로 들은 것 같은 그 말에, 눈을 크게 뜨고 고개를 갸웃 거렸다. 그녀는 그의 입모양으로 어렴풋하게 말을 추측해볼 뿐이었다.

\*\*\*

지난날 너무 사람이 몰렸던 탓일지도 몰랐다. 마지막 날의 박람회장은 건물 앞에서부터 휑했다. 오전 동안 몇몇 바이어들이 부스를 오가긴 했지만, 의미 있는 상담으로 이어진 건 없었다. 유진과 영준은 더 일찍 짐을 정리하기 시작했다. 둘은 중요한 물건들을 나눠 몇 개의 커다란 상자에 잘 담아두고선, 수트 케이스와 개인 소지품을 챙기는데 시간을 보냈다. 유진이 상자를 닫고, 손바닥으로 그 위를 지그시 누르면 영준이 투명한 테이프를 붙였다. 둘은 그렇게 상자들을 포장해 부스 바닥에 쓸쓸하게 내버려뒀다. 그러면 짐들은 다음주나 언제쯤 한국에 알아서 잘 도착할 터였다. 이제 유진은 돌아가기만 하면 됐다. 한국에서 할 일은 곧 홍수처럼 불어나겠지만, 그건 미래의 일이었고, 오늘은 자신을 기다리고 있을 땅으로, 영준과 함께 돌아가기만 하면 됐다. 그러면 이제 이곳에는 군데군데 늘러붙은 추억의 흔적만이 남을 뿐, 두 사람이 실제로 남기는 건 아무것도 없을 것이고, 출장은 완전한 끝을 맞이할 터였다.

두 사람은 근처에서 공항으로 가는 버스를 탔다. 버스는 예상한 시간보다 둘을 일찍, 편하게 공항에 데려다주었다. 그래도 마냥 여유를 부릴 수는 없어서 둘은 서둘러 출국 수속을 마치고, 비행기 탑승구를 찾아갔다. 그러자 긴장이 확 풀려버린 유진은 그 앞의 의자에 엉덩이를 던지듯 털썩 앉았다. 그녀의 어깨와 등에서 동시에 힘이 빠져나가더니, 상체가 등받이로 완전히 기울었다. 영준은 그녀의 앞에 자리를 잡았다. 그가 앉자마자 노트북 가방의 지퍼를 여는 가느다란 소리가 났다. 유진은 눈을 얇게 뜬 채로 달콤한 잠에 들기 전에나 지을 법한 미소를 지으며 그 모습을 가만히 지켜보았다.

그가 무릎에 노트북을 올려두고선 열성적으로 타자를 치기 시작했고, 유진은 그 소리를 감상하며 눈을 감았다. 잠에 빠진 건 아니었다. 그녀는 주변에서 들려오는 모든 소리를 생생하게 들었고, 사람들이 자신의 앞을 지나가고, 그리고 창 너머의 구름은 색과 모양을 바꾼다는 것도 알았다. 그런데 탑승 시간엔 영준은 그녀의 이름을 귓가에 불렀다. 유진아. 그 소리가 또렷하게 들렸다. 그런데도 그녀는 어떤 이유에서 자리에서 일어날 수 없었다. 이름을 부르는 그 소리가 전보다는 덜 또렷하게, 연하게 한 번 더 들렸다. 그제서야 그녀는 보이지 않는 두려움에 사로잡혀 허리에 힘을 줬다.

그녀가 '정말로' 잠에 빠진 건 탑승을 마치고, 안전벨트까지 매고 나서였다. 모든게 사흘 전과는 달라져 있었다. 자는 척을 하던 그녀는 이제는 편히 잘 수 있었고, 영준의 어깨에 기대어 경기를 일으키는 대신, 지금은 그의 어깨에 진심으로 기댈 수 있었다. 그리고 설령 그녀가 그런다 해도, 영준도 아무렇지도 않게 가만히 어깨를 내어줄 거라고, 그녀는 믿었다.

기체가 한국 땅 위 어딘가를 돌아다닐 때에서야 유진은 눈을 떴다. 그녀는 한쪽 어깨가 묵직한 걸 느꼈다. 그녀가 고개를 돌리자, 영준이 완벽한 얼굴로 자고 있었다. 그것도 힘을 빼고 편히 자고 있었다. 유진은 비행기가 땅에 닿을 때까지 그를 깨우지 않았다. 사실은 눈을 감은 그를 바라보며, 영영 깨우고 싶지 않다는 생각을 하는 중이었다. 그러면서 그녀는 마치 그의 연인처럼, 자신의 머리를 기울여 그의 머리 위에 사뿐히 기댔다.

6. 어떤 운명

## 6. 어떤 운명

입국 수속을 마친 두 사람은 수화물을 찾은 후, 공항을 빠져나왔다. 유진의 왼쪽으로 팔이 안으로 굽은 것처럼 곡선으로 펼쳐진 긴 길이 있었고, 그 위엔 집처럼 편안하고, 포근하게 어두운 하늘이 있었다. 그 풍경에 그녀의 가슴 깊숙하고 익숙한 곳에 안도가 문을 열고 들어섰다.

저 멀리 있는 정류장 앞에 버스 한 대가 천천히 멈춰 섰다. 그리고 또 다른 버스가 와서 유진의 옆 옆에 있는 정류장 앞에 섰다. 그 버스가 가자 또 다른 버스가 왔고, 그전에 왔던 버스도 곧이어 떠났다. 유진은 영준과의 시간은 이제 끝나버림을 실감했다.

"저는 여기서..."

유진은 손에 든 핸드폰과 정류장의 표지판을 번갈아 보면서 말했다. 핸드폰엔 곧 그녀가 타야 할 버스가 온다는 알림이 떠 있었다.

"잠시만. 잠시만 기다려 봐."

영준은 버스가 오는 방향으로 몸을 틀려는 유진의 손목을 슬며시 잡았다.

그가 그 말을 한지 오분도 채 되지 않은 때였다. 멀리서 하얀 택시가 날아오는 것처럼 빠르게 두 사람에게 다가왔다. 영준이 부른 택시였다. 기사는 그의 앞에 차를 세우더니 트렁크를 열었다. 영준은 유진의 손목을 놓고, 아무 말 없이 그녀의 가방을 집어 트렁크에 넣고서 다시 옆으로 다가왔다. 그러고선 다음으로 자신의 가방을 트렁크에 넣었다. 그가 힘줘 트렁크를 내려 닫자, 택시의 몸과 그 위의 먼지가 내리 꽂는 거센 바람을 맞은 듯 들썩였다.

유진은 휘둥그레진 눈으로 자신에게 전투적으로 다가오는 그를 바라봤다.

"같이 가자."

영준이 두 손을 모아 털며 말했다. 그의 두 손바닥이 박수 치듯 부딪히는 소리를 냈다.

"알겠지?"

영준이 유진의 어깨 위로 두 손을 올렸다. 그리고 눈을 가까이 맞추고, 작지만 낮은 목소리로 설득하며 물었다. 유진은 또 한 번 아무런 저항 없이, 택시에 몸을 실었다.

택시는 무자비한 어둠 속을 지나 올림픽대로로 향했다. 저녁 열 시가 훌쩍 넘은 시간이었다. 그 시간에도 대로는 온통 무채색의 차들로 가득했고, 그들의 몸 뒤에 난 두 개의 빨간 눈 같은 헤드라이트들만 반짝였다. 유진의 눈은 택시 앞의 창, 그 너머의 한강을 가로지르는 긴 다리를 바라봤다. 그녀가 그 다리의 왼쪽에서 오른쪽 끝으로 느리게 시선을 옮길 때까지, 꽉 막힌 도로 위에서 차는 좀처럼 움직이지 않았

다. 서울도 홍콩과 마찬가지로 온통 더위로 가득했다. 비가
내렸던 것 같은 축축한 더위였다. 차의 에어컨은 시큼한 냄
새 섞인 바람을 내뱉었지만, 그 불친절함에 유진의 팔에는
닭살이 돋았다. 그녀가 한쪽 손으로 팔뚝을 쓱 쓸어내리자,
조수석에 탄 영준이 고개를 뒤로 돌려 유진을 한 번 바라봤
다.

끝이 없을 것 같은 어두운 한강을 지나자, 택시는 유진이
사는 구에 들어섰고, 이내 동네로 진입했다. 더위를 못 이
긴 사람들이 잠옷 같은 옷들을 입은 채로 손에 음료를 들고
대로를 돌아다녔고, 조금 더 작은 사거리로 향하자, 편의점
앞의 간이 테이블에는 교복을 입은 고등학생으로 보이는 남
자아이들이 여럿 앉아 있었다. 그들은 녹아내리는 아이스크
림을 혀로 핥으며 신이나 웃고 있었다.

"저기, 저 앞의 골목으로 들어가 주세요."

유진의 손가락이 방향을 짚자, 기사가 핸들을 움직였다.
곧 골목 안에 들어선 택시는 겉이 하얀 빌라 앞에 멈춰 섰다.
영준이 요금을 지불하고, 짐을 챙긴 순간, 택시는 몸을 반대
로 꺾어 순식간에 골목을 빠져나갔다.

유진은 영준이 내린 이유를 전혀 알 수 없었다. 그런데 그
녀의 앞에서, 그는 밤 하늘의 모든 별을 끌어다 모은 것처럼
찬란하게 빛나는 눈으로 그녀를 바라보고 있었다. 짐은 골목
의 중앙에 마치 버려진 소품처럼 놓여 있었지만, 두 사람은
그런 것에는 조금의 신경도 쓰지 않았다. 유진 자신은 그저
지금 이 얼떨떨한 상황의 내막을 헤아리려 노력하고 있을
뿐이었다. 인사를 건네려는 걸 거야... 인사를. 그녀는 그렇

게 속으로 곱씹었다. 그런데 영준은 갑자기 캐리어 앞 주머니의 지퍼를 열더니 안에서 뭔가를 분주하게 찾았다. 유진의 눈동자가 그의 숙인 등, 그리고 그의 팔을 부드럽게 따라가다 그의 손끝에서 멈췄다. 잠시 후, 그의 손끝에는 진한 녹색의 작은 상자 하나가 들려 있었고, 그는 조심스레 입을 벌리며 무슨 말을 꺼낼 준비를 하고 있었다.

"여기."

영준은 고개를 옆으로 휙 돌려버리더니, 유진을 보지도 않고 대뜸 상자를 내밀었다. 유진은 잠시 말없이 그 상자를 넌지시 내려다보고 있었다. 그러자 영준이 다시 그녀에게로 고개를 돌렸고, 뒤이어 그의 얼굴이 선 분홍빛으로 변했다. 유진이 고개를 들자 마치 거울을 보는 것처럼, 그녀의 얼굴도 달아올랐다. 그녀는 이 작은 상자가 의미할 수 있는 수십 가지 가능성을 머리로 세어 보았다. 저 손에 들린 것은 선물이라 확신했다. 그리고 그런 꿈처럼 낭만적인 상황이라면 심장은 터져버릴 것만 같아야 하는데, 오히려 전신은 마비가 된 것처럼 얼얼했다.

"저... 주시는 거예요?"

"응."

영준은 상자를 들지 않은 손을 등 뒤로 뒷짐을 지듯 가져가더니, 발끝을 살짝씩 들썩였다. 뒤꿈치는 어떤 감정이 불쑥 튀어나오려는 것을 눌러 참기라도 하려는 듯 땅에 단단히 붙어 있었다.

"열어봐도 되나요?"

상자에 손이 닿자 유진의 어깨가 소심하게 움찔했다.

"응."

상자 속에는 목걸이가 있었다. 작은 금색의, 열쇠 모양의 펜던트가 달린 목걸이였다.

"이런 건 언제..."

"네가 비행기에서 자고 있을 때 샀어."

유진의 귓가에 승무원을 부르던 영준의 모습이 흐릿한 환영, 아니면 그림자처럼 눈앞에 그려졌고, 그제서야 그녀는 금방이라도 눈물을 흘릴 것 같은 표정을 지었다. 그런 그녀를 먼저 달래려는 듯 영준이 다시 말을 꺼냈다.

"우리 다시 약속하기로 했잖아."

"네."

"지키지 못했던 약속들은 잊는 거야. 그리고 다른 약속들은 정말로 지키는 거야."

유진은 고개를 한번 깊게 숙여 끄덕였다.

"난 네가 나에게 어떤 마음을 갖고 있는지 계속 알고 있었어. 처음 본 순간부터 알고 있었어. 어떻게 알았냐고 묻는다면, 그런 건 말하지 않아도 한눈에 알 수 있는 거라는 대답밖엔 해줄 게 없어. 그런데 어떤 이유에서인진 모르겠지만, 식어가던 네 마음이 느껴지면 나는 속상하고 섭섭했어. 그런 내 마음도 참 이상하잖아. 도대체 왜 속상하고 섭섭한 건지... 나는 너무 혼란스러워서 밤에 회사에 남아서도, 그리고 집에 돌아가면서도 며칠을, 아니 몇 주를, 혼자 한참 멍하니 생각만 했어. 내 마음에 대한 생각만 했어."

유진은 여전히 울 것 같은 얼굴을 하고 있지만, 그건 우울함이나 절망에 울적해 보이는 표정이 전혀 아니었다. 오히려

196

피부는 연하고 고운 분홍빛으로 빛났으며, 입의 양쪽 끝은 아주 미세하지만 부드럽게 위로 말리듯 올라가 있었다. 그녀는 순간, 황홀함이 감당할 수 없을 정도로 거세게 휘몰아치면 슬픔처럼 변했다가도, 이내 표면적으론 자신을 어떤 감정도 느끼지 않는 사람처럼 '보이게' 만든다는 걸 알아차렸다.

"그 이후로 나도 너에게 여러 번 표현해 보려 노력했어. 그런데 회사에서... 그것도 후배에게 그러는 게 쉽지 않아서, 그럴 때면 늘 절망스러웠어. 이번에 네게 거짓 같은 말들을 뱉을 때도 그랬어. 나는 지키고 싶은데, 아니, 지킬 건데, 상황이 따라주지 않으면 완전 망할 루저가 된 기분이 드는 거야."

영준은 입술을 닫을 때마다 이를 세게 물고, 목소리를 가늘게 떨었다. 그러다 그는 혼자 고개를 아래로 떨궈 저버리고는 한참을 가만히 서 있었다. 유진은 뭐라 말을 꺼내고 싶었다. 그 어떤 말이라도 건네고 싶었다. 그가 다시 고개를 당당히 들게 할 수만 있다면, 이 상황에 어울리지 않는 아무 짝에 쓸모없는 욕같은 말이라도 꺼내고 싶었다. 그런데 아무리 애써도 마치 누군가 그 입을 틀어막고 있는 것처럼, 말은 쉽게 나오지 않았다.

문득 시간이 너무 늦었다는 걸 알아차린 순간이었다. 건물의 위에서 누군가가 빠르게 계단을 내려오는 소리가 들렸고, 그제서야 영준이 놀라 고개를 들었다. 그는 시계를 한 번 확인하고는, 공허한 눈빛으로 유진을 바라보며 슬픈 미소를 지었다. 그때 안쪽에서 대문이 열리더니 이웃집 아주머니가 한 손에 쓰레기를 잔뜩 넣은 봉투를 들고나왔고, 그러면서 유진에게 눈으로 인사를 건넸다. 곧이어 아주머니의 고개가 슬며시 영준에게 돌아갔다. 근처에서 본 적 없는 낯선 사람의 얼굴이라는 걸 확인하자 그녀의 미간이 적대적으로 쪼그라들며 아래로 내려갔다.

유진은 서둘러 영준에게 인사를 건넸다. 잘 가라는 말하는 대신 고맙다고 말했다. 잘 가라는 말은 그녀의 마음엔 담겨있지 않아서, 건넬 수 없었다.

그녀가 건물로 들어섰고, 다른 층으로 옮겨갈 때마다 어두운 복도에 차례로 불이 켜졌다. 유진은 계단을 천천히, 한 칸씩 오르며 어둠 속의 영준을 내려다봤고, 영준의 눈동자는 빛과 함께 나타나는 유진의 모습을 따라 위로 올라갔다.

현관문을 열자마자 유진은 골목 입구 방향으로 난 창문으로 달려갔다. 지금은 밤이고, 바닥을 울려선 안 된다는 사실은 까마득하게 잊고선, 마치 경기중인 사람처럼 앞만 보고 달려갔다. 그러곤 창문을 조금 열고, 한참을 같은 자리에 서 있는 영준을 내려다봤다. 짙은 그리움이 벌써 그녀의 발끝으로 내려앉고 있었다.

"여보세요?"

다음 날 아침, 유진은 아직 잠기운이 잔뜩 배 있는, 나른한 목소리로 울리는 전화를 받았다.

"뭐야, 오늘 출근 안 했어?"

해리가 꾀꼬리처럼 목소리를 한껏 높게 내질렀다.

"응. 쉬고 있어. 밤에 몸이 안 좋아져서 과장님께 연락해서 빌었거든."

"이거, 이거. 놀다 왔다고 해이겼나 본데."

"아니, 놀았다니? 지난 이틀 동안 몸이 갈려 나갈 것처럼 일하고 돌아왔다고. 나 정말로 아파."

"그래?"

"응."

"그렇다니 아쉽네. 나오라고 하려 했더니 말이야. 나도 사실 오늘 집에 있거든."

"너는 왜..."

유진은 고개를 베개에 푹 박고서, 핸드폰을 머리 옆에 기대어두고 말했다. 그녀의 목소리가 베개를 파고들다 사그라들었다.

"그냥, 출근하기 싫어서."

그 말에 유진의 입에선 공기 소리가 섞인 웃음이 허탈하게 튀어나왔다.

"난 진지한데 왜 웃는 거야?"

날카롭게 귀로 날아든 해리의 물음에 유진은 몸을 이리저리 비틀다 배배 꼬았다. 그녀는 정말로 아팠다. 근육의 여기저기가 긁힌 것 같기도, 아니면 끊어져 나갈 것 같기도 했다.

그건 살면서 겪어보지 못한 이상한 종류의 통증이었고, 마치 영준에 대한 생각처럼 빈틈을 타 계속 찾아왔다. 견딜 수 없는 건 아니었지만, 그렇다고 그게 쉽지도 않아서 유진은 결국 아침이 오기 전에 조치를 취한 것이었다. 그런데 해리의 말대로, 아픈데도 왜 바보처럼 웃음이 나는지, 그건 그녀도 잘 몰랐다. 그저 그렇다는 생각이 눈을 한 번 깜빡한 사이에 침대 속으로 들어와 있었다.

"두시쯤에 카페에서 만나기로 해."

유진은 강제적인 해리의 요구에 눈살을 찌푸렸다.

"오늘은 진짜 안 돼. 널 만나면 내일도 출근을 못 할 거야."

해리는 잠시 고민하며 침묵하다, 유진에게 커피를 사겠다고 말했다. 유진은 싫다 했지만, 그녀는 그럼 베이글도 사겠다 재차 제안했다. 결국 유진은 해리가 동네로 찾아오겠다는 걸 막는 데 실패했고, 자리에서 몸을 일으켰다.

그녀는 검은 티셔츠와 적당히 파란 청바지를 입고, 가을 옷에 가까운 진한 베이지색의 카디건을 한쪽 옆구리에 대충 찔러 넣었다. 그러고 나서 검정 야구 모자를 푹 눌러쓰고 집을 나섰다. 약속한 두시가 되기 십 분 전이었다. 땅으로 꺼지는 듯한 무거운 몸을 질질 끌고 그녀는 두 사람이 늘 만나는 동네 카페로 향했다. 상호를 대지 않아도, 둘 중 누군가 '거기'로 오라고 하면 알아서 찾는 곳이었다.

문을 열고 들어서자마자 입구의 바로 옆에서, 코를 핸드폰에 박고 있는 해리가 보였다.

"난 가끔 널 못 견디겠다니까."

유진은 그녀에게 다가가며 목소리에 장난 그리고 짜증을

반씩 섞었다.

"우리 둘 다 연차인 날이 흔한 것도 아니고 말이야, 이런 날 얼굴을 봐야지."

유진이 자리에 앉으며 시린 에어컨 바람을 피하려 카디건을 들어 팔을 넣었다. 그녀의 목에 걸린 금색 목걸이가 흔들거렸다.

"너는 사람을 궁금하게 해놓고 어떻게 답장을 한 번 안 할 수가 있어?"

두 사람은 커피가 나오기를 기다리고 있었다. 해리는 대화 중에도 계속 손으로는 핸드폰을 만지작거렸고, 유진이 중요한 말, 아니, 자신이 관심 있을 만한 말을 할 때면 그때야 고개를 들었다.

"업무 중엔 너무 바빠서 시간이 어떻게 가는지도 몰랐어. 사람이 얼마나 많았는데. 심지어 셋째 날에는 퇴근하고서도 일하느라 방에서 꼼짝도 못 했다니까."

유진은 왠지 모를 이유로 거짓말을 했던 사람처럼 변명했다.

친숙한 얼굴의 점원이 직각형의 넓은 쟁반을 들고 다가왔고, 쟁반에는 아이스 커피 두 잔, 그리고 갓 구워진 베이글이 놓여있었다. 유진이 손을 내밀어 쟁반을 받아들자 해리가 커피잔과 접시를 테이블 위에 올려두고선, 쟁반을 비어 있는 곳으로 밀어 치웠다. 유진은 속이 답답했던 건지, 커피잔 속의 빨대를 쭉 내민 입에 꽂고, 커피를 쉬지 않고 빨아들였다. 그제서야 몽롱했던 그녀의 머리가 안개가 걷힌 듯 개운해졌다.

두 사람은 한참을 앉아서 떠들었다. 엄밀히 말하면 유진이 바쁘게 조잘대고, 해리는 가끔 자신이 궁금했던 걸 묻고선, 내내 듣기만 했다. 유진은 베이글에 치즈를 바르면서도, 그리고 베이글을 베어 먹으면서도 말을 멈추지 않았다. 그녀는 영준과 있었던 일들을 아주 자세하게, 마치 책을 쓰는 것처럼, 모든 세세한 것들을 곁들여 말했다. 그렇게 삼십 분이 지나고, 커피가 반 정도 사라지자, 유진은 살이 한 번 으스스 떨렸고, 누군가 때리고 간 것처럼 정신이 번뜩 드는 걸 느꼈다. 그 후로 한 시간, 그리고 또 한 시간이 지나자 유진은 갑자기 밖으로 나가고 싶은 마음이 들었다. 카페인 때문인가? 그게 아니라면, 어쩌면 영준의 얘기를 꺼내서일지도 모른다고, 그녀는 생각했다.

"조금만 더 있다 나가면 안 돼?"

해리는 유진의 목에 걸린 목걸이에 시선을 꽂고선 물었다.

"그럼, 금방 어두워질 텐데."

"지금은 여름이고, 해는 일곱 시가 넘어야 진다고."

"더 더워지면 걷기 힘들어져."

유진은 비릿한 미소를 한 번 짓고서 계속 버티고 앉아 있는 해리에게 다가갔다. 그녀는 눈을 흘겨 유진을 보고 있었지만, 유진은 아랑곳하지도 않고 그녀의 팔에 팔짱을 꼈다. 그리고 그녀를 자리에서 끌어냈다.

"도대체 어딜 가려는 건데."

해리는 아양을 부리듯 일부러 말끝을 늘렸다.

"길 건너 공원에."

유진은 마치 무거운 짐을 끌듯 해의 팔을 당기며 카페에서 나왔고, 그곳에서 이어지는 큰 길가를 따라 쭉 걷기 시작했다.

"아까 어디까지 얘기했지?"

횡단보도로 가면서 유진이 물었다.

"에스컬레이터에서 자빠질 뻔한 거?"

"아 맞아. 발목이 휙 꺾이더니 완전 주저앉을뻔했지. 대리님 안 계셨으면 정말 큰일 났을 거야. 내가 휘청이니까 내 팔을 탁 잡는데, 힘이 엄청나게 세더라고."

"그래서, 그 다리로 에그타르트를 먹으러 갔단 말이야?"

해리가 옆눈으로 유진을 바라봤다.

"응. 너 그 자세 알지? 연인끼리 어깨랑 허리를 감싸는 그런 자세 말이야. 대리님이 날 그렇게 부축해 줬어. 맙소사. 살이 닿는 순간 속에서 심장이 터져버리는 줄 알았지. 심장이 '진짜로' 터져버릴 수도 있다는 사실을 그때 알았어. 사람을 '너무 좋아하면' 심장이 터져서 '죽어버릴' 수도 있다는 걸 말이야."

"부럽네, 부러워. 너무 좋아서 심장이 터질 거 같고 말이야."

유진은 한쪽 팔을 들어 올렸다. 그러곤 손바닥 쫙 펼치고선 해를 가렸다. 그녀의 이마와 미간, 그리고 코의 중간까지 제멋대로 테두리가 굴곡진 그림자가 드리웠다. 그녀의 시야엔 눈을 반쯤 감은 것처럼 흐린 회색이 감돌았고, 몇초가 흐르자 그녀의 손가락 사이가 자연스럽게 스르르 벌어졌다. 마치 완벽하게 밝고, 환한 순간이 금세 그리워진 것처럼 그랬다. 햇살은 좁은 손가락 사이를 지나며 가늘고 길게 떨어졌고, 유진은 눈부심의 괴롭힘에 눈과 코를 간드러지게 찡그렸다. 순간, 그녀의 입가에는 세상을 전부 가져본 사람만이 지을 수 있는 미소가 지어졌다.

때가 되자 신호가 초록색으로 바뀌었다. 횡단보도를 건너면서도, 그리고 공원의 입구로 향하는 하면서도, 두 사람은 금방이라도 뺨이 닿을 것처럼 서로에게 얼굴을 대고 얘기했다. 두 뺨 사이의 공기는 더 따듯하게 데워졌고, 간혹 유진의 얼굴에는 땀이 삐질 나기도 했다. 그녀의 목소리가 당장이라도 화를 터뜨릴 것처럼 흥분을 쥔 채로 고조되고 있었다.

"그랬는데?"

해리가 계속 그녀의 말을 거들었다. 두 사람은 공원의 입구에서 들어가지 않고 괜히 공원을 둘러싼 길을 빙빙 돌았다.

"그러다 공항 앞에서 '같이 가자'하더니 내 어깨에 손을 얹고 '알겠지?'하고 묻는 거야. 그리고 나는 그건 묻는 게 아니라 그냥 따라오라는 걸 알았어."

유진의 발은 걸을 때마다 마치 발가락 끝으로 작은 점프를 하는 것처럼 굴었다.

두 사람은 몇 번이고 계속 같은 길을 돌았다. 이전에도 수십 번을 걸어본 동네 길이었지만, 지겹기는커녕 계속 반복해서 걷고 싶기만 했다. 그동안 유진은 계속 자신 안에 차오르는 힘을 가누지 못했고, 계속 해리를 길가의 안쪽으로 밀었다. 종종 무릎까지 오는 높이의 이름 모를 식물의 뾰족한 끝이 그녀의 다리를 긁으면, 해리는 두 손으로 유진을 밖으로 밀어내면서 웃음을 터뜨렸다.

어제 밤에 있던 일을 말하기 전에 유진은 아랫입술을 적셨다. 긴장이 그녀의 전신을 찌릿하게 가르고 있었다. 그녀는 입을 벌리며 해리의 팔에서 자신의 팔을 떼고, 뒤로 한걸음 물러섰다.

"우리 집 앞에서 내가 좋아하는 걸 알고 있었다고 했어."

"뭐?"

해리는 입을 크게 벌려 축 앞턱을 늘어뜨린 채로, 유진을 쳐다봤다.

"그리고 내 마음이 식은 것 같이 느껴졌을 땐, 섭섭했대."

유진은 한 손으로 목에 걸린 목걸이를 만지작거렸다. 해리의 눈이 유진의 손에 꽂혔다.

"설마 그 목걸이..."

"응. 받은 거야."

"경사 났네, 경사 났어."

해리는 갑자기 크게 박수를 치면서 미치광이처럼 손을 흔들고 춤을 췄다. 그녀의 입은 다무는 법을 모르는 것처럼 계속 노래를 불렀다.

"우리 유진이 시집가겠네. 여기 경사 났어요, 경사 났..."

유진이 두팔을 벌려 그녀의 목을 감싸 안았고, 한 손을 앞으로 다시 가져와 그녀의 입을 틀어 막았다. 해리가 캑캑거리며 헛기침을 하더니 크게 웃었다.

갑자기 몰려온 채도가 낮은 하늘색의 구름이 높은 건물 뒤로 숨으려는 해를 가렸다. 놀랍게도 세상은 갑자기 비가 내릴 것처럼 색을 축 바라더니, 스산해 보이기까지 했다. 바람은 불지 않았다. 완전한 여름답게 조금도 불지 않았다. 그런데 어쩐지 유진은, 주변의 나무들이 부산스럽게 나뭇잎을 흔드는 소리를 환청처럼 들었다.

두 사람은 공원 안의 잔디로 향했다. 보통의 학교 운동장의 반 정도만한 크기의 잔디 밭이었다. 잔디의 중앙에는 큰 나무가 덩그러니 놓여 있었다. 두 사람은 같은 방향을 바라보면서, 그 아래에 앉았다. 유진이 '그 얘기'를 꺼낸 이후로 계속 입을 열고 있던 해리는 침을 꼴깍 삼키면서 입술을 붙였다. 그러곤 잠시 유진의 눈치를 보다가 다시 입술을 뗐다.

"근데 만나자거나, 뭐 여자친구가 되어 달라거나... 아니, 그러니까."

"응."

"그런 말은 전혀 없던 거야?"

"응."

유진이 목소리가 급격하게 가라앉았다.

"사귀자는 말이 쏙 빠졌네."

"그러게 말이야."

유진은 무릎을 접어 끌어안았다. 그러고선 두 발을 번갈아 가면서 잔디 위로 발길질했다. 발끝은 아주 작은 바람을 일으켰고, 곧 그 안에 섞인 모래와 먼지는 낮은 공기 속을 부산하게 돌아다녔다. 그녀의 발가락 사이에 몇 개의 자잘한 돌, 그리고 모래 덩어리가 들어와 살을 간질였다. 그녀는 심란한 마음에 고개를 무릎 뒤로 숙여 넣었다.

해리는 원래 유진의 맘을 헤집는 얘기를 아무렇지 않게 잘하는 편이었고, 그런 말들은 늘 유진이 여러 번 생각하고, 멀리 볼 수 있게 했다. 그래서 유진은 그녀를 존재하지도 않는 친언니 같다 여겨왔다. 유진은 해리의 말을 곱씹으면서, 계속 일어나는 작은 모래바람을 응시했다. 해리는 그런 그녀의 옆얼굴을 바라봤고, 어느 순간 입술을 꾹 맞물려 비비고선 눈을 또렷하게 떴다. 그녀는 갑자기 손을 들어 그녀의 등을 둔탁하게 내려쳤다.

"뭐야?"

유진은 고개를 들고 해리를 노려봤다.

"뭘 그렇게 심각해 해! 곧 하겠지! 다시는 못 볼 사이도 아니고 말이야."

해리는 기계적으로 입가를 옆으로 쫙 찢어 보이며 웃었다. 누가 봐도 억지로 지은 걸 알 수 있는 어색한 미소였다.

"맞아."

유진은 작은 목소리로 말하고, 또 한 번 더 말했다.

"맞아."

그녀의 입가에 씁쓸한 미소가 드리웠다.

갑자기 자리에서 벌떡 일어난 해리가 손으로 엉덩이와 허벅지에 묻은 흙을 살살 털었다. 유진의 머리 위로 곱게 갈린 것 같은, 먼지 섞인 모래가 내려앉았다.

"그래. 진짜 그럴 거 같다니까? 너는 내일 출근하면 또 대리님을 만날 거고, 내일이 아니면 그 다음 날도 만날 거잖아. 같은 데서 일하는데, 뭘."

"또 시작됐네. 병 주고 약 주기."

유진은 주먹을 약하게 쥐고, 해리의 한 쪽 팔뚝을 때리는 시늉을 했다.

"아니 정말로 내일 퇴근길에 고백할지, 누가 알아?"

"맞아."

해리는 유진을 위에서 내려다보다 다시 자리에 풀썩 앉았다. 이번에 유진을 마주 보고 앉았다.

"그리고 홍콩에 가서 둘이 소중한 시간을 보낸 건 맞지만, 그렇다고 뜬금없이 나도 널 좋아했다면서 갑자기 고백하는 거도 웃겨. 그건 고백이 아니라 공격이야, 공격. 그것도 폭격 같은 공격."

유진은 혼자 크큭하고 웃다가 고개를 들었다. 그리고 어두워진 하늘을 올려다보며 또 소리 없이 미소 지었다. 그녀의 눈동자가 빛이 일렁이는 성배의 안처럼 반짝이고 있었다.

유진은 해리가 지극히 현실적인 판단을 했고, 그래서 자신에게 미안해서 희망을 단비처럼 들이붓는 거라는 걸 잘 알고 있었다. 하지만 그런 헛된 희망이라도 품고 살아야 한다는 것, 그 또한 그녀는 잘 알고 있었다. 그렇지 않다면, 이 세상의 아주 작은 것에서부터 기쁨을 발견할 수 있는 위대한 능력은 절대 주어지지 않을 터라고, 그녀는 홀로, 조용히 인정했다.

"고마운 말이네."

유진은 고개를 한쪽으로 부드럽게 기울이고 해리의 눈을 지그시 바라봤다.

"내가 맞춰볼게. 기다려봐."

해리는 갑자기 그 말을 하더니, 두 손을 모으고선 입으로 매미가 우는듯한 소리를 냈다. 유진은 그 모습이 너무 기괴해서, 눈앞에 있는 이 사람이 자신의 친구가 맞을지에 대해 생각하고 있었다. 그 생각의 끝에 닿으려던 참이었다. 해리는 갑자기 몸에 모기라도 앉은 것처럼, 손으로 허벅지 위쪽을 탁! 하고 쳤고, 두 사람의 주변에 그녀의 살이 철썩이는 소리가 났다.

"다음 주 말 전이야. 다음 주 말 바로 전."

"뭐가?"

"타이밍 말이야. 그때 고백을 받을 거야. 내 촉이 오죽 좋아?"

"넌 뭘 믿고 항상 그렇게 당당한지 모르겠네."

유진은 고개를 사선으로 기울였고, 어깨가 조금 들썩이다 미소 지었다.

"느낌을 믿는 거야."

"그래?"

"응. 그러니까 느낌을 믿는다는 게 뭐냐면..."

"이제 그만 가자."

유진은 장난스런 말투로 해리의 말을 잘라버렸다.

완전한 어둠이 찾아오기 전의 하늘이 잔잔한 보랏빛으로 변했다. 두 사람은 헤어지기 전, 공원 입구에서 여전히 팔짱을 낀 채로, 앞턱을 비스듬하게 위로 들고선 그 보라색 하늘을 바라봤다. 해리는 한쪽 손으로 유진의 어깨를 여러 번 두드리며 우와, 우와 하고 두 번 탄성을 질렀다. 그만큼 이런 색의 하늘을 서울에서 본다는 건 굉장히 드문 일이었다.

"내일 또 출근해야 되잖아? 정말 미쳐버리겠네."

해리가 타는 버스가 오는 곳으로 발걸음을 옮기는 중이었다. 눈에 정류장이 불투명하게 들어오자, 그녀가 갑자기 불평을 터뜨렸다.

"일은 언제나 하기 싫지."

"지금 네 표정, 너답지 않게 엄청 진지한데."

"그래?"

유진이 볼에 물을 문 것처럼, 부풀리며 우물거렸다.

"이제 고작 이 년 차인데 오 년은 더 일한 거 같아. 다 그만두고 싶어서 큰일이야."

"갑자기 왜 그런 생각을 하는 건데?"

"갑자기는 아니야. 그냥 매일 조금씩, 막연하게 생각하던 게 쌓인 거지. 아무리 생각해도 이 회사랑은 잘 안 맞아."

그녀의 말이 끝나기 무섭게 연한 녹색의 버스가 정류장으로 돌진하듯 다가왔고, 해리는 다시 다급하게 말을 이었다.

"그래도 버텨봐야지."

마치 타인의 지침을 듣기라도 한 것처럼 깊게 고개를 끄덕거린 그녀는, 버스로 한 발짝 걸어가면서 유진의 얼굴에 손바닥을 바짝 대고 정신없게 좌우로 흔들었다. 그러곤 호탕하게 웃고서 버스와 홀연히 사라졌다.

종일 진지함과는 거리가 멀었던 그녀의 행동들에, 유진은 그저 모든 걸 그저 태연하게 받아들였다. 하지만 사실 오늘이야말로 해리에게 응원이 간절하게 필요한 날이었을지도 모른다고 짐작했다. 그래서인지 몰랐다. 유진은 쉽게 발걸음을 떼지 못한 채로 작은 점처럼 멀어지는 버스를 속절없이 바라봤다. 한참 뒤, 주변의 건물들, 그리고 나무들까지 짙은 어둠을 베어먹기 시작하고나서야... 그녀는 잘 따라오지 않는 다리를 애써 끌고 골목으로 이어지는 횡단보도를 건넜다.

인도에 다다른 순간엔 세상이 삽시간에 까맣게 변했다. 옆에 선 가로등 하나는 불을 지필 준비를 하며 일정하지 않게 불을 몇 번 반짝였다. 그녀는 잠시 그 등의 꼭대기를 바라보며 이런 생각을 했다가, 저런 생각을 했고, 그러다 갑자기 어떤 결심을 하고선 왼쪽으로 몸의 방향을 틀었다. 그녀는 그곳으로부터 이십분가량을 앞으로만 계속 걸었다. 마치 원래 머릿속엔 이런 계획이 있었고, 그 계획을 이행할 시간이 온 것처럼 당돌하게 걷기만 했다.

눈앞에 큰 사거리가 나타났다. 그리고 그 끝에는 종종 들르던 커다란 전자제품 판매점이 그녀를 부르며 기다리고 있었다. 사거리를 빠르게 가르던 차들이 동시에 멈추고, 사람들이 인도 밖으로 발을 내밀자, 유진은 그곳으로 달려가 이층으로 향했다. 한참 주변을 서성이던 그녀는 소형 프린터를 찾아 손에 들었다. 핸드폰에 연결하면 사진첩에 저장된 사진을 바로 인화해 주는 것이었다. 그 네모나고, 하얀 기기는 손바닥 두 개를 합친 것만큼 작았다. 하지만 가격은 생각한 것보다 두 배는 비싸서, 그녀는 아주 잠시, 민망한 듯 입술을 힘없이 길게 늘인 채로 서 있었다. 그러다 제품을 다시 매대 위에 올려두었다.

"그래도 이건 꼭 사야 해."

손은 진열된 상품 아래에 놓인 새 상자로 향했고, 다짐은 버릇없이 제멋대로 튀어나왔다. 그녀는 그 길로 바로 일층으로 내려가 계산을 마치고 건물을 빠져나왔다.

유진은 홍콩에서 찍은 사진들을 인화해 일기장에 붙이고 싶었다. 이렇게 아날로그 방식으로 기록하는 그녀를 보면 누군가는 답답한 고집을 부린다고 무심코 한마디씩 했지만, 그녀에겐 디지털 방식보다 더 느리고, 선명하게 기억을 잡아둘 방법이 필요했다. 그녀는 오늘, 출장의 기억이 영상처럼 남아있는 오늘, 당장 사진을 뽑아서 일기를 쓸 계획이었다.

집에 도착한 그녀는 바로 방문을 열어젖히고 책상에 앉았다. 쇼핑백에서 갓 나온 프린터를 책상 가운데에 당당하게 올리자, 유진은 핸드폰을 연결하고 사진첩을 켰다. 그녀는 검지를 화면에 대고 천천히, 사진을 옆으로 하나씩 넘겼다. 그러다 문득 홍콩에서 찍은 사진은 열 장도 채 되지 않는다는 것을 발견하고서 한쪽 손으로 턱을 지그시 괴었다. 그녀는 육교에서 본 풍경, 저녁 식사를 했던 레스토랑, 그리고 에그타르트와 홀로 마시던 맥주 캔의 사진을 차례로 넘겨보며 아쉬움이 섞인 소리를 토했다.

일단은 아무 사진이나 인쇄하자는 마음이었다. 동그란 버튼을 누르니 기계가 위잉 소리 내며 열을 올렸고, 얼마 지나지 않아 표면이 따듯한 사진 한 장을 혓바닥처럼 뱉어냈다. 손끝을 모아 사진의 제일 위부터 맨 아래까지 쭉 한번 쓰다듬자, 그녀의 얼굴엔 흡족한 미소를 지어졌다. 날아갈 것 같은 산뜻한 기분에 유진은 사진의 끝을 집어 천장으로 높게 들어 흔들었고, 눈동자에 담긴 다른 사물들은 소실점을 너머 사라졌다. 유진의 눈과 미소는 그 흔들림만을 따랐고, 곧 연속으로 짧게 끊어지는 수줍은 웃음소리가 방 안을 매웠다.

사진을 내려놓은 손은 목뒤로 향했다. 그녀는 목걸이를 풀어 펼쳐놓은 일기장 위에 올려두고 사진을 찍어 인쇄했다. 이어서 다른 사진들도 차례로 인쇄했다. 그러곤 책상 위에 사진들을 가지런히 올려두고, 서랍을 뒤졌다. 그녀는 보라색, 분홍색... 여러 색의 마스킹 테이프를 꺼내 일기의 빈 페이지마다 사진들을 테이프로 붙였다. 그러고 나서야 뭔가를 쓰기 시작했다. 조용한 방에는 서걱서걱하고 연필의 끝이 종이에 닿는 소리가 간헐적으로 퍼졌다.

[파란 아침 하늘을 뒤로 하고 그가 내 앞에 서 있었다.]

그녀는 첫 줄을 쓰고, 마치 주입식으로 암기를 하려는 것처럼 그 문장을 눈으로 읽기를 반복했다. 그러다 인상을 쓰고, 몇 초 후에는 다시 미간과 이마의 힘을 스르르 풀었다. 그 다음에서야 그녀는 두번째 줄을 썼다.

[불이 번진 하늘 아래에 도시를 가로지르는 육교가 있었고, 우리는 그 위를 걸었다. 떨어지는 해가 점점 지평선에 가까워질수록, 구름은 천천히 지평선의 위로 일어나며 그 주변을 둥글게 휘감았고, 멀리서 바람이 불어왔다. 우리는 동시에 같은 곳을 바라보고 있었다. 그때 나는, 우리가 같은 생각을 하기를 바랐던 것 같다.]

비현실적인 날이었다고, 유진은 잠시 연필의 뒤로 이마를 짚고 곱씹었다. 그러곤 시간의 거대한 한 토막을 그때를 떠올리는데 썼다. 다시 공책으로 손을 내렸을 땐 손에 한결 풀어졌고, 유진은 그 상태로 페이지의 끝까지 일기를 써 내려갔다. 그리고 나서 다음 장에 다시 사진을 붙이고, 둘째 날, 셋째 날, 그리고 목걸이를 받은 밤까지, 그날들에 대한 모든 걸 기록했다.

일기를 다 썼을 때는 벌써 내일을 준비해야 할 시간이 돌아와 있었다.

***

아침을 알리며 쩌렁하게 울리던 알람 소리가 멈추더니,

오 분, 그리고 십 분 후에 또 울렸다. 유진은 더 자고 싶은 마음에 알람을 뒤로 계속 미루다, 더 이상 미루면 안 될 때가 돼서야 자리에서 일어섰다. 그녀는 서둘러 출근 준비를 했다. 여느 때처럼 화장으로 피곤을 가리고, 예뻐 보일만한 옷을 골라 입었다. 그러곤 가방을 챙겨 매고, 신발을 신고 집을 나섰다.

서울의 여름이 낯설게 느껴지는 아침이었다. 그녀는 위로 곧게 뻗은 나뭇잎이 햇살을 조금 가려주는 정류장에서 버스를 기다렸고, 곧 도착한 에어컨이 세게 틀어진 버스에 몸을 실었다. 또 내려서는 건물 사이 사이로 사그라들었다가 다시 나타나 머리 위를 뜨겁게 달구는 해를 맞았고, 회사 건물에 들어가서야 물 한 모금처럼 소중한 서늘하고 냉랭한 공기를 마셨다.

일 층 로비에 도착 한 건, 9시가 되기 십 분 전이었다. 오가며 봤던 익숙한 듯한 얼굴들이 사방에서 다가와 그녀의 앞을 빠르게 지나갔고, 유진은 유연한 몸짓으로 그들을 피해 엘리베이터로 향해 직진했다. 멀리서 문이 열리는 게 보이자, 그녀는 가방끈을 부여 잡은 채로 전속력으로 질주했다. 아주 다행히 그녀는 문이 닫히기 바로 전에 몸을 밀어 넣을 수 있었다.

"잠시만요!"

거의 닫힌 문 사이로 누군가 아슬하게, 불쑥 손을 집어넣었다. 엘리베이터 안의 검은 눈동자들이 일제히 목소리가 울린 쪽으로 돌아갔다. 유진의 눈동자도 마찬가지였다. 그녀의 두 눈동자가 땀을 흘리는 영준의 얼굴을 포착하고선 빠르게 흔들렸다.

"아..."

그가 들어서며 유진의 얼굴을 똑바로 바라봤다.

"대리님..."

유진은 입을 벌린 채 넋을 놓고 바라보고 있었다. 영준도 유진을 보고 찰나의 놀란 표정을 지었지만, 그건 곧 넋이 나간 듯한 멍한 얼굴로 변했다. 세상의 모든 게 멈춰버린 시간이 또 찾아와 버렸고, 그걸 시기하는 듯한 헛기침이 다시 모든 걸 움직였다. 그때 유진은 '정신 차리자'는 주문을 속으로 다섯 번 웅얼거렸다. 엘리베이터가 십 층에 도착하기 전까지 그녀는 입이 제멋대로 벌어지지 않게 힘을 줬고, 내리기 전엔 아무도 모르게 이마를 살며시 짚어 보았다.

사무실 입구로 들어선 때였다. 두 사람의 앞으로 과장님이 손에 커피잔을 든 채로 지나가고 있었다.

"안녕하십니까."

영준이 먼저 목을 숙여 인사했다.

"어, 왔어? 다녀오느라 수고했어."

그가 대답하자 유진도 인사를 건네고, 침착하게 미소를 지었다. 그리고 자리로 가려 하고 있었다. 그런데 갑자기 멈춰 선 그가 유진을 물끄러미 내려다봤다. 뭔가를 시키거나, 아니면 혼내려는 기색은 전혀 보이지 않는 표정이었다. 오히려 구석구석 기쁨이 섞인 그의 얼굴은 원래의 나이보다 젊어 보이기까지 했다.

"뭐 필요하신 거라도..."

민망해진 유진은 말을 얼버무렸다.

"아니, 그런 건 아니고. 대견해서 쳐다봤어."

그의 손이 조금 내려온 안경을 위로 올렸다.

"두 사람 덕에 내가 주말에 얼마나 바빴는지 몰라. 오늘 성공적인 출장 기념으로 회식하자고. 부장님, 나, 최 대리, 유진 씨 이렇게 넷이. 날도 좋은데 밖에서 치킨에 맥주. 알겠지? 그리고 영준 씨는 잠시 회의실에서 봐."

그는 거절이 가능하지 않은 제안을 던지고 회의실로 향했고, 영준은 바로 그의 뒤를 따랐다.

유진은 오전 내내 회의실의 창 너머로 보이는 두 사람을 지켜봤다. 방 안에 흐르는 화기애애한 분위기는 벽을 타고 나와 밖을 적셨고, 두 사람의 목소리는 그곳에서 나올 때까지도 흥분으로 들떠있었다. 그건 전혀 평소답지 않은 일이 아니었지만, 유진은 속에 호기심이 일렁이는 걸 느끼고선 메신저를 켰다.

[무슨 얘기를 그렇게 즐겁게 하셨어요?]

영준이 자리에 앉은 걸 확인하고서 그녀가 메시지를 보냈다.

[별건 아닌데, 출장 건으로 할 얘기가 있었어.]

[저희 출장이요?]

그녀가 눈을 한 번 세게 깜빡이고서 영준의 자리로 고개를 돌렸다. 하지만 그의 얼굴은 커다란 모니터에 가려져 있었다.

[응. 오늘 회식에 갈 거지?]

[그럼요.]

[그럼, 회식 끝나고 자세히 말해줄게.]

[알겠습니다. 점심은 어떻게 하세요?]

[오늘은 과장님이랑 따로 해야 할 것 같아. 아직 할 이야 기가 남아 있어서 말이야.]

유진은 키보드에서 손을 떼고, 손박닥으로 턱을 괴었다. 뒤따르는 행동이나 말은 없었다. 그리고 뒤이은 생각도 없었 다. 그녀는 그 이후로 아주 정적이고, 고요하게 변해 그가 보 낸 마지막 메시지에서 시선을 거두지 않고 있을 뿐이었다.

유진은 종일 영준의 눈치를 봤다. 아니, 엄밀히 말하면 그 를 살피며 기회를 탐색하고 있었다. 그녀는 근무 중에도, 휴 식 시간에도 그리고 퇴근에 가까워서도 영준과 둘만 보낼 수 있는 시간이 나기를 가슴 깊이 바랐다. 그러면서 혹시 모를 고백의 힌트 같은 것을 발견하기를 소망했다.

그런데 오후부터는 부장님이 그를 계속 찾았다. 그는 어 디론가 불려 가서 자리에 돌아왔다가도, 또다시 어디론가 불 려 가기 일쑤였다. 그럴수록 짙어지는 그의 눈 아래의 그늘 에, 유진은 점점 더해졌다가 아주 가끔씩 덜어지는 걱정을 하고 있었다. 사무실을 나오면서 그의 얼굴이 잠시 밝아진 순간이 있었다. 유진은 그때 그에게 말을 걸려 했다. 하지만 그녀의 마음을 알 길이 전혀 없는 과장님이 갑자기 그녀 옆 에 오더니, 웃기지도 않는 말들을 농담이라며 건네기 시작했 다. 유진은 호프집으로 향하는, 갖은 색들이 현란하게 섞인 이 도시의 길을 걷는 동안, 그의 말을 들으며 장단을 맞추는 임무를 간신히 수행하고 있었다.

"그날 먹은 건 그 연어 초밥이 다야. 그런데 날이 더워져 서 그 사단이 난 거 있지. 아, 사실은 초밥에 맥주 한 캔 했지

217

만 말이야."

"정말 그거만 드셨어요?"

유진은 거의 귓등으로 그의 말을 들으면서, 궁금하지도 않은 사실을 물었다.

"아니. 사실 그 뒤에 라면도 하나 끓여 먹었어. 그런데 난 이걸 과식이라고 부를 수 없거든. 원래도 이 정도는 거뜬하게 먹으니까 말이야. 분명 언어 때문에 문제가 생겼던 걸 거야."

"정말 그랬었나 봐요. 그래도 대리님이 계셔서 얼마나 다행이었는지 모르겠어요."

"맞아. 그리고 어쩌면 내가 간 것보다 더 나았을지도 모르고."

그는 그렇게 말하고선, 진심으로 투명하게 빛나는 미소를 지었다. 두 사람 옆의 건물에서 퍼져나온 빛이 그의 안경에 닿더니 한 번 반짝거렸다.

"그래서 오늘 저렇게 불려 다니시나 봐요. 대리님, 오늘 정말 바빠 보이시더라고요."

"아, 아직 모르고 있나?"

"네?"

식당들이 모여있는 골목으로 몸을 틀기 전이었다. 멀리서 하얀 구급차가 어딘가로 향하며 사이렌을 울렸고, 유진의 시선이 잠시 그쪽으로 돌아갔다.

"회사에서 영준 씨, 홍콩으로 보내려고 하는 거."

"아... 네."

사이렌 소리가 사라지자, 유진은 눈썹을 치켜들고 과장님을 바라봤다.

"네?"

"홍콩으로 갈지도 모른다고. 원래 천천히 보내려고 했는데 다들 서둘러 보내는 게 좋을 거 같다고 하셔서, 계속 설득하는 중이야. 연차를 써서 못 들었나 보네?"

유진은 자신이 들은 말을 부수고, 그리고 다시 조합해 봤다. 회사, 홍콩, 설득... 이 단어들 함께 만들어낸 의미에 유진의 심장이 펌프질하는 것처럼 수축했다 팽창했고, 얼굴은 불에 달군 것처럼 순식간에 붉어졌다.

유진의 앞엔 영준이 앉아 있었다. 두 사람의 사이에는 하얀빛의 차가운 맥주잔 두 개와, 속이 텅 비어있는 동그란 모양의 과자가 잔뜩 쌓인 그릇이 놓여 있었다. 유진은 영준을 보고 있었지만, 보고 있지 않는 것과 같았다. 시선은 계속 영준의 뒤로 번지듯 흩어졌고, 목엔 커다랗고 화끈거리는 덩어리 같은 것이 계속해 올라와서, 아무리 침을 삼키려 해도 잘 넘어가지 않았다.

부장님은 계속 영준을 설득하고 싶어서인지 옆에 붙어서 계속 이런저런 질문을 했다. 그것도 홍콩과 출장에 대한 질문만 했다. 그곳의 날씨는 어땠고, 음식과 물은 어땠는지, 그리고 영어를 사용하면서 불편한 점은 없었는지... 영준은 유진을 바라보며 미소를 짓고는 '다 좋았다.'고 대답했다.

유진은 그의 대답을 듣고는 목에 걸린 덩어리가 넘어오며 입을 비집고 나오려는 걸 느꼈다. 그리고 그건 분노 때문인지, 아니면 슬픔 때문인지 그녀도 가늠할 수 없었다. 그녀는 아무것도 억누르지 못한 채로, 충동적으로 테이블을 박차고 일어설 뿐이었다.

"저, 잠시 화장실에 좀 다녀올게요."

세 사람의 반응은 확인할 필요도 없었다. 유진은 그저 자신과, 자신의 감정을 안고 밖으로 뛰쳐나갔다. 그녀는 어두컴컴한 골목을 잠시 두리번거리다 건물의 옆으로 향했다. 그곳에 낡고, 작은 화장실이 초라하게, 마치 버려진 것처럼 있었다. 딱딱하고 차가운 회색 문고리를 돌리자 코를 찌르는 고약한 냄새가 얼굴을 전면으로 때렸지만, 얼굴을 구길 새도 없이, 그녀는 거울 앞으로 달려갔다. 그리고 그 아래 달린 세면대를 두 손으로 붙잡았다.

　　고개를 떨구자 시야의 한 가운데에는 수도꼭지가 들어왔다. 여기저기 긁히고 녹슨 수도꼭지의 끝에서 물방울이 하나씩, 천천히 떨어지고 있었다. 계속 아래로만 무력하게 떨어지는 그 모습에 유진은 고개를 힘없이 들었다. 거울 속에는 그 물방울의 신세보다 더 기구한, 눈가가 붉어진 자신이 있었다. 속이 매스꺼워진 그녀는 그 초라한 화장실마저 빠져나왔다.

　　유진은 자리로 돌아가고 싶지 않았다. 돌아가서 뭔가를 먹고 싶지도 않았고, 그 속에서 앉아 있고 싶지도 않았다. 영준은 더더욱이나 보고싶지 않았다. 아니 어쩌면 보고 싶었지만, 더 이상 볼 자신이 없는 것일지도 몰랐다. 머리카락이 온통 흐트러진 채로, 유진은 호프집의 입구 앞을 잠시 서성였다. 그녀의 머릿속엔 집에 가고싶다는 생각만이 있었다. 이제 그 집은 이전에 느끼던 그런 집이 아닐터였지만, 그저 돌아갈 수 있는 곳으로 돌아가고 싶었다. 결국 가방을 챙기자는 마음으로, 유진은 숨을 한 번 삼키고 문을 열었다.

　　멀리서 열띠게 이야기를 하고 있는 세 사람이 보였다. 유진은 눈가가 더 뜨거워지는 걸 느꼈다. 그녀가 자리를 비운 사이 치킨이 나온 모양이었다. 그녀의 눈이 가방을 한 번 봤다가, 영준에게로 갔다. 그는 양손에 포크를 들고 치킨 살을 바르고 있었다. 그는 분명 눈앞에 있었다. 그런데 곧 없을 거라고 했다. 이게 현실인가? 현실이야? 그녀가 세상에 울부짖으며 물었지만, 세상은 답이 없었고, 곧 이런 쓸데없는 질문 따위는 던질 필요조차 없어질 터였다.

유진은 테이블로 달려가서 영준의 얼굴에 대고 나쁜 놈이라고 외치고 싶었다. 하지만 그건 사실이 아니라 그럴 수도 없었다. 그녀는 테이블로 걸어갔다. 그녀의 발끝이 바닥에 닿을 때마다 절망에 절여진 소리를 냈다. 영준이 다가오는 그녀를 뚫어지게 바라봤다. 어쩐지 여태 본 그의 눈빛은 다 거짓이었고, 지금 이 어둑한 곳에서도 가장 선명한 빛을 내는 저 눈이 진짜 그의 눈 같았다. 그는 그 눈으로 유진에게 뭔가를 말하고 있었다.

유진은 고개를 깊게 가로젓고 그의 눈을 외면했다. 그러곤 의자에 놓인 자신의 가방을 집어 들었다.

"몸이 갑자기 안 좋아서요. 집에 먼저 들어가 보겠습니다. 그리고 내일 병가를 써야 할 것 같아요."

그녀의 작은 목소리로 단호하게 말했다.

"많이 안 좋아?"

누군가가 유진에게 물었지만, 누구의 목소리인지는 확실하지 않았고, 중요하지도 않았다.

"그럼 회식은 우리끼리 마치고 들어갈 테니까…"

말이 끝나기도 전에 유진은 가방을 집고, 서둘러 입구로 향했다. 그때 누군가 일어서면서, 의자가 밀렸고, 고막을 찢을듯한 날카로운 소리를 냈다. 유진은 아무 소리도 듣지 않은 척, 눈을 질끈 감고 문을 열었다.

더위가 그녀의 코와 입으로 불쑥 들어와 호흡을 막았다. 그녀는 어두운 골목을 홀로 빠져나와 그 끝에 있는 버스 정류장으로 향했다. 뒤에서 누군가의 발소리가 들렸고, 정류장이 가까워질수록 그 소리는 점점 더 빨라졌다. 때마침 버스한 대가 도착했고, 문이 바로 열렸다. 유진은 서둘러 인도 밖으로 발을 내밀었다.

"유진아!"

영준이 외치는 소리가 들렸다. 유진은 못 들은 척, 버스문에 달린 손잡이를 잡고, 계단을 한 칸 올랐다.

"이유진!"

그녀의 등 바로 뒤에서, 그의 구두 굽이 땅 위로 무겁게내려앉는 소리가 울렸고, 유진의 눈에는 눈물이 반쯤 차올랐다. 영준이 유진의 팔을 잡았다. 그러자 그녀의 손과 발이 버스에서 멀어지듯 떨어졌고, 유진의 몸이 그를 향해 돌아갔다. 버스는 매정하게 문을 닫고 출발했다.

"무슨 얘기를 들은 거야?"

그가 숨을 고르며 물었다. 유진은 눈물이 흘러내리지 않게눈가에 힘을 줬다. 그리고 그에게서 뒤로 한 발짝 물러섰다.

"다가오지 마세요."

"전근 한다는 걸 들은 거야?"

영준이 그녀에게 한걸음 다가왔다. 유진이 어떤 말도 없자,그가 말을 이었다.

"그런거야?"

"그게 무슨 말씀이세요?"

"나도 어제 들은 얘기야. 그 전엔 정말 모르고 있었어."

"저는 아무것도 모르는데요? 제가 뭘 알겠어요?"

"너, 다 알고 이러는 거잖아."

"제가 알면 뭐가 달라져요?"

유진이 언성을 높였다.

"조금만 진정해 봐."

"저는 이 상황이 그냥 다 버거워요. 남을 통해 그런 얘기를 들은 것도 힘들고요, 제 마음, 다 알면서 아무렇지 않게 행동하시는 것도... 이젠 모든 게 다 버거워요."

"미안해. 그런데 내 말도 좀 들어 봐."

유진은 영준의 팔을 뿌리쳤다.

"제가 뭘 더 들어야 하는데요?"

영준이 잠시 침묵했다.

"제가 뭘 들어야 하냐고요."

"나도 정말로 어제 알았어. 그리고 오늘 회식 끝나면, 그때 너에게 말하려 했어. 누가 먼저 얘길 꺼낸 건지 모르지만, 네가 미리 들을 줄 꿈에도 몰랐어. 지금 내가 하는 말에는 거짓은 단 한 단어도 없어."

영준은 다급하게 설명했다. 그가 잔잔하게 떨리는 목소리로 말을 이었다.

"그리고 나는, 나는 네가 가지 말라고 하면, 무슨 수를 써서라도 안 갈 거야. 아니면 우리 같이 가는 거야, 유진아. 응? 우리 약속 했잖아. 모든 약속을 다시 하기로 했잖아. 우

223

리 다시 그곳으로 가서, 아무도 우리를 모르는 곳으로 가서 우리 둘만을 위해 사는 거야."

그가 입을 살짝 벌린 채로, 잠시 말에 틈을 들이다 다시 말을 꺼냈다.

"그럴 수만 있다면, 난 너를 위해 모든 걸 할게. 너를 위해서만 멋지고, 너를 위해서만 다정한 사람이 될게. 응?"

유진은 입술을 단단히 힘주어 포개고 그의 입을 바라봤다. 그 많던 사랑스런 약속을 하던 그의 입을...

그냥 안 간다고는 할 수 없는 거예요? 유진은 세상으로 나오려는 그 말을 속에서 죽여버렸다. 그 말을 진짜 뱉는 다는 건, 그녀가 저지를 수 있는 일이 아니었다. 회사에서 보내겠다는 사람을 못 가게 하고, 결국 직장을 옮기거나 그만두게 한다는 건, 그녀가 꿈에서도 저지를 수 있는 일이 아니었다. 그가 어떤 삶을 살아왔는지 안 이상, 유진은 더더욱 그럴 수 없었다.

"먼저 갈게요, 대리님. 조심히 들어가세요."

유진은 조용히, 아주 조용히 말하고선, 그에게서 등을 돌렸다. 동시에 눈가가 풀어지고, 한쪽 눈에서 눈물 한 방울이 떨어졌다.

그녀는 막 다가온 아무 버스에 몸을 실었다. 집으로 향하는 버스가 아닌데도 불구하고 카드를 찍고, 맨 뒤의 끝 좌석으로 가서 앉았다. 그녀가 고개를 살짝 열린 창에 떨구듯 기대자, 누군가의 위로가 닿은 것처럼 그녀의 어깨가 애처롭게 들썩이기 시작했다.

# 7. 악몽

## 7. 악몽


버스는 집과 정 반대 방향으로, 종점까지 달렸다.

"종점입니다."

멍하니 창밖의 어둠을 바라보는 유진에게 기사가 다가와 전했다.

"다시 왔던 곳으로 가나요?"

유진은 끈적해진 뺨을 한번 닦으며 자리에서 일어섰다.

"아뇨. 건너편 정류장으로 가셔야 하는데요. 그런데 출발하는 버스가 없을 겁니다."

유진은 두 팔을 꼬아 떨리는 팔을 감싸고선 버스에서 내렸다. 그녀의 눈꺼풀은 반이 풀리고, 피부엔 색이 사라져 파리하게 변해있었다. 밖은 마치 짙은 먹을 칠한 것 처럼 캄캄했다. 주변에 건물이 없는 건 아니었다. 그런데 이상하게도 마치 아무도 찾지 않는 동네인 것처럼, 그 어떤 빛도, 선도 보이지 않았다. 그녀의 발끝에서 두려움의 전율이 단번에 일렀다.

유진은 차고의 반대 방향으로 걸었다. 오 분을 걷고, 십

분을 걸었다. 그렇지만 그곳은 여전히 세상의 종말이 찾아온 것처럼 여전히 황량하고, 어두웠다. 기사의 말처럼 다음 버스 따위는 오지 않았다.

그 터널 같은 골목을 빠져나오자, 길의 가에 택시가 한 대 서 있었다. 유진이 택시의 창 안을 들여다봤지만, 아무것도 보이지 않아서 손등으로 창을 두드렸다.

"타시려고요?"

차창이 아주 조금, 빠르게 내려갔고, 나이가 지긋한 기사가 통명스럽게 물었다. 그의 얼굴의 세세한 부분들은 어둠 속으로 날아가 실루엣만 보여서, 유진은 대답을 망설였다.

"타시려면 얼른 타세요."

그녀가 문을 열자, 기사는 고개를 돌려 의심 가득한 눈으로 쳐다봤다. 두려움의 손이 다가와 나약해진 그녀의 정신을 세게 부여잡았지만, 그마저도 달칵하고 무신경하게 잠기는 문 소리에 무력하게 놓아졌다.

곧 택시는 불안하게 흔들리며 어둠 속을 질주했다. 유진은 꺾인 날개처럼 목을 푹 숙인 채로, 핸드폰을 꺼냈다. 그리고 메시지를 치기 시작했다.

[해리야. 혹시 두 시간 뒤에, 내가 집에 도착했다는 말이 없으면 꼭 전화해야 해.]

화면은 그녀의 얼굴에 서늘하게 파란 불빛을 쏘았고, 얼굴의 움푹 들어간 부분들은 모두 푸르스름한 잿빛으로 변했다.

[무슨 일이야?]

그녀에게선 바로 답장이 왔다.

[혼자 택시를 탔어. 조금 멀리 있는 데서. 그게 다야.]

유진은 핸드폰을 뒤집어 허벅지 위에 놓았다. 테두리 너머로 새어나오던 희미한 빛은 곧 사라졌다.

***

택시에서는 아무 일도 일어나지 않았고, 유진은 무사히 집에 도착했다. 그녀는 집으로 올라가자마자 책상 앞에 서서 일기장을 꺼냈다. 그리고 전부 찢었다. 홍콩에 가기 전의 기억도 찢고, 홍콩에서의 기억도 모조리 찢었다. 그리고 종이 조각들로 바닥을 부수기라도 할 것처럼 던지고선, 제 감정을 가누지 못해 뒤로 넘어가는 숨을 쉬며 침대에 몸을 던졌다.

"이유진!"

다음날, 정신이 든 건 누군가 문을 두드리는 소리 때문이었다. 그리고 그게 누구인지 잘 분간이 가지 않던 유진은 자리에서 움직이지 않았다.

"이유진! 집에 왔어? 문 열어!"

그녀가 현관을 두드리며 물었다. '집에 왔냐'는 말에 유진은 그제서야 눈을 떴다. 눈에 손을 가져다 대자 끄트머리에는 모래가 붙은 것처럼 작은 알갱이가 만져지기도 했다.

유진은 구겨진 종이짝 같은 몸을 끌고 문으로 다가갔다.

"이유진!"

가까이서 들린 목소리가 해리의 것이라는 걸 확신할 수 있었을 때, 그녀는 문을 열었다.

"해리야."

유진의 목소리가 가늘게 떨렸다. 그녀의 숨통에 뜨거운 김이 차올랐다 꺼지는 것 같았다.

"집에 왔으면 왔다고 대답을 해야지! 나한테는 그렇게 문자를 보내놓고 뭐 하는 거야?"

해리가 문을 잡고 집으로 들어서며 화를 냈다. 그녀가 잠시 말을 멈추더니, 두 손으로 유진의 얼굴을 잡아 살폈다.

"너, 울었어? 도대체 무슨 일이야?"

그녀가 소리쳤고, 유진은 두 팔을 번쩍 들어 그녀의 목을 감았다. 해리는 유진의 어깨를 잡아 그녀의 몸을 뒤로 밀었다.

"도대체 무슨 일이냐고!"

칼끝처럼 날카롭게 변한 해리의 눈이 유진을 노려봤다. 적막의 삼초가 흐르자, 해리는 그녀를 끌고 방으로 돌진했다.

방바닥이 흘러내린 이불, 그리고 찢긴 종이와 사진들로 난장판이었다. 해리의 발끝에 커다란 종이 한 조각이 닿았고, 그녀가 그 끝을 살며시 집어 들었다. 종이에는 에그타르트의 사진 반쪽이 그때의 추억처럼, 간신히 매달려 있었다. 해리의 얼굴이 험악하게 굳었다. 그녀의 주변엔 화염에 쌓인 듯한 숨 막히는 공기가 흘렀다.

"아직도 그날 밤에 별처럼 빛나던 대리님의 눈을 잊을 수 없다…?"

그녀가 흐릿해진 글씨를 작은 소리로 읽고는 다시 입을 열었다.

"이게 무슨 미친 소리야?"

[함께 테라스에 앉아 한참을 조잘거리다 과자를 한입 베어 먹고, 커피로 단맛의 얼얼함을 죽인 날. 아직도 그날 밤에

별처럼 반짝이던 대리님의 눈을 잊을 수 없다. 앞만 보고 달리는 자신의 삶이 너무나 사랑스럽다는 듯 말하는 그 사람을 어떻게 잊을 수가 있을까? 그렇게 말하며 그곳을 비추는 모든 빛을 반사하던 그의 까만 눈동자는 여전히 내 앞에 살아있다.]

"이유진! 똑바로 말해. 이게 무슨 등신같은 소리냐고! 도대체 누가 이렇게 만든 거야? 최영준 그 자식이야?"

해리가 소리쳤다.

"해리야, 내가 어떻게 가지 말라고 할 수 있겠어?"

"무슨 소리야? 가긴 어딜 가? 가긴 누가 어딜 가!"

"나는 꿈에서도 종일 기도했어. 내가 가진 모든 걸 줄테니까, 제발, 제발 보내지 말아달라고..."

유진은 아무 말도 없이 해리에게 다가가 그녀를 다시 끌어 안고, 그녀의 어깨 아래로 고개를 묻었다. 곧이어 해리의 하얀 티셔츠에 선명한 눈물 자국이 났다.

\*\*\*

이후로 유진은 남아있던 연차를 몰아서 일주일간 휴가를 냈다. 그동안 해리는 퇴근을 하고 유진을 챙기기 위해 매일 그녀의 집에 들렀다. 그녀는 혹시나 유진이 끼니를 거르지 않을까 밥이나 간식을 사 왔고, 주말이면 종일 유진의 옆에 붙어서 같이 영화를 보거나 아무 책이나 꺼내 읽었다. 그러다 그들은 때가 되면 같이 밥을 차려 먹고, 나가서 산책을 하기도 했다. 해리는 유진이 우울의 우물로 빠지지 않게 도왔다.

그동안 영준에게서는 종종 메시지나 전화가 왔다. 하지만 유진은 확인하지 않았다. 어쩌면 확인할 수 없었다는 게 더 정확할 터였다. 그가 더 이상 연락하지 않는 밤이었다. 잠에 들기 전, 유진은 창밖의 달을 바라봤다. 밤의 색이 유난히 밝은 날이었다. 타원 모양의 달은 홀로 행복에 겨운 것처럼 환하게 웃고 있어서, 유진은 창을 닫으려 손을 뻗었다. 그런데 집 앞의 가로등 아래에 영준과 뒷모습이 비슷한 사람이 서성이고 있었다.

　　말없이 찾아오는 짓은 하지 않을 사람이라는 건, 누구보다도 유진이 잘 알고 있었다. 그녀는 조용히 창문을 닫고, 블라인드를 내렸다. 달빛도, 그리고 영준과 닮은 사람의 흔적도, 더 이상 창 안으로 새어 들어올 수 없었다.

　　유진은 종종 꿈을 꿨다. 나쁜 꿈인지, 좋은 꿈인지 말할 수 없는 꿈이었다. 영준이 싫은 날엔 싫은 꿈이었고, 그를 잊지 못하는 날엔 황홀한 꿈이었다. 꿈속엔 그가 불쑥하고 내밀었던 손바닥이 나타났고, 그럼 유진은 그 손을 잡았다. 손을 잡으면 둘은 홍콩섬 근처의 어느 바닷속으로 끝이 없이 빨려 들어갔다. 유진은 그 순간이 죽음의 순간인지, 아니면 자유의 순간인지 분간할 수 없었다.

　　꿈에서 깨고 나면 그녀의 이마에는 땀이 어려 있었다. 그리고 깨어있는 동안, 그 꿈은 이상하게 도 종일 생생하게 기억났다. 그러면 유진은 영준과의 모든 기억을 머릿속에 다시 되감아보곤 했다. 그리고 물었다. 만약 그가 자신을 좋아했다는 것을 알지 못했더라면, 웃으면서 잘 가라고 말해줄 수 있을지를...

유진이 회사로 돌아간 날이었다. 입구를 들어서자마자 유진의 시선은 멀리, 텅 빈 영준의 자리로 향했다.

"왔어? 좋은 아침이야."

잿빛이 되어버린 눈동자로 가만히 서있던 유진에게 과장님이 다가왔다. 그의 밝은 목소리에 유진의 눈가가 뜨거워졌다.

"어제 출국했어."

과장님은 그녀의 어깨에 살며시 손을 올렸다. 유진은 입술을 짓이기고, 시선을 발끝으로 떨궜다. 그러자 그녀의 셔츠 안에 숨겨진 목걸이의 열쇠가 흔들렸다.

# 8. 여름 꿈

## 8. 여름 꿈


해리가 회사가 싫다고 투정하던 날로부터 정확히 이 년 하고 육 개월이 지난날에, 유진은 퇴사하게 됐다.

"그동안 고생 많았어."

한 손에 핸드폰을 든 부장님이 유진을 보며 웃었다.

"감사합니다."

유진이 나긋한 목소리로 인사했다.

"이제 홀가분하겠네."

"에이, 아니에요."

여섯 시가 되자 두 손으로 커다란 상자를 든 유진은 엘리베이터 앞에 섰다. 부장님이 그녀를 배웅하려 옆에 와 있었다. 영준뿐만 아니라 과장님까지도 작년에 홍콩으로 차출되었고, 팀에서 본사에 남은 원년 멤버는 부장님과 몇 명의 후배들뿐이었다.

이 년 육 개월 전, 해리가 하던 고민을 자신도 하게 될지는 유진은 조금도 예상하지 못했었다. 영준 때문에, 아니면 다른 사람 때문에 이곳이 싫어질 수는 있었겠지만, 이젠 여기서의 일이 자신에게 잘 맞지 않을지도 모른다는 생각이, 하루 중에도 숨을 돌릴 때마다 찾아왔다.

"아직 이직 계획은 안 세웠지?"

"네. 아무것도 정해진 게 없어요."

유진은 한쪽 입꼬리를 비스듬히 올려 웃었다.

"그럼 남은 기간 동안은 뭘 할 예정이야?"

부장님이 핸드폰을 바지 주머니로 넣으며 말했다.

"아무 예정도 없어요. 정말로 쉬어야겠다는 생각뿐이에요."

"부럽네-."

그가 목소리를 키워 말끝을 길게 뺐다. 소리가 너무 컸다는 걸 알아차린 그는 유진을 향해 웃는 얼굴을 내밀더니 다시 작게 말을 이었다.

"나였으면 멀리 떠났을 거야."

"부장님, 쉬고 싶으신가 봐요."

유진은 하하 하고 경쾌하게 웃으며 대답했다.

"그럼. 늘 그렇지. 그런데 아빠는 쉴 수가 없잖아."

순간 엘리베이터가 도착했고, 문이 열리자, 부장님은 유진에게 오른손을 내밀었다. 유진은 왼손과 허벅지로 박스를 받쳐 들고선 부장님이 내민 손을 잡았다. 둘은 맞잡은 손을 천천히 흔들었다.

"조심히 들어가고, 나중에 보자고."

"네. 감사했습니다."

유진은 깊게 허리를 숙여 인사하고, 엘리베이터에 올라탔다. 그녀는 문이 닫히기 전까지 그에게 안녕을 비는 미소를 보냈다. 문이 완전히 닫히기 전, 그녀의 눈동자가 흐릿한 배경이 되어버린 사무실을 전경을 쓱 훑고서 박스 안으로 향했다. 일층에 도착하기 전까지, 고개는 쉽게 들리지 않았다. 그녀는 이곳이 언제쯤 잊힐지 막연하게 가늠해 보고 있었다.

지난 시간 동안, 유진은 영준 생각을 하지 않은 건 아니었다. 어쩌다 전 세계적으로 전염병이 퍼졌고, 그래서 기존의 규칙들은 무너지고, 새로운 규칙들이 세워졌다. 그래서 모두가 몸을 사리느라 조금 더 정신이 없었을 뿐, 유진은 여전히 그를 떠올렸고, 때로는 그가 나오는 꿈도 꿨다. 그녀는 몇 년간 사랑했던 사람을, 마치 뇌에 물리적인 충격을 가한 것처럼 단번에 잊을 수 있다면, 그게 더 놀랍고 이상할 거라고 여겼다.

추억은 아주 자연스럽게, 위에서 아래로 흐르는 물처럼 그렇게 흘러갔다. 그리고 그 물, 그 기억의 끝이 바다로 향할지는 유진도, 그 누구도 알 수 없을 터였다. 그녀도 그 자연스러운 흐름을 따라 그저 그를 그렸다. 어떤 음악을 들을 때면, 홍콩 풍경이 눈 앞에 펼쳐졌고, 영준은 다시 그녀의 가슴속에 태어났다. 그러면 유진은 남몰래 울다, 또 어느 때는 웃었다.

밤이면 그의 기억이 그녀의 가슴을 더 깊이 갈랐다. 하지만 혼돈 속에서 고통은 견딜만한 것으로 점차 변해갔다. 그가 걱정되지 않는 것은 아니었다. 뉴스는 홍콩 전역에 코로나가 빠르게 퍼지고 있다고 전했다. 사람들은 재택근무를 시작했다지만, 집요하고 지독한 이 바이러스도 갇혀 있는 건 아니라 했다. 세계적으로 감염자 수는 점점 늘어났고, 병원은 손이 모자랐으며, 국경들은 봉쇄되었다. 하루는 유진은 저도 모르게 영준의 번호를 눌렀지만, 걱정만으로 그에게 연락할 명분이 생기지 않는다는 걸 깨닫고는, 조용히 화면을 꺼버렸다. 며칠 뒤엔 그의 연락처를 완전히 지워버렸다.

그렇게 겉으로는 그를 모르던 시절로 돌아간 것처럼, 그녀는 그가 없는 시간을 흘려보냈다. 모든 것이 아주 차근히 제자리로 돌아가기 시작했고, 유진에게도 이 회사를 떠날 순간이, 딱 들어맞는 옷처럼 알맞게 찾아왔다. 사실 조금 더 일찍, 완전한 여름이 오기 전에 퇴사하고 싶었지만, 눈물겹게 황홀한 날씨는 짙은 그리움을 피우고, 시간과 젊음만을 시들게 할 터라는 걸, 유진은 모르지 않았다.

"나였으면 멀리 떠났을 거야."

강남대로를 걸으면서, 그녀는 부장님의 말을 입으로 꺼내보고, 또 머리로 따라가 봤다. 여전히 여행길이 막힌 나라들도 있었기에, 맘 놓고 쉴 수 있다면 집 근처도 전혀 상관이 없다고 여겼었다. 그런데 부장님의 말, 아빠는 쉴 수 없다는 그의 말이 계속 그녀의 마음에 덜컥 걸렸다. 이제 미래는 색이 짙은 셀로판지처럼 투명한 듯 불투명했지만, 시간이 지날수록 혼자 여행할 수 있는 기회가 줄어들 것이라는 건, 너무나 분명한 사실이었다.

집으로 향하는 택시 안에서 유진은 핸드폰으로 '홍콩 입국 절차'라고 검색했다. 그리고 전염병 검사를 포함한 해외 여행 정보를 꼼꼼히 찾아 읽었다. 주변에선 차들이 경적을 울리고, 라디오에선 요란한 트로트가 흘러나왔지만, 모두 성가신 배경음에 불과했다. 유진은 개인정보를 확인하고, 자가

격리를 해야 하는 등, 이전과는 전혀 다른 까다로운 과정이
생겼다는 것을 숙지하면서, 이 모든 것을 잘 통과할 수 있을
거란 희망을 품었다.

집에 도착하자마자 그녀는 해리에게 자신의 계획을 전했다.

[어딜 간다고?]

[홍콩.]

[도대체 왜?]

[전엔 출장이었으니까.]

유진은 책상에 허리를 기대며 은은한 미소를 지었다.

[나 같으면 홍콩에서 젤 먼 곳을 갈 텐데 말이야. 게다가
지금 삼 주는 자가격리를 해야 한다잖아.]

[곧 일주일로 바뀐다더라고. 벌써 다 알아봤지.]

유진의 마지막 메시지 옆에는 읽지 않았다는 표시가 계속
떠 있었고, 그건 한동안 없어지지 않았다. 하지만 그녀의 머
리는 홍콩의 여름 속에서, 끊임 없이 이어지는 혼자만의 웃
음소리를 떠올리고 있었다.

***

### 〈다음 해 6월.〉

이번 여행은 꽤나 긴 여행이었다. 격리기간까지 더하면 무려 삼 주간의 여행이었다. 유진은 영준과 홍콩을 다녀온 이후로 해외 출장을 두어 번 다녀왔지만, 홀로 여행을 가는 건 처음이었다.

삼 년 전, 그때 공항에 가는 길처럼, 유진은 설렘으로 한껏 들떠 있었다. 무엇보다 혼자라는 사실과 바이러스가 이전보다 잠잠해지고 있다는 사실은, 속에서 탄산이 터지는 것처럼 통쾌하기까지 했다. 그녀는 모든 걸 홀로 계획했고, 또 모든 걸 홀로 할 예정이었다. 소설이나 영화에나 등장하던 당찬 여성이 된 것 같은 착각이 그녀의 손목을 잡은 채로, 공항까지 졸졸 따라다녔다.

영준의 생각이 나지 않는다는 거짓말은 여전히 할 수 없었다. 하지만 이곳에 가는 것이 그를 잊는 과정의 일부일 거라 여겼다. 어쩌면 이곳에 가기 때문에 그를 잊는 속도는 가속화될 터였다. 유진은 그런 자신의 생각들을 믿었다. 이제 그녀는 과거보다 스스로를 더 굳게 믿을 수 있는 사람이 되어있었다.

비행기를 타고, 내리고, 입국 심사를 받고... 그때와 같은 건 하나도 없었다. 일단 사람들은 전부 마스크를 끼고 있었고, 어딘가를 통과할 때마다 손과 몸에 소독제를 뿌렸다. 그리고 어떤 방식으로든 개인정보를 남겨야 하는 경우도 있었

243

다. 홍콩에서도 마찬가지였다. 유진은 미리 받아둔, 바이러 스를 보유하고 있지 않다는 확인서를 여기저기에 들이밀어 야 했고, 때로는 간이 검사를 받았다.

호텔에 도착해서는 일주일이라는 격리가 시작됐다. 유진 은 침대와 티브이가 놓인 책상, 그리고 작은 냉장고가 있는 아주 작은 방을 하나 배정받았고, 그곳에서 꼬박 일주일을 보내야 했다. 벽에 붙은 책상 옆의 작은 창밖으로는 온통 높 은 건물만이 보이는 곳이었다. 이런 위기 속에서도 그 건물 들은 한 덩어리인지 구별되지 않을 정도로 빽빽하게 서로에 게 바짝 붙어있었다. 처음 이틀간, 유진은 알아서 제공되는 도시락으로 끼니를 해결하면서, 뼛속까지 스민 지루함을 이 기려 끊임없이 할 일을 찾았다. 그녀는 알아듣지 못하는 말 이 나오는 뉴스나 드라마를 멍하니 시청하다가, 음악을 듣 고, 챙겨온 책을 읽었다.

사흘쯤 지나니 이런 격리자로서의 생활도 나쁘지 않다는 생각이 들기도 했다. 그리고 그건 음악과 책 덕분일지도 몰 랐다. 유진은 하얀 침구로 뒤덮인 침대 위에 엎드려 한국 인 디밴드의 모든 앨범에 수록된 노래를 전부 들으면서, 〈먹 고, 기도하고, 사랑하라〉를 읽었다. 책의 마지막 장을 넘길 때, 유진은 격리가 끝나면, 책의 주인공처럼 신나게 먹고, 여 행하고, 기도하리라 결심했다. 그러나 주인공이 실연을 극복 하고 다시 이루었던 사랑은, 그 사랑만큼은 이곳에서는 따라 할 수 없을 거라는 마음이 들었다. 유진은 책을 닫으며 오른 손을 위에 잠시 표지 위에 올려두었다. 그 책과, 자신의 손안 에 모든 추억이 소중히 들어있는 것처럼 그랬다.

***

격리가 끝나자, 그녀는 바로 침사추이로 향했다. 그러곤 가져온 돈을 쇼핑하고, 길거리 음식을 먹는 데에 거의 탕진했다. 그녀는 명품 브랜드 매장이 줄지은 거리로 가서 눈앞의 매장부터 한군데씩 차례로 들렀고, 거리의 끝에 있는 곳에서 검정 가죽 가방을 구입했다. 가운데 황금색의 고리가 달린 가방이었다. 유진은 그 가방이 든 쇼핑백을 어깨에 당당히 메고, 화장품을 파는 곳으로 옮겨갔다. 한국에서 꿈만 꾸고 사지 못했던 고급 립스틱들이 그녀의 두 손에 가득 들려 있었다.

그녀의 양쪽 어깨, 그리고 팔은 엉킨 쇼핑백의 가느다란 줄들이 짓누르고 있었다. 저녁이 오기 전까지, 그녀는 한 손에 망고 주스, 그리고 호콩 와플 같은 길거리 간식들을 번갈아들며, 근처 상점들의 쇼윈도를 구경했다. 간식 하나가 사라지면, 그녀는 또 바로 다른 먹을거리를 사 들고 쇼윈도 앞을 얼쩡거리며 마치 티파니에서 아침을 먹는 오드리 헵번인 것처럼 굴었다.

잠시 호텔에 들러 짐을 내려둔 유진은 완전한 어둠이 찾아왔을 때, 페리를 타러 나갔다. 바람을 가르며 달리는 페리와 한 몸이 된 그녀는, 두 팔을 벌린 채로 몸을 물결의 곡선처럼 부드럽게 흔들었다. 그녀의 의식마저 움직임에 전부를 맡긴 것처럼, 자유롭게 흘렀고, 색이 빠져 짙은 갈색으로 변한 그녀의 머리카락은 휘날리며 익살스럽게 살을 간질였다. 유진은 잠시 마스크를 벗고, 지난 이 년간 지어본 적 없는,

잃어버린 행복의 밝은 색을 띤 미소를 지었다. 살짝 떠진 눈에 담긴 침사추이의 야경은 숨 막히게 아름다웠다. 건물에서 쏟아지는 형형색색의 빛들이 그녀에게 찬란한 환영의 인사를 건네고 있었고, 비록 혼자일지라도 발아래엔 물이 흐르고 있었다.

그녀는 이틀 내내 저녁이 오면 페리만 탔다. 하루는 침사추이 야경 사진을 찍고 있었다.

"안녕하세요?"

그녀의 곁으로 금발의, 파란 눈을 가진, 키가 훤칠한 백인 남자가 걸어와 인사를 건넸다.

유진은 그를 향해 고개를 돌렸고, 바람에 머리카락이 얼굴 뒤로 쏠리듯 날렸다.

"여기 여행 오셨나 봐요?"

남자가 환한 미소를 지으며 물었다.

"네. 맞아요"

"저는 홍콩에서 회사를 다니거든요."

그는 유진이 영어를 할 줄 아는 사람이라는 알고 있던 것처럼, 유창한 영어로 말을 건넸다.

"그래서요?"

"혼자 여행 오신 거라면, 저랑..."

유진은 그의 말이 끝나기도 전에 가볍게 웃으며 손사래를 치고, 등을 돌렸다. 어쩌면 오늘, 새로운 사랑의 기회가 그녀에게 주어진 것일지도 몰랐지만, 유진은 죄짓는 기분이 들었다. 그리고 그녀는 그건 자신 가슴의, 사랑이 채우는 공간이 아직 완전히 비어있지 않아서라고, 스스로 인정했다.

남자는 다시 영준을 떠올리게 했고, 그래서 유진은 일부러 더 많은 관광지를 다녔다. 근처의 유명 관광지들은 마음 내키는 대로 아무렇게나 찾아가 배회하다가, 힘에 부치면 침사추이 중심에 위치한 공원으로 향했다. 공원 안에는 호수가 있었고, 유진은 그 주변의 벤치에 앉아 초록빛으로 물든 호수를 바라봤다. 그러면 그녀는 지극히 안전한 곳에 있다고, 마음이 놓이는 걸 느꼈다.

　　여행을 시작한 지 삼 일 후, 유진은 해변으로 향했다. 영준과 비행기에서 이야기를 나눴던 곳이었다. 그곳에서 아직 수영할 수는 없었지만, 유진은 근처 펍의 테라스에 앉아 연한 황갈색으로 빛나는 모래사장을 보고 있었다. 더 멀리로 시야를 옮기면, 짙은 에메랄드빛의 가늘고 흐린 수평선이 보였다.

　　그녀의 앞에는 오렌지색의 칵테일이 한 잔 놓여있었다. 그녀는 간혹 잔에 꽂힌 오렌지 껍질을 손끝으로 만지며 미소를 지었다. 그녀가 잠시 마스크를 내리고, 칵테일을 한 모금 마시려는 순간이었다.

　　"데킬라 선라이즈네요?"

　　어느 나라 사람인지 명확하게 구별이 되지 않는, 이국적인 외모의 남성이 유진에게 다가왔다. 그는 겉이 코팅된, 알의 아래가 둥근 선글라스를 끼고 있었다. 피부는 해에 잘 그을려있었고, 머리는 모래사장에 난 주름처럼 부드럽게 구불거렸다. 그가 입고 있는, 반만 잠긴 카키색의 셔츠 사이로 다부진 가슴 근육이 보였다.

　　"네. 맞아요."

"저도 제일 좋아하는 칵테일이거든요."

남자가 마스크를 손으로 살짝 내렸고, 유진은 눈꺼풀을 치켜 올렸다. 반짝이는 태양에 그의 피부 가 금빛으로 반짝였다.

"사실, 누구라도 좋아할 맛이죠."

유진의 입 끝이 살갑게 변했다.

"맞아요. 저는 저기 호텔에 묵고 있거든요."

남자가 손으로 해변의 왼쪽 끝을 가리키며 말을 이었다.

"제가 묵는 호텔 꼭대기에 가면 큰 수영장이 있어요."

"그래요?"

"네. 그 옆에서 신나는 디스코 음악을 틀어주고, 칵테일을 무료로 주죠. 무제한으로요. 물론 데킬라 선라이즈도 있고요. 코로나 때문에 파티 같은 건 열 수 없지만, 그래도 사람들이 군데군데 있어서 심심하지 않은 분위기예요."

그의 낮은 목소리와 억양 섞인 영어에 유진의 귀가 쫑긋했다.

"멋지네요."

"원하시면 제가 초대해 드릴게요. 가서 수영을 하고, 목이 마르면 물 밖으로 나와서 데킬라 선라이즈를 원하는 만큼, 함께 마시는 거예요."

그의 말이 끝나자마자 저 멀리에서 앞이 날카로운 모양의 빨간 스포츠카가 한 대 다가오는 소리가 들렸다. 차는 펍 근처의 길가에 멈춰서면서 요란한 소리를 냈다.

"젠장."

남자의 고개가 그곳으로 향하더니, 작게 속삭였다. 어떤 순간적인 이상한 느낌에, 유진은 미간을 깊게 찡그렸다. 유진은 이내 마스크를 올려 쓰면서, 흔들리는 남자의 눈동자를 관찰했다. 차 문이 열렸다 닫히는 소리가 나더니 멀리서 노란색의, 기장이 긴 민소매 원피스를 입은 여성이 남자를 향해 뛰어 오는 게 보였다.

"당신, 지금 제정신이야?"

여자가 소리쳤다.

"제정신이라니?"

남자가 두 손바닥을 활짝 펴서 어깨 가까이로 들어 올렸다.

"도대체 언제까지 그렇게 난잡하게 살 거야?"

"난잡하다고? 고작 대화 한마디 나눈 거 가지고?"

"당신이 그러다 바람 난 게 한두 번이야? 도대체 이 새파랗게 어린 계집애는 또 어디서 데리고 온 거야?"

여자가 유진에게 삿대질하며 소리치다 말을 이었다.

"이젠 내가 이런 젖비린내 나는 애를 상대로도 싸워야 하는 거야?"

유진은 다시 마스크를 조금 내리고, 잔을 들어 칵테일을 홀짝였다. 그리고 이어폰을 꺼내 귀에 꽂았다. 그 모습을 본 여자는 남자의 팔을 질질 끌고 다시 차로 향했고, 유진은 의자에서 일어나 자리를 뜨려 했다. 그때 뒤에서 차가 출발하는 것 같더니, 동시에 파괴적으로 뭔가를 들이 받는 소리가 짧고 크게 울렸다. 주변의 사람들은 둘 중 하나였다. 경악을 하며 소리가 난 곳으로 달려가거나, 아니면 소리를 잃고 가만히 서 있거나. 사람들의 반응으로 봐선 작은 사고가 아닌 듯 했다. 하지만 유진은 그저 숨을 참고, 깊은 인상을 쓴 채로 앞을 보며 걸었다.

그녀는 그길로 마카오로 향했다. 낮에는 세인트 폴 대성당 앞의 계단 꼭대기에 앉아서 아이스크림을 먹으며 풍경 사진을 찍었고, 저녁이 되면 분수대 앞으로 향해 아롱거리는 금빛 불빛 속을 맴도는 사람들을 관찰했다. 새벽엔 호텔 도박장으로 갔다. 그녀는 밤새도록 슬롯머신에 돈을 넣고, 신나게 버튼 누르기를 반복했다. 유진은 남아있던 돈의 반을 날렸고, 호텔을 빠져나오면서는 윗머리를 두 손으로 쥐어뜯었다. 그럼에도 시원한 웃음이 얼굴을 떠나지 않았다. 그녀의 안에서 진심으로 우러나오는 웃음이었다. 유진은 지금 자신이 누리고 있는 이 모든 걸 위해서는 그 정도는 잃어도 된다는 생각을 하고 있었다.

마카오에서 다시 침사추이로, 그리고 삼 년 만에 다시 완차이로 향할 때도, 그녀의 머릿속에는 카지노에서 환호를 지르던 사람들의 목소리가 울려댔다. 그 자유로운 웃음소리는 마치 어떤 경이로운 음악을 최초로 듣는 순간처럼, 그녀의 뇌리에 뿌리 깊게, 단단히 박혀 있었다.

다음날 그녀는 완차이의 컨벤션 센터로 향했다. '그 육교'로 가기 위해서였다. 주변은 많은 것들이 달라져 있었다. 그때 있었던 상점들은 문을 닫은 곳도 있었고, 화려했던 간판들의 색은 군데군데가 힘없이 바래 있었다. 그럼에도 육교와 파란 하늘은 여전히 같은 곳에서 그녀를 기다리고 있었다. 육교 앞에 다다른 유진은 손으로 이마의 땀을 한 번 닦고선, 계단에 발을 올렸다. 고개를 옆으로 돌린 채로, 그녀는 천천히, 발을 번갈아 가며 계단을 하나씩 올랐다. 한 칸씩 오를 때마다 눈으로 맞이하는 풍경은 점점 넓어지고, 소리는 먼지처럼 아래로 가라앉았다. 육교의 중앙에 서자 유진의 얼굴에는 흡족한 미소를 지어졌다.

그곳에서 그녀는 사진을 찍었다. 수십장을 찍었다. 그렇게 10분, 그리고 20분이 넘는 시간을 사진만 찍었고, 다시 내려가서는 근처의 아무 카페나 찾아 들어갔다. 유진은 홍콩식 토스트를 먹으면서, 챙겨온 프린터로 찍은 사진들을 인쇄하고, 핸드폰 메모장에 뭔가를 기록했다. 해가 떨어질 무렵에는 시간을 죽이려 거리를 어슬렁거리면서, 이전과 달라진 것들을 머리에 아로새겼다. 하늘이 불타오르자, 그녀는 다시 육교를 올랐다. 아까 섰던 그 자리에서, 그녀는 석양이 넓게 번진 완차이의 사진을 여러 각도로 찍었다.

"여전히 비현실적이야."

유진은 눈을 살며시 감으며, 고개를 가로저었다. 영준이 없어도, 이곳은 여전히 충분하게 아름답다고 느끼는 순간이었다. 얼굴의 옆쪽에서 따듯한 바람이 불어왔고, 그녀의 하얀 원피스의 끝자락이 부드럽게 반대편으로 날렸다.

매일 바쁘게 돌아다닌 탓인지 몰랐다. 또 다른 아침은 급하게 찾아왔고, 유진은 미드레벨 에스컬레이터를 타고 소호 거리로 가려던 계획을 바꿨다. 정오가 다 되도록 그녀는 이불 안에 틀어박혀 잠을 잤다. 아침도 거른 채였다. 배가 고파 자동으로 정신이 차려질 때가 돼서야 몸을 일으켰다. 그녀는 대충 끼니를 해결하고, 오후 네 시가 한참 지나서 에스컬레이터로 출발했다.

그 앞에 도착했을 땐, 아무 생각도, 질문도 들지 않았다.

사람들은 빠른 속도로 번진 물감이나 잉크의 끝처럼 흐릿하게 유진의 앞을 스쳐 지나갔고, 그 풍경 속에서 추억만이 되살아나 거칠게 숨을 내쉬고 있었다. 유진은 보이지 않는 에스컬레이터의 꼭대기를 찾아 고개를 슬며시 들었다.

"여기에 다 내려놓고 가는 거야."

그리고 그 끝을 향해 말했다.

"그럴 수 있을까?"

어딘가에 숨었던 의심이 고개를 내밀고, 심장은 고동쳤다. 정신을 똑바로 차리지 않으면, 이곳에서 또 넘어지는 건 놀랄 일도 아닐 터였다. 유진은 이내 마음을 다잡고, 멈칫했던 팔과 발을 움직여 에스컬레이터에 올랐다. 에스컬레이터가 올라갈수록 이유 없이 생겨난 작은 기대감에, 유진은 장난스럽게 눈을 찡그려졌다.

어떤 신호가 이쯤이라고 알려왔을 때, 그녀는 눈을 떴다. 시야에는 '그 피자가게'가 있었다. 그녀는 홀로 수줍게 입을 오므리고선 다시 눈을 감았다. 그렇게 한참을 또 올라가다 자신이 넘어졌던 그 지점에 발이 닿았고, 유진은 다시 눈을 뜨면서 여름에 완전히 녹아든, 빛나는 미소를 지었다.

그런 그녀를, 오른편 계단에서 내려오던 한 남자가 지켜보고 있었다. 익숙한 검은 머리, 짙은 눈썹을 가진 남자였다. 위로 올려 쓴 마스크에 눈은 반도 보이지 않았다. 유진은 설마, 하고 파고들듯 한 강렬한 시선으로 그의 눈동자를 찾다가 시선을 거뒀다. 남자는 다시 계단을 내려가기 시작했지만, 익숙한 발소리는 환청처럼 유진의 귓가를 불안하게 서성였다.

유진이 고개를 조금 돌리자, 시선의 끝에 흰 셔츠를 입은 남자의 등이 보였다. 아닐 거야, 그녀는 속으로 그렇게 말하며 쳐다보지 않으려 애썼지만, 곧 자신은 무의식적으로 남자의 뒷모습을 살피고 있다는 걸 깨달았다.

유진은 천천히, 점점 더 위로 올라가며 그에게서 멀어졌다. 남자는 저 멀리 아래에서 마치 얇고, 긴 실처럼 변해 사라지고 있었다. 그가 시야에서 완전히 벗어나기 바로 직전이었다. 그가 뒤를 돌아 유진을 바라봤고, 순간, 유진은 그때 그가 영준이라는 것을 알아차렸다. 에스컬레이터는 계속 위로 향하고 있었다. 그 순간을 위해 속도를 늦춘다거나, 아니면 잠시 멈춰 선다거나, 그런 세상의 배려는 존재할 리가 없었고, 앞만 보고 달려가는 시간의 흐름 속에서 유진은 그를 쫓아가야 한다는, 그런 생각은 단 1초도 할 수 없었다. 그녀는 그저 무력하게, 계속 위로 올라가고 있을 뿐이었다.

멍한 얼굴의 유진이 꼭대기 근처에서 멈춰 섰다. 그녀는 그곳에서 몸을 완전히 틀고서, 흔들리는 눈동자로 마치 영화 속에서 순식간에 펼쳐진 것 같은, 넓은 풍경을 내려 보고만 있었다. 곧 그녀의 눈은 누군가를 찾으려 간절하게 움직였지만, 영준은 어디에도 없었다. 그녀는 입술을 포갠 채로, 한 번 더 눈에 힘을 주고, 세상을 샅샅이 뒤졌다. 하지만 그는 이미 모습을 감춘 뒤였다.

열이 올랐다 식은 것처럼 그녀의 몸에 흐르지 않는 땀이 퍼졌고, 세상은 회색 비구름이 몰려들듯 급격하고, 서글프게 흐려졌다. 다리는 힘이 빠지더니 바싹 마른 나뭇잎처럼 서늘하게 흔들렸다. 이내 무릎이 앞으로 미세하게 굽었다.

한참이 지나고 나서였다. 유진은 '완전한' 이별이 이렇게 찾아왔다는 생각에 자신을 가둔 채로, 가만히 서 있던 참이었다. 몸을 움직이는 방법은 알고는 있었던가? 그런 건 소실되어 버린 것만 같았다.

"유진아."

그때 꿈속에서나 듣던 목소리가 불쑥, 예의 없게 들려왔다. 그녀의 눈동자가 환멸을 품은 연기처럼 비틀거리다 바닥으로 툭 떨어졌다.

"유진아. 너 맞지?"

헐떡이는 숨과 섞인 목소리가 다시 귀에 닿는 순간, 잿빛이던 세상은 달리기를 하듯 순식간에 초저녁의 황홀경 속으로 빨려 들어갔고, 유진은 화들짝 놀라 고개를 돌렸다. 그녀의 앞엔 얼굴을 드러낸 영준이 있었다. 여전히 그녀의 심장을 울리는 그가 있었다.

"여긴…."

영준이 유진의 어깨를 잡았다. 그가 지난날처럼 손에 힘을 주고선 그녀의 몸을 슬며시 일으켰다.

"너 같아서 뛰어왔지."

그가 그녀의 몸을 잠시 놓아주며 말했다. 그의 손은 위로 미끄러지듯 유진의 두 뺨으로 향했고, 곧 그의 부드러운 손이 그녀의 얼굴을 감쌌다. 그녀의 살에 닿은 그의 손, 그의 목소리, 그리고 그가 헐떡이며 내쉬는 숨, 이 모든 것에 과거는 다시 피어나며 그녀의 모든 자제력을 앗아갔고, 유진의 고개는 힘없이 영준의 어깨 위로 쓰러졌다.

"내가 어떻게 널 두 번이나 놓치겠어?"

영준이 유진에게 나직히 속삭였다. 그의 숨인지, 아니면 여름 바람인지 알 수 없었다. 그러나 그녀의 귀 끝에 따뜻함 고였다 사라졌고, 이제 그 자리에 남은 건 그의 목소리, 그의 목소리가 만들어낸 말, 그리고 그 말 속의 의미 뿐이었다.

유진의 눈가가 뜨거워졌다. 그녀는 곧 눈물이 차오르리라는 것을 알았다. 하지만 순간을 망칠까, 애써 뒤엉킨 감정들을 누르고, 눌러 참았다. 그러면서 그녀는 속으로 생각했다.

자신의 여름 꿈은 지금, 이 순간부터 다시 펼쳐질 거라고...

# 9. 그 후

## 9. 그 후


두 사람은 손을 잡고 있었다. 산뜻한 어스름이 깔린 이른 저녁이었다. 침사추이의 거리는 사람들로 북적거리고, 차도엔 형형색색의 차들이 뜨거운 열기를 하늘로 내뿜으며 길게 줄을 서고 있었다. 영준의 차를 끌거나, 아니면 집 근처에서 택시를 타도 됐지만, 두 사람은 굳이 그러지 않았다. 연애 초기처럼 여전히 손을 잡고, 거리를 한참 걸어 다니는 게 좋은 두 사람이었다. 걷기 시작한 지는 삼십 분이 다 되어 갔다. 이쯤이면 맞닿은 손은 땀으로 끈끈하고 동시에 미끈거리기도 했지만, 그렇다고 유진도, 영준도, 그 어느 쪽도 먼저 손을 놓지 않았다.

"저 카페는 당신 부모님 댁 근처에 있던 그 카페랑 되게 비슷한데?"

유진이 영준을 향해 고개를 비틀어 들며 말했다. 그녀의 눈동자가 짧은 횡단보도의 끝, 거기서 두 번째에 있는 건물을 가리키고 있었다. 윗머리의 반을 모아 묶은 그녀의 가느다란 머리카락의 끝이 왼쪽 어깨를 스치며 건드렸다.

"그러게? 저기만 보면 서울이라고 해도 믿겠어."

영준은 잡아 모은 두 사람의 손을 자신의 가슴 앞으로 끌어당기며 미소를 지었다.

"벽이 레몬 빛인 것도 비슷한데, 심지어 창문도 원목으로 되어있어."

두 사람은 동시에 인도의 안쪽으로 몸을 움직이며 카페의 가까이로 향했다. 삼분의 일쯤 열린 아치형 원목 창 안에서 고소한 커피 향이 잔잔한 재즈에 섞여 새어 나오고 있었다. 유진의 눈이 카페 안을 유심히 살폈다. 창 근처에서 커피를 뽑아내는 바리스타의 움직임, 그리고 그의 앞에 있는 커다란 은빛의 커피 머신... 그녀는 그 카페의 구석구석을 서울에서 갔던 곳과 면밀히 비교하고 있었다.

두 사람은 육 개월 전에 함께 서울에 다녀왔고, 그건 영준의 부모님과 형을 만나기 위해서였다. 첫 만남은 어색했지만, 며칠 뒤, 다 같이 모인 자리의 분위기는 순조롭고 유쾌한 대화로 가득했으며, 두 사람의 눈빛은 서로의 밝은 미래를 비추는 것처럼 투명했다. 적어도 영준의 형, 성준의 퇴사와 투병 소식을 전해들은, 마지막 날 전까지는 그랬다.

"전시가 끝나고 들러서, 커피 한잔할까?"

영준의 눈동자가 유진의 굴곡진 이마, 그리고 그 아래에 놓인 동그란 눈을 쫓다 물었다.

"그럼 너무 늦은 시간일 텐데, 괜찮겠어?"

"내일은 일요일이니까."

"음."

유진은 앞턱을 위로 조금 당겼고, 그녀의 눈동자는 아주 잠시, 생각을 하는 동안 초점을 거침없이 내던졌다. 그녀의 눈빛이 다시 살아남과 동시에, 입이 부드럽게 벌어졌다.

"그러지 않는 게 좋겠어. 그러다 당신이 또 잠에 못 들면 안 되니까 말이야."

그녀는 몸을 영준을 향해 틀고선, 잡지 않은 손으로 그의 뺨을 부드럽게 쓰다듬었다. 두 사람은 눈을 맞췄고, 유진의 그 말에 영준은 아무 대답도 하지 않았다.

십 분 정도를 더 걷자, 열대 개의 일정한 간격으로 땅에 설치된 조명으로 빛나는, 겉이 하얗고 크기가 커다란 건물이 나타났다. 그 일대의 건물 중에선 가장 넓이가 넓은 건물이었다. 색은 정확히 말하면, 도화지처럼 하얗기보다는, 그런 깨끗한 하얀색과 상아색의 중간쯤이었다. 건물의 전체는 자를 대고 칼로 깎은 듯 반듯하고, 모서리가 날카로웠다. 외벽에 난 창은 몇 개 없었지만, 전부 크기가 크며 코팅을 해서 내부가 보이지 않을 정도로 어두웠다.

이곳에선 몇 년 만에 빈센트 반 고흐의 특별 전시회가 열리고 있었다. 비록 진짜 그림은 없는, 사진이나 영상을 튼 디지털 아트 전시회였지만... 전시가 시작된 날부터, 해가 떨어지고 세상에 어둠이 깔리면, 건물의 뒤의 정원으로 사람들이 모여들었다. 물론 전시회 입장권을 산 사람들이었는데, 건물의 뒷벽을 캔버스 삼아 띄워진 고흐의 해바라기 그림을 보기 위해서였다.

대화를 나누던 유진과 영준은, 건물 뒤에서 파란색과 노란색의 빛이 적절하게 섞여 만들어진 녹색 광선이, 건물의 테두리 위로 삐죽 튀어나오는 순간, 걸음을 재촉했다. 둘은 손을 놓지 않은 채로, 여전히 끊임없이 시끄럽게 울리는 신호등의 소리를 따라 길을 건너 그곳으로 향했다.

"진짜가 아니어도 너무 멋진데."

눈에 전부 들어오는 그림을 보자마자 영준이 감탄했다. 두 사람은 정원의 한가운데에 서 있었고, 마치 그들이 그 전시회의 연 커플인 것처럼, 사람들이 둥글게 둘러싸고 있었다.

두 사람은 경외와 진심이 어우러져 환희로 빛나는, 쌍둥이처럼 똑같은 표정을 짓고 있었다. 두 사람의 몸, 그리고 고개와 눈도 같은 방향을 나란히 보고 있었다. 서로가 지금 이 순간, 같은 곳에서 같은 해바라기 그림을 바라보는 건 절대 우연이 아닐 터였다. 두 사람은 한참을, 벽에 비친 그림을 관찰했다. 고흐가 칠한 별처럼 노란 꽃과 화병, 그리고 그 그림을 구성하는 촘촘하고 자유롭지만 동시에 어떤 법칙이 있는 듯한 유연한 선들을...

"당신과 함께 있는데, 그런 게 뭐가 중요하겠어? 사실, 진짜면 더 좋긴 하겠지만 말이야."

유진이 고개를 영준의 팔에 기대며 말했다.

그녀는 그림을 보면서, 영준의 고백을 떠올렸다. 결혼이라는 게 존재하지 않아도 자신을 만질 수 있는 여자는 유진이 유일하다는 그 말을 떠올렸다. 유진은 바닥을 향해 고개를 숙인 노란 꽃잎들, 그리고 그 꽃잎들을 받치는, 위로 희망차게 솟아오른 초록 잎들을 눈속 깊은 곳에 담았다. 그녀의 얼굴에 저도 어쩔 수 없는 미소가 지어졌다. 그런 고백을 떠올린다 한들, 유진은 그와 결혼하고 싶었고, 종국엔 그를 영겁까지 쫓아 사랑할 터였다.

두 사람이 홍콩에서 함께 산 지는 이 년이 되었다. 그리고 대화를 통해서, 이제 결혼의 때가 되었다는 단호한 결정을 내려둔 터였고, 한국에 있는 두 사람의 가족들, 그리고 해리를 포함한 친구들에게 알려둔 후였다. 반대하는 사람은 아무도 없었다. 영준의 안정적인 직장, 그리고 유진의 자유롭지만, 괜찮은 액수를 벌어들이는 프리랜서 번역가의 일은, 타인이 그들의 결혼에 간섭하는 걸 안전하게 막아주고 있었다. 설령 그러지 못해 어떤 반대가 있더라도, 두 사람은 세상에 맞설 준비가 되어있었다.

영준은 사람들이 슬슬 사라질 무렵, 유진을 마주 보고 서더니 그녀의 이마에 자신의 이마를 맞댔다. 그가 고개에 힘을 주자, 맞댄 살은 지그시 눌리며 온기로 더 따듯해졌고, 두 사람은 곧 어둠 속에서 길게 입을 맞췄다.

\*\*\*

집에 돌아온 시간은 열 시 정각이었다. 두 사람은 불빛이 깜빡이는 현관에서 한참 서로를 강하게 끌어안았다. 유진은 마치 화가 잔뜩 난 순간처럼, 가슴 아래쪽이 무언가로 뜨거워지는 걸 느끼고 있었다. 그 견딜 수 없는 힘에 그녀가 영준의 등을 누르는 순간, 영준이 고개를 비틀어 유진에게 격렬히 키스했다. 유진은 서둘러 신발을 벗고, 거실로 발을 들이밀었다. 그녀의 한쪽 손이 영준의 팔을 당겼고, 그의 발은 신고 있던 구두를 벗어 던지며, 그녀가 이끄는 대로, 그대로 안으로 끌려 들어갔다.

유진이 침대에 걸터앉자, 영준은 팔로 그녀 뒤의, 침대를 짚었다. 유진이 가볍게 몸을 눕혔다. 영준의 고개가 유진의 가슴 사이를 파고들 듯, 그 아래로 내려가면서 살의 향기를 깊게 들이켰고, 다시 위로 올라오면서 몇 번의 입맞춤을 했다. 그녀가 거친 숨을 뱉으며 두 손으로 그의 목을 끌어당기자, 영준의 두 손은 자신의 셔츠 단추를 풀기 시작했다.

그때, 영준의 주머니에서 핸드폰이 드르륵 소리를 내며 진동했다. 놀란 유진이 영준의 가슴을 손바닥으로 살짝 밀어냈다. 그녀가 몸을 일으키자, 영준은 핸드폰을 꺼내 화면을 확인했다.

"아버지야."

영준의 호흡이 잔잔해지더니 끝에는 완전히 음울하게 가라앉았다. 유진은, 뭔가를 예상한, 가련한 시선으로 그의 눈을 바라봤다. 통화 버튼을 누르려는 그의 눈동자가 잠시 허공을 떠돌다 다시 핸드폰 화면으로 옮겨갔다. 전화를 받자마자 그의 표정은 찌그러진 깡통처럼 구겨졌고, 다른 말은 없이, 영준은 핸드폰을 입에 바짝 대고 '네'라는 대답만을 여러 번 반복했다. 전화가 끊기자 그는 유진을 등지고 방을 나섰다.

유진은 방 문턱에 서서 거실을 바라봤다. 영준이 소파에 몸을 수그리고 앉아, 한 손으로 이마를 짚고 있었다. 그녀는 그에게 조심스럽게 다가가, 그의 어깨에 손을 올렸다. 곧 그의 손이 그 손을 잡았다.

[아무래도 다시 검사를 해봐야 할 것 같다.]

[검사 결과가 좋지 않은 것 같구나.]

[수술 날짜를 잡았다. 형을 보러 왔으면 좋겠다.]

[수술 결과가 많이 좋지 않다는 구나...]

영준의 허벅지 위에 올려진, 아직 꺼지지 않은 핸드폰엔 아버지가 보내온 메시지들이 연속으로 떠 있었다.

삶은 영준의 형, 성준에게 이른 나이에 너무 많은 것을 주었다 시기라도 하듯 모든 걸 급격하게 빼앗아 가고 있었다. 유진은 영준이 몇 달간, 종종 아예 잠에 들지 못하거나, 중간에 잠에서 깨는 걸 지켜보면서, 그의 가족의 삶이 손 쓸 수 없을 정도로 빠르게 무너지는 걸 전해 듣고 있었다. 원래 삶은 제멋대로 무언가를 선사했다가 또 제멋대로 앗아가는 법이었고, 세월이 흐를 수록 모두는 점점 잃기에 익숙해져야 했지만, 곧 다가올지도 모르는 이런 상실은 이 둘이 전혀 기대한 것이 아니었다.

"먼저 형에게 가봐야 할 것 같아."

영준은 떨리는 목소리로 말했다. 그는 고개를 들지 않았고, 유진은 어쩌면 그가 눈물을 흘리고 있을지도 모른다고 여겼다. 유진은 아주 조용히, 무거운 공기 속에서 그의 등을 쓸었다. 그녀는 부드럽게 그의 등을 매만졌지만, 영준마저 그렇게 느낄지는 불분명했다. 그는 한동안 아무런 반응이 없다가, 조용히 말을 이었다.

"어쩌면 우리 결혼은 미뤄야 할지도 모르겠어."

떨리는 그의 목소리에 유진은 영준을 부둥켜안을 뿐, 어떤 말도 보탤 수 없었다. 그녀는 그저 그에게서 자신 내면의 가장 약한 곳의, 부서질 듯 흔들리는 그 일부를 보고, 느끼고 있을 뿐이었다. 유진은 잠시 뜸을 두고선 눈으로 그에게 말을 건넸다. 지금은 형과 당신을 위해서만 최선을 다하면 된다고... 영준은 마치 그녀의 말을 듣기라도 한 것처럼, 그녀의 가슴 위로 고개를 묻었다.

"나는 아직 형을 보낼 준비가 안 됐어. 가끔은 형이 영영 떠나 버리면, 그때부터 나는 어떻게 돼버릴지를 상상하곤 해."

그리고 말했다.

"그런데 그런 상상을 반복하면 반복할수록, 형을 잃은 삶은 이전과 같은 삶이 절대 아닐 거라는 확신을 하게 돼. 아무리 당신이 있어도, 나는 무너질지도 몰라. 그것도 아주 오랫동안..."

유진은 영준의 등에 닿은 모든 손끝에 힘을 줬다.

"더 견딜 수 없는 건, 그런 모습을 당신에게 보여야 한다는 거야."

영준은 고개를 더 깊게, 푹 숙였다. 그러곤 한참 뒤, 목을 꼿꼿하게 펴고서 유진을 눈을 마주 봤다.

"하지만, 설령 그렇더라도 이것 하나만큼은 꼭 알아줬으면 해. 나는 사랑하는 당신을 위해 반드시 다시 일어서고, 다시 살아갈 거라고. 더 강해져서, 다시 '우리'를 찾을 거라고."

영준이 숨을 크게 뒤로 감아 마시는 소리가 들렸다.

유진은 마치 이미 그가 떠나고 없는 것처럼, 감은 두 팔 속에 남아있는 가쁘게 울리는 그의 심장 소리를 들었다. 그리고 그녀는 알고 있었다. 모든 게 변해도, 지금 만지는 그의 살, 그리고 자신을 바라보는 이 눈빛, 상실과 세월 속에서 이런 것들이 이전과 달라진다 해도, 이 소리만 있다면, 그녀는 몇 번이고... 천 번이고, 만 번이고, 처음 그를 사랑한 순간으로 되돌아갈 수 있다는 것을...

*Fin.*

나의 사랑, 나의 전부.
그리고 나의 꿈.

작가의 말

먼저 읽어주신 모든 독자님께 감사의 인사를 드립니다.

〈작가의 말〉에는 책의 내용이 포함되어 있으니,
책을 다 읽은 후에 읽기를 추천합니다.

## 되돌리고 싶은 과거

2019년, 최초로 코로나바이러스 감염이 보고된 후, 세상은 완전히 달라졌다. 2024년이 된 지금, 아직도 생생하게 기억나는 건, 이 바이러스는 거대한 혼돈을 데려와 전 세계를 집어삼켰다는 것이다. 바이러스의 정체도 명확하지 않았을 뿐더러, 치료법도 없었고, 사람들은 감염되어 병원으로 실려 갔고, 사망자 수는 늘어만 갔다. 의료진들은 수가 부족했고, 공공기관, 회사, 학교, 공공시설... 더이상 집 이외에는 갈 수 있는 곳이 없었다. 사람들은 집에 고립되었고, 국가 간의 이동 경로도 봉쇄되었다.

나는 밖으로 나가는 게 가능하지 않던 그 시기, 집에서 무얼 했는지 잊었다. 분명 무언가를 했을 터였다. 식사를 하고, 가족들과 함께 뉴스를 통해 상황을 예의주시하며 마음을 졸였을 수도 있고, 아니면 책을 읽었을 수도 있겠다. 그런데 '아무것도' 기억이 나질 않는다. 그만큼 나에게, 그리고 어쩌면 다른 사람들에게도 그때는 '잊고 싶은 정도'로 괴로운 시기였을 터다.

바이러스가 잠잠해지고, 마스크를 끼고 밖으로 나가게 된 때가 있었다. 정확히 언제인지는 기억나진 않지만, 사람들은 집이 아닌 곳을 거닐 수 있었고, 맑게 갠 하늘을 보고, 땅 위를 밟을 수 있다는 것만으로도 기뻐했다.

그렇다면 지금은? 그 기쁨이 이어졌느냐 하면, 전혀 아니다. 2024년 현재 세상은 또 다른 혼돈으로 뒤덮여 있다. 서울 시내를 돌아다니며 고층 빌딩을 바라보면, 그 꼭대기에 앉아 건물을 누르고 있는 게 혼돈의 형상을 한 기괴한 괴물이 아닌가 하는 착각이 들 정도다. 그것도 건물 하나에만 아니라 모든 건물에. 코로나의 여파로 물가는 치솟고 있으며, 길고 길었던 고립에 뒤이어 또다시 전 세계적인 경제 위기, 인플레이션, 폭력과 혐오를 겪는 사람들은 반복, 반복, 반복되는 패배와 절망에 웃음을 잃고, 불안에 절은 채로 고개를 푹 숙이고 하루하루를 '살아'간다.

나는 코로나가 발발하기 전의 시기, 물론 그때도 현대 사회의 특성상 혼돈과 불안이 존재했지만, 이렇게 만연하지 않을 때, 적어도 내가 살아가는 곳은 그랬을 때를 회상하며 작품 〈리플레이〉를 썼었다. 비교적 인플레이션, 그리고 국제 정세가 지금만큼 심각하지 않은 때였다. 그때 마지막으로 작품 끝을 맺은 말은 "내가 어떻게 널 두 번이나 놓치겠어?"였다. 그저 희망만을 남기면서 작품을 맺고 싶은 마음, 그리고 그 마음을 독자들에게 전하고 싶은 마음이었다.

〈리플레이〉의 구성, 그리고 굵직한 주제와 소재들을 그대로 옮겨다 다시 쓴 〈여름 꿈〉의 결말에도 난 여전히 희망을 붙들고 있다. 과거로 돌아갈 수 없는 것은 사실이지만, 그 래도 그때만큼의 모두에게 혼돈의 파도가 축축하게 끼얹 어지지 않은, 그런 시기를 닮은 때로 돌아갈 수 있다는 희망 을. 〈리플레이〉에서 적은 희망의 모습과는 어쩌면 다를지도 모른다. 형태, 그리고 성질도. 다른 문단으로, 다른 문장, 그 리고 다른 끝으로 마무리를 지었다는 것은 그걸 더 명확하게 해준다.

하지만 나는 여전히 희망이라는 가치를 붙잡고선, 독자들 에게 함께 하늘을 향해 고개를 치켜드는 용기를 내자고 말하 고 싶다.

### '상실의 시대'에도 지키고 싶은 가치들


자고로 모든 가치가 상실된 시기이다. 사건, 사고는 사회에서 끊임없이 일어나고, 사회의 중심, 그리고 그 주변의 사람들에게마저도 그 속의 폭력, 그리고 혐오와 조롱은 거리 끝까지 넓게 비추는 불빛처럼 퍼져 있다. 그로 인해 초래된 분열로 인해 마치 우리 사회는 '붕괴'되기 일보 직전인 것처럼 보이기도 한다.

그럼에도 지켜져야 할 가치가 있다. 생명으로서의 존엄, 생명에 대한 사랑, 그리고 개인으로서의 존중, 삶을 지속하게 하는 희망과 같은 것이다. 그런데 이마저도 이젠, 아주 조그마한 새벽녘의 작은 이슬 크기만 한 흔적도 남지 않은 듯하다. 마치 그런 모습이 미국의 대문호 F. 스콧 피츠제럴드가 쓴 〈위대한 개츠비〉 속의 사회를 닮아 있다. 차들은 지정된 속도를 어기고 질주하며 그것을 마치 훈장인 것처럼 여기고, 성적 쾌락의 무한 추구와 불륜이 만연하며, 돈을 얻기 위해서는 '범죄'마저 저지르는 모습이 말이다. 어쩌면 그보다 더 심할지도 모르겠다. 수도 한복판에 끊임없이 일어나는 문지 마 식의 범죄, 그리고 집단으로 일어나는 성폭행의 소식을 들으면 말이다.

　누군가는 나에게 물을 수 있다. 이런 사회 속에서 매일을 살아가느라 긴장을 놓치지 않고, 온몸의 감각 레이더를 열어 위험을 감지하는 데에 힘써야 하는데 무슨 가치 타령이란 말인가? 라고. 인플레이션 때문에 어떻게든 돈을 벌어야 배를 채울 수 있는 이런 시기에 무슨 사랑 타령이냐고.

　그렇게 묻는다면 나는 되려 다시 묻고 싶다. 그렇다면 이런 가치를 지키지 않으면, 이 땅 위에 남게 되는 건 무엇인가?

　아니, 과연 이 땅 위에 뭔가 남기나 하겠는가?

# F. 스콧 피츠제럴드와 〈겨울 꿈〉에 대하여


짊어질 수 있는 슬픔조차 이제는 환상과 젊음과 풍성한 생명의 나라,
그의 겨울 꿈이 무르익던 나라에 두고 와 버렸다.

-F. 스콧 피츠제럴드-


이 책의 처음은 F. 스콧 피츠제럴드의 자전적 소설 〈겨울
꿈〉의 한 문장으로 시작된다. 〈리플레이〉를 처음 쓸 무렵에
는 〈겨울 꿈〉을 읽지 않았던 시절이었다. 그리고 〈여름 꿈〉
으로 탈바꿈을 하기 전 〈겨울 꿈〉을 읽었고, 지금 이 이야기
와 닮은 지점을 발견했다. 나는 내 안에 있는 '해야만 하는
이야기'에 나만의 표현들, 그리고 나의 문학적 스승이라 할
수 있는 피츠제럴드의 표현을 빌려 잘 버무려 이 이야기를
완성하기로 마음을 먹었다.
　〈위대한 개츠비〉 이전과, 그리고 그 이후의 많은 피츠제

럴드의 이야기들이 그렇듯, 〈겨울 꿈〉에는 다수의 남성이 소유하고 싶어 하는, 완벽할 것만 같은 첫사랑스러운 모습을 한 젊은 여성 '주디'가 등장한다. 〈리플레이〉에는 반대로, 그런 완벽한 모습을 한 꿈같은 젊은 남성, '영준'이 등장한다. 여기서부터 이야기의 평행이 시작됐다. 〈겨울 꿈〉의 주인공 덱스터는 주디를 주변을 어슬렁거리며 짝사랑하고, 그녀와 사랑을 하게 되었을 때도 홀로 상처를 받기도 한다. 이러한 모습은 이 책의 '유진' 매우 비슷한 모습을 보인다.

이런 비슷한 지점들을 지켜나가면서, 두 사람의 개성, 그리고 장소적, 그리고 시대적 배경이 주는 특성을 잘 살려보고자 했다. 또, 현대 사회의 모습, 예를 들어서 스마트폰이나 SNS를 일상적으로 사용하는 우리의 모습, 그리고 서구 문명을 자연스레 받아들여 언어의 사용, 또는 음악, 음식 등... 문화에도 적극 반영하는 모습을 지극히 한국에서 바라본 그대로 적으면 어떨까 하는 생각도 실천으로 옮겼다.

〈여름 꿈〉이 나에게 최초의 실험적인 작품은 아니다. 〈여름 꿈〉 이전에 〈리플레이〉가 있었으며, 다른 작품들도 있었다. 그 작품들에도 북미, 유럽권 나라의 문화가 등장하며 현대사회의 모습을 섬세하게 그려내고자 했다. 하지만 이 작품에서는 〈겨울 꿈〉이나 이전 나의 작품들과는 다르게, 지금 우리 사회에 꼭 필요한 메시지를, (이전 작품에서는 인간의 욕망과 같은 인류 보편적으로 작용할 수 있는 여러 메시지를 담았다면) 추려서 날카롭게 담았다. 그 메시지들이 독자들에게 잘 전달되기를 바라는 소망을, 마치 아이가 종이접기를 하는 것처럼, 소중하게 잘 접어 '나만의 방식'대로 담았다.

## 자전적 소설 여부

    이런 종류의 소설을 쓰다 보면 늘 따라붙는 질문이 있다. 자전적 이야기냐는 질문이 그것이다. 이 이야기를 읽고서, 나에게 이것이 자전적 소설이냐 묻느냐면, 나는 나의 문학적 스승, F 스콧 피츠제럴드가 자신의 안에 들어있고, 붙들고만 있기에 힘겨워서 꼭 써야만 하는 이야기들을 쓰는 것처럼, 나도 그래서 나의 이야기를 쓰는, '그 정도'의 자전적 소설이라 답할 수 있겠다.

    이 답이 설령 이해가 가지 않는 독자가 있다고 한다면, 나는 성심껏 이게 어떤 것인지 설명을 해주고 싶다. 하지만 참 어렵고도 이상한 건, 진심을 다해 설명을 해도 누군가에게는 이해시키지 못하는 세상의 부분들이 있다는 것이다.

    그건 나도 마찬가지일 것이다. 어떤 이가 어떤 행동이나 말, 또는 어떤 생각을 한 부분에 있어서 설명해도 나 자신도 이해하지 못하고, 공감하지 못하는 부분이 있을 수 있다고 생각한다. 내가 글을 쓰는 이유의 가장 큰 부분은, 가슴에서 솟구치는 무언가를 풀어나가는 것이지만, 이러한, 인간과 인간 사이에 일어나는 이해와 공감의 간극을 좁혀나가기 위함도 포함되어 있다. 〈여름 꿈〉의 시작으로 그 간극이 조금씩 줄어들기를 희망하며, 앞으로 다른 작품을 쓰면서도 더 좁혀 나갈 수 있기를 바란다.

이러한 나의, 어쩌면 이조차도 무의식적일지도 모르는 바람 때문에, 내 소설의 시대와 장소를 포함한 배경들은 늘 지극히 현실적이다. 물론 초현실의 세계를 배경으로 두고도 이런 상호작용은 잘 일어날 수 있으나, 나는 내가 가장 잘 설명할 수 있는, 내가 '겪고', '느껴본' 것들을 정확하고 상세하게, (어쩌면 섬세하게) 전달하고 싶다는 강한 의지를 가지고 있다.

그럼, 누군가는 또 물을 수 있겠다. 그렇다면 공항에서 갑자기 하늘에서 반짝이는 오로라와 같은 것을 보는 '유진'은 어떻게 설명할 것인가? 그럼 이것도 직접 겪고 느낀바기에 적은 것인가? 라고 말이다. 나는 그러면 '반은 겪었고, 반은 또 겪지 않았다'라고 밖에 말할 수밖에 없다. 나는 어느 겨울 저녁 길을 걷고 있었고, 해가 지면서 하늘이 옅은 분홍색이 섞인 보라색으로 변한 걸 본 적이 있었다. 분명 다른 사람들도 고개를 들어 하늘을 봤으니, 나만 겪은 경험은 아닐 터다. 하지만 그 시간 실내에 있던 사람들은, 그 하늘을 경험해 보지 못했을 것이다. 나는 이때의 실제 경험, 그리고 감정을 옮겨 적은 것인데, 누군가에게는 이런 것이 '초현실'적으로 다가올 수도 있으니, 반은 겪은 것이고, 반은 아닐지도 모르겠다는 답을 내놓고 싶다.

### 〈작가의 말〉을 쓰는 것에 대하여

나의 이전 작품들은 모두 전자책 형식으로 출간되었고, 이건 순수문학도 아니고, 장르문학도 아닌 것 같다는 독자의 평을 받기도 했지만, 어쨌든 '로맨스 장르 소설'로 분류되어 출간되었었다. 주로 그렇게 출간되는 글들에는 '작가의 말'을 수록할 필요가 없었다.

〈여름 꿈〉을 출간하면서, 처음 〈작가의 말〉을 쓰는데, 사실 이걸 써야 하는지를 고민했다. 작품을 나나 다른 사람의 해설이나 설명 없이, 독자들이 느끼는 그대로 받아들여 주고, 내가 건넨 메시지와 함께 이야기 속에서, 그들이 상상력을 마음껏 펼쳤으면 하는 마음에서다. 그런데 어쩌다 쓰게 되었으니, 이곳에 내 이야기를 읽어주시는 분들께 전하자면, 평가나 판단을 하셔도 좋지만 제일 먼저, 있는 그대로 글을 느껴주시기를 부탁드리고 싶다.

나의 정말 내공이 있는, 인간의 희로애락을 섬세하고 깊게 다 건드는 작품은 작년에 출간한 〈내리는 비와 그 노래의 끝〉이라는 작품인 것 같다는 생각이다. 남녀가 사랑하며 느낄 수 있는 세세한 감정들, 그리고 주인공들의 주변 인물들을 통해서 일상에서 누구든 느낄 수 있는 고뇌를 의도적으로 담음과 동시에, 내가 갈고 닦은 나의 문장들의 '미학'을 '뽐내려' 한 작품이기 때문이다.

반대로, 〈여름 꿈〉은 감정을 깊이 건들기를 많이 내려놓으려 노력하며 썼다. 어쩌면 이젠 내가 '깊게 사고'하는 방식이 습관이 되어서, 의도치 않게 이야기를 쓰며 내면의 끝으로 내려가 그 노력이 실패했을지도 모른다. 하지만 적어도 나는 조금은 덜어놓고 담백하게 쓰기 위해 큰 노력을 기울였다. 그 이유는, 내 거대한 감정들이 어쩌면 누군가에게는 부담이 될 수도 있다고 판단했기 때문이다.

그래서 이런 노력을 기울인 만큼, 재독을 하는 경우가 있더라도, 처음엔 평가나 판단보다는 글을 느껴주었으면 하는 마음이다. 설령 그러지 않고 여기까지 오게 되었다고 치자. 그렇다면 나는 시간을 두고 '글이 주는 울림 (누군가에게는 아름다울 수도 있고 아닐 수도 있겠다)'을 다시 한 번 온전히 느끼려 재독을 권하고 싶기도 하다 (절대 강요도 아니고, 나는 강요도 할 수 없지만...).

마지막으로 〈작가의 말〉을 마치면서, 모든 독자, 그리고 이 작품을 쓸 수 있게 도와준 나의 소중한 친구들, 그리고 가족에게 감사의 인사를 전하고 싶다. 나는 나의 예술적 영감을 자극하고, 내 감정을 스스로 잘 돌아보게 해주는 소중한 친구, 그리고 동료가 몇 있다. 그들은 소설을 쓰는 작가, 그리고 시인, 또는 음악가이기도 하며 나의 예술성을 깨워주는 스승 같은 조언자이기도 하다. 그들이 없었다면 이 글도, 그리고 이전의 글도 탄생하지 못했을 거라고 늘 확신한다. 어쩌면 나보다도 그들이 정말 참된 '어른'으로서 존경을 받아야 하는 것 아닌지, 하루에도 몇 번씩 곱씹는다.

여름 꿈 *(Summer Dreams)*
*Fin.*

다시 한번 나의 소중한 가족, 친구들,
그리고 위대하신 나의 문학적 스승님들께 감사를 표합니다.

# 여름 꿈

**발 행** 2024년 8월 20일 초판 1쇄 발행
**저 자** 허린 (Lynn Hur)
**발행처** 와우라이프
**발행인** 임창섭
**편 집** 조솔아
**디자인** 이레아
**주 소** 경기도 파주시 송화로 13(아동동)
**전 화** 010-3013-4997
**팩 스** 031-941-0876
**등록번호** 제 406-2009-000095호
**등록일자** 2009년 12월 8일

ISBN 979-11-87847-15-1 (03810)
정 가 17,500원